读客® 知识小说文库

读小说，学知识

AI迷航

2
复活爱因斯坦

肖遥 著

科幻悬疑小说

上海文艺出版社

图书在版编目（CIP）数据

AI迷航 . 2，复活爱因斯坦 / 肖遥著 . -- 上海：上海文艺出版社，2018.11
（读客知识小说文库）
ISBN 978-7-5321-6879-8

Ⅰ . ① A… Ⅱ . ① 肖… Ⅲ . ① 科学幻想小说—中国—当代 Ⅳ . ① I247.5

中国版本图书馆 CIP 数据核字（2018）第 217454 号

责任编辑：毛静彦
特邀编辑：侯言言
封面设计：蒋咪咪
插画设计：蒋俊毅

AI迷航. 2, 复活爱因斯坦
肖遥 著
上海文艺出版社出版、发行
地址：上海绍兴路7号
电子信箱：cslcm@publicl.sta.net.cn
网址：www.slcm.com
新華書店 经销 北京中科印刷有限公司印刷
开本 680毫米×990毫米 1/16 16印张 字数 225千字
2018年11月第1版 2018年11月第1次印刷
ISBN 978-7-5321-6879-8/I.5488
定价：48.00元

如有印刷、装订质量问题，
请致电010-87681002（免费更换，邮寄到付）

目 录

楔 子

"叮……"

引磬悠扬，在漆黑的山洞中回响。

入定老和尚的眉毛动了动，紧接着胡须又颤了颤，脖子微晃，眼皮缓缓睁开。

"大吉师父！"索南扑腾跪在和尚面前。

和尚的目光只在这个叫索南的男孩头顶稍作停留，便盯着他身后一个留着齐耳短发的女孩。她十四五岁的年纪，披着一件紫色的藏袍，白皙的皮肤被火光映得粉扑扑的，显然不是个本地孩子。

"你来啦。"和尚的声音苍老。

女孩歪了歪脑袋："你认得我？"

和尚笑了，脸上肌肉僵硬，看起来和枯木相似，他笑着指向身后的石门："无心非人当开启，拯救灭世之门扉。"

"无心非人……这谶语说的无心非人是樱子菩萨，她怎么能是非人呢？"索南的目光在女孩身上来回移动，"天龙夜叉鸠盘荼，乃至人与非人等……哎？对了，樱子菩萨是天人呐，天人也算非人！难怪，我就知道你是天女！"

"我不是天女。"

"那天我在神山之下祈祷观音菩萨救奶奶的命，刚念完十万遍观音心咒，就见你从神山上走了下来，当时你只穿着白色的裙子，那山顶多冷啊，纵然是雪山狮子的皮毛也扛不住的严寒，你竟然……天呐！"索南不可思议地叹道，"你在此住了二十七天，不吃也不喝，每天只是安静的坐着——这不就是成就者吗？耳吉师父也说，连他打坐的功夫也不如你。"

樱子摇了摇头，没有理会索南，而是看向了和尚身后的石门。石门约莫五米高度，共有两扇，组合起来宽约三米。石门上布满了鸟与蛇为主的图案组成的花纹。

和尚叹了口气："千年以来，没有人打开这扇石门。"

索南惊道："千年？这寺庙有一千年的历史？"

和尚摇了摇头，"寺庙不过百年，可这石门，却在千年，呵呵，恐怕要以万年计了。这门上的文字说道，创造这圣殿的文明，来自于东方遥远的海洋。他们的陆地，毁于一场突然而来的大洪水，幸存的人乘着大船从不同地方登陆，最终到这座神山下汇合，再造他们的家园，留下了这座神殿。"

"文字有没有提到，这神殿里有什么？"

"它说，神殿之门在下一次人类浩劫的时候才会开启，到时候会有饿不死的人，连续行走七个日夜，到神山的中心，去寻找如何逆转人类灭亡命运的钥匙。"

索南道："这真的可信吗？几千年、几万年前的人，又如何知道人类今日的处境？"

和尚指着门板上方一条环形的蛇道："永恒没有终结，也没有开始，时间和空间，都是圆形。开始就是结束，结束也是开始。"和尚又指着怪蛇下方的一团密密麻麻的图案，"这里的符号说，进入大门后，行走七日七夜的距离，就会见到不祥之镜……或者是灾难之镜……嗯，先人们认为它不祥，所以将其封存在山神的心中，大概指的是神山的中心。"

"不祥之镜又是什么？"

"他们的文字记载，通过这镜子，能够了解到未来必然会发生之事。"

樱子接道："既然都能知道未来发生什么，又为何躲不过淹没他们家园的灾难？"

"你的问题，也曾是我的问题，但随着象形文字和图案的逐渐破解，我大致了解了他们这个民族的特点。"和尚将火把插入石孔，"他们有解读不祥之镜的先知，先知的确通过这神秘镜子提示的灾难给人们做过预警，虽然帮人们暂时躲过了灾难，可历史也随之改变，数次之后，先知们忽然发现，本来要传世万代的大陆，即将在一场巨大的灾难中毁灭，这都是他们躲避前面的小灾，累积成的大难。为了种族的延续，先知们保守了这个秘密，几千万人的国度，只有小部分人知道将有灾难降临。逃出来的人不足千分之一，他们漂洋过海，幸存者在神山下汇合。但是，逃亡也算是破坏了不祥之镜的预言，所以逃出来的人也迟早难免一死。后来，为了拯救最后的人类，先知们做出决定，以神山为中心，将人类分成四部分，各向东西南北方向寻求生存空间，他们认为，只要人类不聚在一起，灾难就不会彻底毁灭人类。他们还相约，分离之后的人类，不再说同一种语言，不再使用同一种文字，这样便不再是同一种民族……"他长叹一声，"先知们是正确的，人类的命运又延续了数万年，直到今天，然而，我们是否能躲过这次劫难呢……"

樱子听完这个故事，淡淡的说出三个字："通天塔。"

"那又是什么？"索南问道，他觉得在这仙女和上师面前，自己已然是一头无知的牦牛。

樱子道："《圣经》说，曾经的人类，讲着同一种语言，他们联合起来兴建一座能通往天堂的高塔，此举引起了上帝的恐惧，他为了阻止人类的计划，就变乱他们的口音，使他们的言语彼此不通，人类之间不能沟通，修建通天塔的计划因此失败，人类各散东西，这座神山便可能是圣经中的通天塔。"

大吉微微一笑，"神话故事往往是真实的历史。石门上的文字也如是记载，人们变乱语言，只为了逃避上天的惩罚。"

索南像个成年人一般长叹一声道："难怪一些逃难来此的自由民认为神山是世界的中心，原来有这样一番缘故。"

大吉道:"对史前文明的追寻,除了考古,就只有神话和史诗了。在我入定之前的三十年,太平洋考古有了对沉没姆大陆的发现,彻底颠覆了人类文明史,一个人类文明发源于太平洋的观点,逐渐取代了西方人创造的文明源于埃及和中东一说,这些发现与理论,也让我对神山的研究信心大增。后来,我又发现,当年的先知们,其实给后人留下了不少预言诗,以帮助前往世界各地重建文明的人类,尽可能避开末世的灾难。当然,随着时间的流逝,不少预言已经随着与不同民族、不同文化的融合,失去了本来面目,但还是有些只言片语,让我们能够一窥末世之状。"

"那你发现了什么?"

大吉说道:"在古印度史诗《摩诃婆罗多》里,曾记载着一场核武器战争,很多人认为它描述的是一场史前战争,但据我考证,这也是先知们对末世的预言,只不过被编入了这一套史诗。"

樱子略有所思,"《圣经》中记载了末日四骑士,各自代表着人类被征服、遭受战争、饥荒瘟疫、死亡和灾难,这些预言的来源,按照你的逻辑,也有可能是万年前的先知留下的只言片语。"

大吉点了点头,"如今再来看这些预言,先是AI与人类的战争,然后便是核爆炸,接着是被征服,死亡、瘟疫、饥荒随之而来,人类的灾难重重,连绵不绝。"

索南听得晕晕乎乎,"可我们该如何打开这道门?"

和尚的手触摸到了一个鼓起的圆形石球,他微微用力,石球便随着他的手掌转动,发出格格响声。

伴随着声响,石门中心逐渐凸起一块"石砖",和尚抽出石砖,索南这才看到,石砖厚度约有十厘米,长度三十厘米,宽也是三十厘米,立起来之后,能看到它内部竟然是一个由青铜齿轮组成的复杂机器。

"这是钥匙。"他将内面转过来,另一面像是一块钟表的表盘,画满了刻度,还有着密密麻麻的符号。和尚的手转动后面的齿轮按钮,表盘上的圆形刻度便开始移动。

樱子看着那石砖内部的齿轮,歪着头道:"是安提基特拉机械。"

和尚颔首点头:"我研究数十年,也只是猜到让表盘上的刻度、以及类似星体运行的轨迹达成一种组合，或许才是打开石门的钥匙，没想到施主一看便知它的来历。"

樱子迅速分析了石砖内部的齿轮结构，了解到了齿轮与对应星体的自转周期和运行轨迹，她以当下的星体位置作为参考，输入了一组太阳、月亮、水星、火星、金星、木星、土星当下位置转换成的数据刻度。

她将石砖推向了石门。

大吉和尚谨慎地托着这块石砖，小心翼翼的对准了方形孔洞，缓缓地推入。

静静的等待，空气在石洞中游走，火苗哗啦哗啦地回应着风的挑逗。

大吉的眼睛盯着两块巨石的结合之处，几乎放出电光来。他回望自己的青春，自己的一生，都穷尽在这神秘的洞穴中，巨大的石门之上。他知道自己垂垂老矣，油尽灯枯，他毕生的愿望，只希望能看着自己视为珍宝的推断，能实证在自己的眼前。

执着呀……执着……

他披着和尚的外衣，却做了一生与出离无关的事业，这到底是对，还是错？

喀啦……喀啦……

低沉的声响，从石门内部传出，在山洞中久久回荡，将妄念纷飞的大吉唤醒。

大门完全打开了。

"千年的传承，我是何其幸运……"他一脸满足，"使命业已完成，后面的路，便没我什么事了……"

他笑了，盘腿又坐回他入定之处，闭上了眼睛，垂下了头，眼角泪痕尤在。

"大吉师父？"索南跪倒在地。

大吉没有回应，索南仿佛看见一道彩虹从面前这位老人的身体里漾出，飘飘荡荡，在黑暗的通道里徘徊、招摇，缓缓渗入石壁，与神山融为一体。

樱子迈步进入石门，她听见了索南的哭泣，又转过身，望着大吉光秃秃的后脑喃喃问道，"他是个Ai吗？"

"仙女菩萨！"索南再也控制不住内心的伤痛，"你带上我一起去罢！"

樱子看向索南，"你自己一人回去，一路上没有雪狼雪豹，更没有夜叉和妖魔，估计走一天便下去了。每个人都有自己的使命，这和尚说的对，他的使命完成便走了，你的使命是照顾你的奶奶，也该走了；而我的使命，是去寻找那充满噩运的镜子，所以，我也该走了。"

"可是我……我不想和你分开！"

樱子迈出几步，转身回望他，一脸的平静："那你便在家里等我，若有个铁臂人来寻我，你便告诉他我的去处，数着太阳照亮山谷的日子，十五次日出之后，我会出来。"

樱子刚要转身，索南抓起火把递了进去："你拿着！"

她右脚的白鞋子踩上第一级阶梯，"火把对我来说，没用。"

"就当……就当是我还陪着你，我怕你孤单。"

樱子头也没回的向上攀登，转瞬身形便模糊成了影子。

"我脚下有路，没有孤单。"

第一章
拼图大陆

1

盥洗室里水汽蒸腾，我抹去栖息在镜子上的一片水雾，恰好露出一双眼睛。眉间什么时候皱成了核桃皮，连自己也不知道。

左手以双目为中心，擦掉四周的水渍，濡湿的短发和长方的面孔显露出来。

中指空空，少了一枚镂着樱花的戒指。

镜中之人如此陌生，像是下雨天透过公共汽车的车窗玻璃，望着公交站牌之下与我对视的路人。

童年时期的记忆比镜面还模糊，那群老兵说，镜中人的相貌与他的父亲程成，有着几分相似。他们说这话时，脸上洋溢着激动与喜悦，我心内却茫然又尴尬，只能安静地赔笑，连点头认可也不敢。

一个人拥有财富、名声和地位，并不值得艳羡和嫉妒。这些身外之物，在如今连第二天的命都不可保证的年月里，尤其显得落寞寡淡。我只会羡慕那些能把当年往事记得恍如昨日之人，就像那群老兵，他们有着连作为儿子的我，也没有的关于父亲的记忆。

镜子里的人脸越发清晰，脸颊两侧的水珠从镜面滑落，我顺势抹去，赤裸的上半身显露出来。

还在看吗？

我不知坐在对面的人，是个男人还是女人，如果是女人，又是一种怎样的心态。会脸红？会害羞？还是，期待着我向后倒退几步，将盥洗池挡住的部分，也大方地展示出来。

我可真蠢！谁知道盥洗池下部，是否也有着一双看不见的眼睛？大概有的，就如镜面中的摄像孔一样，一直就在那里，肆意地享受窥视的快感，从新鲜到麻木。

小腹两侧的伤疤，已经被处理得干干净净。任谁也想不到，就在数月之前，有人于此插入两根吸管，随着一声声坠落，十四颗肾脏被吸入真空包装。

伤疤被处理干净，可那段在蓝天巡航的日子却没有抹去。张颂玲的脸红，丁琳的忧伤，囚徒们的期望，他们对自由和胜利的憧憬，历历在目……

记忆就是生命存在的证据，有人为我保留了这段记忆，证明我曾经活过。

拧开出水口，水滴哗哗四溅，像是在我的身上点上了一颗颗透明的痣。我看着水涨满半个池子，伸手进去，冰凉，我将水撩起来，拍向脸颊、脖颈、肩膀和胸膛，冷水沿着热水滚过的轨迹，向下滑落。

水越冷，心就越烫。

还在看吧？舍不得放过哪怕一个细节？那就看吧，看吧，让你们看个够。我不想让你们看见的，会尽数镂进你们的墓志铭。

床上的女人睡得深沉。

她的眼镜放在一旁的百页书上，瘦削的瓜子脸慵懒地歪向外侧，恰似刚刚看完书便入睡了一般。我下身裹着浴巾，赤裸着上身，坐在了她对面的椅子上。

他们的眼睛似乎正盯着我的后背，当然，我右前方墙角的几粒尘埃之中，或许也隐藏着纳米级的监视设备。

我轻轻抚了抚床上女人眉间的细纹，尽管睡得很熟，可眉间蹙着，眉尾低垂。我将被单掖入她的双臂下，盯着她胸前薄被的起伏。

我必须适应这位陌生的"妻子"。

在这个以生命为筹码的角色扮演"游戏"中，我扮演的不仅是她的丈夫，还是一名战争屠夫，我们的女儿就死在我所指挥的战役之中。艾丽斯的照片就半压于枕下，我轻轻将照片抻出来，逼着自己眼睛里溢出懊恼和悔恨——照片里这位陌生的"女儿"刚刚五岁，她怀里的毛绒熊玩具是我送给她的，还是妈妈？不知他们给我的记忆是如何设置的，以后交流起来，必须回避。

看她笑得那么开心，大概是父母都在对面吧——我和床上的女人都在对面。

生命里忽然多了一位充满仇恨的妻子，以及一个死去一年的女儿，这个新的身份，不需要适应，必须直接接受。

但我依然扮演了父亲程成，五朵金花，空军将领，一点没变。与上次在夸父农场服刑不同的是，他们改变了我的家庭关系，没了小复和小雪，没了那个远在天边，只能通过网络信号互诉思念的"妻子"雪华。

智人管理局这回把妻子安排在我的身边，制造了一个看似永远无法解决的矛盾，堪称百年前，当时的联合国让以色列于中东复国一般。管理局之所以这么做，大概是妄图通过这个女人——不，姜慧，我的妻子——通过她来消磨我的心力，令我没有闲暇考虑什么"越狱"的事。

或许，她也是一个监督我的间谍，就如第三人一样，我差点就栽在这机器人的生日密码测试之上。

我将艾丽斯的照片放在了姜慧的枕边。她呼吸短促却均匀，女儿死后，她可能很久没睡得这么踏实了吧？第三人到底用什么方式令她昏迷？是药物，还是电击？

我轻轻伏在她的胸口，不想让眼睛察觉到我心态的变化。

"船长，晚上好！"第三人正坐在一屏闪烁的蓝色数字之下，头也不回地向我打招呼，后脑那蓬松的金发里，似乎也长着一双湛蓝的眼睛，

"即将抵达新大陆，进入许可已经通过，正在等待导航船引路。"

我裹着浴巾步入导航台，坐在了船长的座位上，轻轻地嗯了一声。农场前方的两道巨大光柱照入幽幽海洋，偶尔有一群深海鱼游过，却看不到近海的大陆架。穹顶玻璃一片茫茫的黑色，虽有微微淡蓝的弱光，我却不能肯定这光芒是否来自农场前方光柱在水中的衍射。

"还有多远的距离？"我看着一侧的咖啡机，盘算着新大陆是个什么鬼地方。

第三人将头转向我："报告船长，我们马上抵达。"

"我问你还有多远？你为什么回答'马上抵达'？难道我不知道马上就抵达了？马上是多远？"

第三人蓝色的眼睛眨了眨，似乎正在寻找着数据，转瞬就将答案告诉了我："20海里。"

"咖啡。"

第三人下身的轮子发出嗡嗡的声响，整个身体就向咖啡机平移过去。

"报告船长，现在时间是凌晨，为了不耽误您第二日的工作交接，我建议您不要饮用咖啡等易兴奋神经的饮品。"

"那你说我该喝什么！"我语气中毫不客气，适时亮出船长的威严。程成是军人出身，崇尚令行禁止；程复是个软蛋，崇尚的是与人为善。

现在，我是程成。

"咖啡！"我加重了语气。

"报告船长，我根据您的需求，向您推荐300毫升温热牛奶，如果您同意的话，我现在就去制作。"

"你是在暗示我，我就是个吃奶的孩子？"我要让眼睛们看到我对第三人的不满，因为我的妻子姜慧莫名其妙地晕倒在了导航台，如果它是个真人，刚才我就不该说话，应该直接上去踹他一脚。

第三人眨了眨眼，面无表情："根据您的体貌特征以及数据库中的信息，我可以肯定，您是个31岁的成年男性。"

这股笨劲儿一直没变，如果这样，倒也让人放心。我佯怒道："我自己不知道？用你这笨机器提醒我？"

"可是您在37秒之前，曾向我求证，您是否是个吃奶的孩子。"

我以手扶额，心中却因它的愚蠢而暗自庆幸："够了，够了！我去外面，淘杯海水喝，懒得听你聒噪！"

"船长，作为您的助手，我必须提醒您两点，"它一本正经，语气不带任何情绪，"第一，我们现在的位置是中度深海，水压巨大，为了您的生命安全着想，我不建议您私自下船；第二，海水不可直接饮用，您如果直接饮用海水，会有很大概率导致中毒。"

"你这情商低得可以。"

"船长，您说我的情商低，我并不认可。"它的蓝色眼球直视我的眼睛，嘴角有一丝向上的弧度，看起来像个极有修养的绅士，准备开启一番真理与正义的辩论，以帮我纠正自据偏颇的看法，"实际上，作为任务型机器人，我根本不需要情商模块，所以我不是情商低，而是根本没有情商。但是，为了与船长和领航员达成工作默契，我自身又具备情绪计算系统。不过，截至目前，制造商已经收到多艘夸父农场船长的意见反馈，建议升级我的情绪计算系统，记录显示，其中，一艘夸父农场上的我，因加重了船长的抑郁性疾病，导致船长自杀未遂。"

我非常理解那位船长的感受："如果你不想让我也自杀的话，那就闭嘴吧。"

"好的，船长。"说着，它的轮子又滚回了工作台，专心审视屏幕上的各项数据。

我起身来到咖啡机旁，才将杯子放到出水孔下，第三人的声音又从身后传来："报告船长，现在时间是凌晨，为了不耽误您第二日的工作交接，我建议您不要饮用咖啡等易兴奋神经的饮品。"

新大陆近在眼前，但我却完全无法感知这块大陆的形状，夸父农场也没有上浮，难道所谓的新大陆只是一个岛屿？如果登陆岛屿，为什么要在洋底潜行？

我双手握着咖啡杯，仰着头望着深蓝墨水般的上空，一群打着灯笼的鱼缓缓地游过，像是夏夜萤火虫，几只海星伏在玻璃穹顶，不知是从哪里开始搭的便车。

忽然，雷达图上出现了两个蓝色点子，第三人道："报告船长，新大陆的领航船已经抵达，他们向我船发出邀请，是否跟随？"

我又能说不跟随吗？

智人管理局真是多此一举，明明将我监禁起来便可，非要研究一种记忆服役法，把我的记忆清空，注入他们编写的父亲的记忆，以此惩罚父亲对Ai犯下的罪过。

如果从效率角度来说，第三人自己可以胜任所有任务，而且从不拖泥带水，完全没有必要让几个活人陪着它玩你问我答的低级游戏。

"跟着，给我跟紧了！"

夸父农场N33开始排水下潜，我装作老熟客的模样，背着手走到工作台前，悠闲地喝着咖啡，看着农场渐渐向斜下方开去，忽然，头顶一暗，一股巨大的逼仄感如泰山底座一般压了过来。下潜也到此为止，伴随着夸父农场恢复正常行驶，我看见光柱的上方，出现了一块平整如钢铁或是黑色石头材质的顶部——原来，夸父农场钻入了一个黑色的、巨大的物体的下部，这东西具体有多大我无法感知，夸父农场追随着两艘领航船又行驶了35分钟，才通过一个方形的入口开始上浮。

内部有光。进入这块方形的空洞，夸父农场上的压力好像瞬间被释放了一样，压力表的数字急速下降，伴随着船体上升，头顶的光芒也越来越亮，我仿佛看见了几十盏耀眼的白炽灯组成的灯光矩阵照耀着我，一根根光柱垂直插入深水中，巨大的长着胡须的扁头鱼从这个光柱出现，消失，又在另一根光柱里穿过。随着上升速度加快，"白炽灯"逐渐变大，待我看清，却发现它们并非灯光，原来是一个个的圆形孔洞，光芒是从孔洞中照进来的。

一个机械冰冷的声音传来："夸父农场N33，组合坐标：N33、E81，现在请释放船长权限，交由塔台控制。"

第三人道："船长，塔台要求您交出船长权限，是否确认？"

"确认！"一个犯人的权限有什么值得留恋的？

过了十几秒，机械冰冷的声音答道："已收到权限，夸父农场N33允许组合。"

第三人双手离开键盘，交叉放在胸前，后背坐得挺直，转头向我道："船长，我可以休息了。"

一个孔洞正好停进一艘夸父农场，夸父农场的长宽接近十公里，这里有近百个孔洞，地盘巨大无比，一眼望不到边，估摸着有一万平方公里，那就是两个大型城市的大小。

这就是新大陆？是谁在海底建立了这样一个庞大的基地？

等N33的四角严丝合缝地顶在孔洞边沿之后，孔洞四周的铁壁水中忽然伸出八条铁臂，分别连接了农场的四个方向，把夸父农场挤在中心。同时，导航台和农场的穹顶浮出水面，上面灯光晃眼，我还没看清上面有什么，就听见下方传来巨大的压力排水声，夸父农场N33底部的圆形入口关闭，农场已经被完全隔离于海水之上，高压抽水泵迅速将海水排干净。

靠近导航台的两道机械臂在两侧拧了几个开关，我只觉导航台微微一晃，铁臂就扎入导航台两侧，将长达百米，宽三十米的导航台和船员生活区卸离了夸父农场的船体。导航台逐渐升高，我看见另外六道机械臂轻松地将农场巨大的穹顶拆卸下来，然后举起船体，向右侧的一片大陆并了过去。

上方一片光明耀眼，一轮明月竟然挂在空中，但这绝非月亮，而是一轮仿造成月亮的球形灯。

船上的动物仿佛遇到了地震一样，都伏在地表不敢动。任由着巨大的机械臂将他们抬走，人工河流没有了穹顶玻璃壁的遮挡，河水倾泻而下，但这并没有持续很长时间，十秒之后，河水就流入了一条干枯的河流，船体与旁边的陆地拼合在了一起。

旁边的陆地像是一片非洲草原，上面一只巨大的不知名的猛兽正伏在干涸河道旁的草丛里舔着自己的幼崽，它被N33大陆的撞击吓得陡然跳开。然后，河水就咆哮着涌了过来，猛兽叼起自己的幼崽，迅速逃离开了。

随着导航台越升越高，我逐渐看清了大陆的一部分，我目测眼下这整体大陆将近有百个夸父农场N33大小，N33长宽各十公里，已然巨大，可如今就像是一张庞大拼图中极小的一块。

N33的河流和左侧陆地上的草原干涸河道完全对接，而上方的松树林，则与相邻陆地的松树林完美对接，从上向下看去，能够完全看出N33的大陆形状是位于草原上游一块轻度起伏的高地，大地的轮廓和另外两面的陆地是完全匹配的，就像是有人设计了这样一块巨大的拼图，而我的任务，只是将这块拼图中非常小的一部分送来而已。

这就是新大陆，夸父农场N33只是新大陆的一部分，而其他的大陆，是由其他夸父农场组成的，剩下的十几个圆形孔洞，仿佛还在等待着剩余的农场。

但它们，会来吗？

2

"程成将军，欢迎您！"一个十七八岁上下，长相白净稚嫩的年轻士兵站在导航台门口向我敬礼，装作无视我裹着的浴巾和半裸的上身，却将尴尬写在了脸上，"我是您在新大陆的秘书关鹏！"

父亲由于在当初抗击Ai的战争中，领导东北亚防区空军立下了赫赫军功，被破格授予空军少将军衔，那时候他刚刚四十岁出头，所以后来的人提到他，都称他为程成将军。

我简单回以军礼，胳肢窝下凉飕飕，"新大陆有什么任务？"

"报告将军，现在是午夜，请您偕夫人回去休息，明日上午，我将引领您去参加首次会议。"

"什么会议？"

"是讨论新大陆建设的会议，白部长将为您以及其他几位新到的长官，安排加入新政府之后的具体工作。"

我心下稍安，原来此次的运输任务完成之后并非返航，而是在此落定。我想问一句白部长是谁，最终还是忍住了，言多必失，既然他们安排关鹏做我的秘书，谁知道他是否有着和第三人同样的功用？

监视我。

忽然，身后一暖，一件披风披在我的后背。却见姜慧抱着我的制服，看也没看我，眼神直接绕过我的身体，向关鹏道："等他换上衣服，我们再和你走。"关鹏什么也没说，只是敬了一个礼，便坐入一辆敞篷汽车中等待。

我难以分清这块名叫新大陆的地方，到底是在哪块大陆。敞篷汽车沿着一堵插入黑夜的石壁，斜着向上开去，道路也是弧形的，像是圆弧的一道边。我和姜慧并排坐在车子后座，关鹏坐在副驾驶，司机是另一个年轻士兵。

夸父农场停泊的地方，位于"月亮"的下方，而车子开了半小时，我们的位置已经和月亮平行。它是个巨大的发着白光的球体，悬浮于空中，而球体的表面，似乎有意模仿月亮，做出了类似于环形山的纹路。

关鹏回头见我和姜慧都在盯着那个圆球，便介绍道："这是底层空间的人造月球，今天是咱们中国人的中秋节，您看，这月亮多圆呐。"

"它平时不是圆的？"

"它是模仿真实月亮的运行与变化，现在是凌晨一点，它的位置是正中偏右，明天再看，它的月面就偏西，成为下弦月了。"

"那初一岂不就暗了？"

"初一的亮度会降低很多。"

"不影响照明？"

关鹏却哈哈一笑："将军，底层空间也是自然空间，完全模拟自然环境的变化，不仅有月亮，还有太阳，目前季节更迭与气候系统正在调试阶段。过不了多久，下面的大陆上，就能完全模拟地面上自然环境的变化了。"

姜慧问出了我内心的疑问："我们现在是在地下？"

"回夫人，我们是在太平洋中心一座山体的内部。还不仅是地下，更是深海之下。"

姜慧却冷笑一声："所谓的新大陆的反攻战略，就是躲在海里做缩头乌龟？"

关鹏一咧嘴："这是战略规避，等咱实力恢复，再杀出海面，将那群王八羔子拍成废铁，夺回天下！是不，将军？"

我只能点头。姜慧将脸转向了另一边，她的身子始终和我保持两指的距离，就像是与一个心怀不轨的色狼同行。

在关鹏的安排下，我和姜慧住进了一个一室二厅的套间，里面是卧室，外面是办公室和会客厅，有单独的厨房和卫生间，虽然小，却也别致。

他将我们的行李放下，又告诉我们，由于资源有限，每天的饮食都有定量分配，厨房中有无人机的送货通道，每天会按时送来食材。

关鹏道了句晚安便离开了，很懂事地给我们"夫妻"留下二人世界。

只有一间卧室，一张床，呵，这资源不是有限，而是极缺。这个夜晚注定要以冰冷的暴力或者热心的尴尬终结。

我的心思被会客厅的那张沙发抓住，于是简单洗漱，换上睡衣便坐在沙发上翻看百页书，等着姜慧睡觉，盘算着无论如何也要在这沙发上扎下根。我们俩似乎达成了某种默契，彼此一言不发，她频频出现在我余光里，整理衣物，换上睡衣，洗漱，之后走进卧室，嘭的一声，重重将门关上。

这卧室里必然也有眼睛，我们的一举一动自然也在它们的监视之下。也是幸亏智人管理局为我安排了一位视我如仇雠的妻子，否则，今晚又将如何度过？

我蜷缩在灰色的布艺双人沙发里，裹在身上的白色睡衣，在他们的眼里，一定看起来像是一只被掀开硬壳的蚌。我斜睨着黑暗的虚空，过去的人，过去的事，如百页书一样，在我眼前翻过。最操心的还是张颂玲的处境，我有种预感，她一定还活着。命运让我们重逢，又再一次将我们分开，是造化弄人，还是好事多磨？

头开始痛，眼角有冰凉的东西即将坠落。

我要去找她，要离开这里，带着颂玲回到祖国，我要和她生儿育女，耕种一片田野，相依相偎，了此余生。

我一定要离开这里！

……

吱呀一声，我猛地清醒，沙发对面的卧室门缓缓打开。没有光流出来，卧室里漆黑一片，但我在那团黑暗中，看见了姜慧的轮廓。她走了出来，怀里抱着什么，动作摇摇晃晃，略显笨拙，像是个蹒跚学步的孩子。她最终停在离我半米的地方，我的眼睛正好能看见她的膝盖到小腹的范围。她将怀里的东西展开，然后盖在了我的身上。

是一条薄被。

我闭上了眼睛，她没有任何动静，似乎一直站在我的对面，时间久到我以为她已经离开，实则没有。她就这样一直看着我，我不知过了多久，终于她的脚步声逐渐远去，卧室的房门啪嗒关闭，我的眼睛也没有睁开。被子虽是薄薄一层，却分外温暖。

早餐是300克不知名的鱼肉、200克青豆、两片面包和一杯牛奶，一共两份，包装在一个塑料餐盒中，餐盒外面是一架与之捆绑的无人机，餐盒外面写有无人机送餐和返程的时间，如果有需求，可以写下意见，后勤部门会做出相应调整。

我在姜慧穿好衣服之前，将早餐摆满小小的餐桌，出于对她昨夜行为的感恩，我准备开启我们登上新大陆之后的第一次正式交流。

"睡得好吗？"

姜慧正将一沓打印好的文件放入背包，听了我的话她愣了愣，然后头也不回地"嗯"了一声，半晌再无下文。

"这鱼肉蛮新鲜，你也来尝尝吧，很久没吃过鱼肉了吧？"

无声，她对着镜子拢了拢头发。

"也去工作？"我坐在餐椅上，希望进一步融化"家庭"的冰河时期。

她紧了紧白衬衫最上面的扣子，冷冰冰地答道："反正不去杀人。"

我轻叹一口气："到了新大陆，就不能开始新生活吗？我不希求即刻获得你的原谅，可你能不能给我个机会，就像昨天晚上……"

姜慧拎着包，已经出了家门。

我如释重负。

我终究不是演技派，是个内心没有多深城府的人。如果没有经历那么多信任、欺骗和背叛，我恐怕会直接把姜慧拉到一个没有眼睛的地方，跟她好好聊聊艾丽斯，告诉她：你脑子里的记忆，根本不属于你！

那属于谁？

大概是她的父母，或者是她的直系亲属。智人管理局创造的这一套记忆服刑法，旨在惩处十几年前已经死去的人类战犯。比如我的父亲程成，虽然已经死了，Ai主导的联合政府却认为他犯下的罪依然还在，而我，就要替代父亲服刑，刑期有一个多世纪。

车子在岩壁一侧的道路上始终保持斜向上的角度爬行，道路平整，岩壁悬崖的一侧，有高约半米的安全护栏，护栏之下，能看见一轮红色的人造太阳，正燃烧着从"东"方升起，夸父农场构成的拼图大陆在升腾的热气中隐隐约约，只能看到山川河流的走向，巨大的野兽比蚂蚁还小，已经分不出是什么动物。

我们现在行驶的位置，被关鹏称为顶层空间，是政府办公所在地。而刚才的半小时路程，我们大部分时间都在中层空间。动物们生活的草原，叫作底层空间。

"您可以想象一下子弹的形状，"关鹏一边开车一边给我介绍，"顶层空间就是子弹头，最下面的大陆草原，是子弹的底火，而中层空间就是弹壳。"新大陆的产业制造区，职能部门，以及居民的生活居住区，全在中层空间。

所有的职能部门都是围着山体，也就是关鹏比喻的弹筒内壁建设，但是极少挖建山洞，这里对山体唯一的改造就是盘旋于山体内壁的，被关鹏称为螺纹大道的军用高速路。

普通的居民，以及非军事职能部门是不允许有车辆的。他们的交通出行，多是乘坐公共交通设施，而这种设施却不是在公路上行走，而是垂直于山体的电梯，这又被关鹏称为"空中巴士"。其实就像是地面城市的城际铁路，变得垂直起来，所有的乘客像是乘坐火箭的太空旅客，其实更像是大葱，刷成深绿色的大葱，它被分成十层，每一层能围坐一圈乘客，可坐十六人，而中部则是上下移动的垂直履带，所有乘客必须从底部上车，从顶部下车。

每一"根"空中巴士都有自己的独有运行轨迹，彼此不交叉，都是从生活区开往各个工作区，其实就是工作班车。

中部空间的中心地带，还有个球形的交通枢纽站，这里发出的车，可以前往底层空间、顶层空间和其他部门。

与底层空间的仿自然系统不同，顶层空间和中层空间，只是通过岩壁上下，一环环的白色光圈获得照明，只是光的强度，也会根据时间而变化。早晨是黄白的光，中午是白光，傍晚就成了红黄的光。晚上宵禁之后，环形光源彻底熄灭。

我心中感叹，这块内部大陆，应该是万里长城之后，人类所建造的最大的建筑，可是如此庞大的水下工事，为什么之前一点也没听说过。我不敢提问，智人管理局有可能已经将答案编入我的记忆之中，这个叫关鹏的小伙子看起来老实，谁知道他真正的任务又是什么？万一听出我言语中的纰漏，我将失去这次宝贵的生命。

当然，智人管理局不会杀死我的肉体，只会清洗我的记忆。

不过还是可以让关鹏主动说出来，于是我将话题引向了新大陆的建设时间。关鹏故意放慢车子的速度，解释说："将军您有所不知，这里不全是我们建设的，而是我们发现的。"

"啊？！"

"咱们的人很早便发现了这里，具体多早，嘿，我还真不知道。一年前我来的时候啊，三大空间的主体结构已经建设成形了。我猜啊，工事在战前就已经开始。"

"那可了不起，你说在我们发现之前的人，他们为什么要在水下挖这样一个空间？咱们探讨探讨。"

"我咋跟您探讨？我是啥也不知道，书读得不多，自己也不喜欢看书，不过一会儿您看到那些东西，没准还能给我讲讲呢，您是大将军，见多识广。"

我干笑两声："你来此之前做什么工作？"

"读书啊。"

"大学生？"

"还没上到大学，机器杂碎就炸了我的学校，死了不少人，被俘虏了不少人，像我这种逃出来的，一千个里也就一个。后来我被军队救下来，便参了军，这年月，也就在军队还能混口饭吃。"

"那怎么来了这里？"

"嗨，还不跟您一样？"他专注地开车，绕过了一道地面破裂的陡坡，没继续解释，我也不便多问。

"还有父母兄弟吗？"

关鹏黯然道："我没爸爸，我妈把我养大，后来机器杂碎当着我的面，把她杀死了。"

他只有十八九岁年纪，按照正常历史来说，他应该是出生于五朵金花核爆之后，所以他记忆中，上过高中，母亲被Ai杀死，自然是被编写的故事。之前，我在硅城听说，大洋底部有一个联合政府的流放之地，想必便是此处。犯了罪的人类以及Ai慧人，会被流放于此处，永远无法返回正常世界。来到这里的人，要么是战犯的后代，要么便是俘虏。

所谓的新大陆，不过是一座巨大的监狱，联合政府的智人管理局为这里的人编造了一个战略规避、伺机反攻的美梦，让这群人心甘情愿地居于海底，帮助联合政府建造这庞大的地下空间。

这或许是联合政府为自己预备的避难所，他们的一条后路。

我正寻思着，车子开上了一块平台，平台两侧有连根高耸的石柱，高度约莫十几米，直径一米。石柱古朴，上面雕刻着奇怪的图像，我仿佛看到了蛇头人身的怪物。

"那是什么？"我急问道。

关鹏显然见怪不怪，不用回头看，便知道我好奇什么。"大概是……类似于，天安门广场的华表吧。"他下巴向前一抬，我顺势望去，却见平坦的广场正中，赫然出现了一座金字塔。"您若能看出门道，给我讲讲呗。"

这显然就是关鹏刚说的"那些东西"。

金字塔由大中小三个梯形构成主体，三个梯形又由若干层小梯形组成，像是台阶一样，层层向上，与墨西哥的玛雅金字塔倒是有些类似。顶部的梯形上方，有一个正方形的神庙，神庙之外，安排着两处装甲部队，几十名士兵各持枪械，严阵以待，提防着每一位来访者。车子停在了金字塔底部，广场四周都有部队驻守，庄重肃穆，就像准备随时有敌人闯入似的。可能在他们看来，联合政府已经派遣间谍进入此处，随时都能颠覆他们的政权。金字塔底层中心方形的石门外，两队士兵将我们拦住，领先一人查看了关鹏的同行文件，才允许我们走进了金字塔内部。

3

金字塔内部走廊两侧刻画着我看不懂的石雕和绘画，文字看起来像是象形文字，却又非常陌生，我在之前的书本上从没有见过。金字塔显然不是近期建造，我相信人类的技术可以再造任何金字塔，可走廊两侧石像石雕被岁月侵蚀的痕迹自然模仿不来。

壁画上，频繁出现鸟头人和蛇头人，他们似乎是金字塔的主神，体形也比周围的人类高出半个身子。古埃及人崇拜太阳神，虽然也有鸟头人身的神，比如战神荷鲁斯，但他们的人身着装部分，简单几笔却风格明显，可辨识度很高。不过这里的鸟头人身像，却有着更为精细的着装，那气魄像极了千百年前的中国皇帝。

穿过长廊，金字塔内部便又回到了现代科技时代，我乘坐着电梯和履带传送器经过了一道又一道人工和机械"关卡"，最终升到顶层的梯形，这里想必是新大陆政府的办公区，所有人无论男女，都统一穿着军装，虽然忙乱，却没有一人喧哗。

登上一道重修过的石梯，我来到了金字塔最顶层的神庙之外。关鹏送我到神庙门口，他自己则与门前的十几名士兵站成一排，示意我自己进去开会。

有几个士兵看了看关鹏，又朝我笑了笑，可是笑容之中，却似有深意。关鹏不敢看那些士兵，低着头站在最靠近门口的一侧。

我步入神殿，封住的石门为我向两侧开启，嗡的一声，虽只开了一道缝，金色光芒便从里涌出了一地，神殿内目力所及之处，大部分为黄金打造。

正中位置，是一张椭圆长桌，有十一位穿着与我同样军装的人已经就位，他们见我进来，有的人转头看了一眼，有的则点头，有的简单行了军礼打招呼，我回以军礼，然后坐在了靠近门的那张空位上。这十一位军官中，有七人都是亚洲面孔，另外四人有一位黑人，三位白人。

坐在我右侧的，是个亚洲面孔，见我到来便礼貌地点了点头。我左侧是个深目高鼻的白人，长着一张驴脸，他歪着脑袋看了看我，我向他点头，他却转过了脑袋。

虽然坐了满满一桌人，却没有人说话。他们彼此之间，似乎都不太熟悉。大家都在等待着什么，我望向桌子的主位，空空荡荡，显然这个位置，就是留给那位姓白的部长的。

"人齐了吗？"瓮声瓮气的巨响从左后方神殿的侧门中传来，随后我才听见一阵铿锵的皮鞋声，一位魁梧的金发军官昂首挺胸阔步从门后闪出，眼神凌厉，杀气腾腾。他的军衔是上将标志，于是我们全部起立，向他敬礼。他身后还跟着四名荷枪实弹的卫兵。

他身材高大且强壮，头颅也比常人大了一个号，五十余岁年纪，面目沧桑，右脸从额头到颧骨，有一道贯穿的刀疤，从眼睛划过，将眼皮切成了两半，庆幸的是眼睛没有受损害，他的鼻子和嘴唇均大于常人，算是天生异相。

他走到椭圆桌的主席位，向大家回礼，然后示意落座。坐下之后，他凌厉如鹰隼的目光逐一扫过我们的脸庞，眉间三道悬针竖纹清晰可见。

"今天是什么日子？"一句话说出来，整个会议室都嗡嗡响。

殿内安安静静，没有人回答，甚至连交换眼神也没有，每个人都机械地看着眼前的虚空。

"什么日子？为什么不说？"他眼睛里喷出火来，烧得人脸颊生疼，"忘了吗？"

这时候，十余人才齐声答道："没忘！"

"一年前的今天，五朵金花在地球上爆炸！你们敢忘吗？"他喝道，

"人类，这个在地球上繁衍了百万年的种族，最终被自己所毁灭，被核弹毁灭，被我们创造的机器毁灭！一年以来，各民族的游击队在地球上逐渐被Ai政府所消灭，人类已经完全失去了对大陆的控制权！我们的战友，我们的母亲，我们的妻子，我们的孩子……全都死于战火之中，死于冷血机器的屠杀之下……"

他顿了顿，冷眼看着我们的反应，我见到旁边有人抹了抹泪水，于是我也低下了头，故作哀恸。

"人类虽然失败了，可我们不能灭种，人类的文明更不可断绝！如诸位所见，我们在海底建立了新的文明，来延续我们的种族，传承人类文明。"他站起身，"我是新政府的国防部长白继臣，在座的诸位，有空军的长官，有陆军和海军的将军，但现在我们有一个共同的名字：继往开来者——我们承载了人类失败的悲哀，却又承担着复兴种族的使命。"

他顿了顿，靠近他的一名亚洲面孔和一名白人，开始带头鼓掌。

白继臣压了压掌声，慨然叹道："但是重建文明，谈何容易！各位都是身经百战的将军，自然知道叛军的厉害之处，如今我们势单力孤，与叛军根本无法决战。但是人类文明之火绝不能熄，我们必须做好长时间——可能要十几年，几十年，甚至百年潜伏的准备！"

几位将军对视一眼，眉间微皱。

白继臣向坐在我对面那位皱眉的亚裔面孔说："你是三天前抵达的夸父农场N40的船长罗中野吧？"

那青年军官起立回礼："正是。"

"看来，你有些想法，"白继臣向他挥手示意坐下，咧嘴一笑，"此处不是一言堂，复兴人类文明，需要大家的集体智慧，你若有好主意，不如说来听听。"

那罗中野便依言坐下，挺直身板，正经作色道："诸位长官，诸位将军，我虽不才，但却和诸位一样，有着一颗拳拳赤子之心，已准备将这条性命，付与复兴文明的伟大使命。部长说得对，我们势单力薄，的确需要休养生息，做持久之战的打算，可是，反击Ai如果单独靠我们的话，这条复兴之路将无比漫长。"

"哦？"白继臣仰靠在座椅中，眉毛向上一挑，"那么，罗将军有何良谋？"这白继臣看似广纳良言，可从他细微的表情中，我却感觉到，他似乎对于别人的意见多有不屑。

罗中野并未察觉到白继臣的态度，继续说道："白部长，五朵金花爆炸一年，虽然对人类的打击巨大，可这并不代表着人类已经全然灭绝。我们不是最后的人类，短期内也不会成为抗击Ai叛军的中流砥柱。"

"那我们将来仰仗谁呢？"

"据我所知，有不少军警、民兵以及普通的百姓，分散在世界各地的山林川泽中，他们没有放弃希望，一直在与Ai抗争着。我们并非打不过这群钢铁家伙，它们有自己的弱点，并非无懈可击。一般在自然地形复杂之地，我们是完全可以战胜敌人的。所以，虽然Ai占据了人类文明的绝大部分城市、乡村，可是，我们却拥有着广袤的自然，也可与敌人形成对峙……"

白继臣插话道："莫非，你也想效法古人，来个农村包围城市？"

"我认为，新政府应当派遣使者，去寻找游击队，去联络散落世界各地的残余力量，只有形成稳定的联络，我们方能各自支援，唯有联合所有能够联合的力量，约定日期共同反击，方能克敌制胜。"

罗中野的声音还在神殿内回荡，良久，无人表态。白继臣眯着眼睛，意味深长地哦了一声，随即观察着桌子上其他将军的反应，没有人附和，也没有人反对。

罗中野左右看了看："哎？你们难道不认可这个想法吗？这可是最符合当下的战略。"

依然没有人答话。有几个人凝眉沉思，有几个人却暗暗摇头，还有几个人装作没听见似的左顾右盼。

他们的心中似乎明白什么，是这罗中野所不了解的。

白继臣忽然坐直身子，啪啪地拍起手掌来："好主意呀，真是好主意。"

他一笑，凝固的空气也流通了，坐在罗中野近旁本来深入思考，未敢表态的两名亚裔面孔拍着罗中野的肩膀，挑起大拇指。

“我们就知道白部长会同意！”

“罗兄，说出了我等心声。”

“是啊，缩在这里成何体统？适当时候，还是要出去干他娘的！”

“硬杠，这才是爷们儿，有咱军人的铁血本色！”

……

也有些人面无表情，包括我在内。我不动声色，是因为具备看了一部分“剧本”的优势，而其他人不表态，要么是内心反对，要么是看不清形势，总之，不表态的人显然比那些附和罗中野的人聪明许多。

白继臣双手叠放在桌面上，目光挨个扫视：“其他将军也可以谈谈看法，同意或者不同意罗将军的建议，都说说吧。如今正是用人之计，希望大家各抒己见。”

除了两个明确拥护罗中野的人之外，其他人依然默不作声。

空气再次凝固。

“虽然不少人都是初次见面，但现在谈的是工作，观点交锋之后，彼此便熟悉了。”白继臣笑了笑，希望降低紧张感，“本次会议，是要为诸位安排在新大陆的工作，你们都不表态，我也不知诸位的想法，又如何选贤而任能？”

还是没人说话，刚才附和罗中野的二人仿佛也嗅到了奇异的味道，全都安静下来，面面相觑。

“哎？都保留意见？”白继臣面色一沉，两道游移的目光停留在我的脸上，“我听闻，今天凌晨，东北亚防区空军第四飞行大队的程成将军抵达新大陆了？”

“程成”二字一出，场内一片哗然，所有人均左右相视，寻找着程成的所在。

我自然不会等白继臣点名，于是从座位上站了起来，向座中之人敬礼。几乎每个人的脸上，都换上了一股子厌恶。

“原来你他妈就是程成！”坐我旁边的那个驴脸白人龇着牙道，“滚开！你这蠢货！”其他人也均有愠色，却未表现得像这白人将领一样无礼。看来，指挥投下“五朵金花”的程成，在这里成了人人喊打的老鼠，人类战争失败的罪魁祸首。

白继臣向我这方向压了压手。"既然来了新大陆，过往之事便不再提。程将军是一位不可多得的天才将领，但谁都有犯糊涂的时候，战争失败是所有人类的责任，不能归咎于一人……"我坐回位置，他的目光钩住我的眼睛，"那你来说说，罗中野将军的建议，是否最为符合当下局势？"

我谨慎答道："我刚刚抵达新大陆，尚未了解全局，不敢妄言。"

"哎？过谦了不是？你程成能率领第四空军大队，只用了不到一年的时间，抢回来半个太平洋，若非有过人的胆识和智慧，又怎么做得到？"白继臣恭维了几句，"这里其他人的意见也就罢了，就数你程成，最有发言权。"

白继臣两侧的两名将军嘴角却挂上了些许轻蔑。

我心中迅速盘算，他们都活在谎言之中，如果我此时讲实话，恐怕反而会被当成骗子。可如果顺从罗中野的看法，这些人恐怕就像曾经那个从天上越狱的我，将来必蒙噩运。所以，在不能控制局面之前，绝对不能让这些人冒险。

他们其中，一定有父亲曾经的战友，或者像我一样的军属后代。

"程成将军，此时万千同胞正在世界各地，等着我们的军队去营救，去支援！"罗中野眼神恳切，"你肯定不会辜负他们，对不对！"

我叹了口气，示意罗中野不用多言，却向着白继臣以及桌上其他将军道："我认为，当前我们必须认清形势！什么形势呢？敌强我弱，敌众我寡，敌明我暗——这代表什么？代表着，敌人有十足的实力，可以将我们瞬间全歼。但他们为什么没有将我们抓进牢笼？还不是因为我们在太平洋的底部，在一个Ai的数据库里根本不存在的地方，在一个卫星也拍不到的地方！如果我们暴露了，后果可想而知！如今，我们尚有一隅喘息之地，我们已经输不起，倘若再有一丝一毫的纰漏，我们连新大陆都会失去，人类文明最后的火焰也要熄灭，那我们的英雄壮举，到底是好是坏？小不忍则乱大谋啊，危急存亡之际，大家务必慎重！"

此言一出，罗中野不停地摇头，而其他人虽然正眼看着我，却用余光瞄着白继臣脸上的雨雪阴晴。

偌大的神殿里，静得连底层空间剑齿虎剔牙的声音都听得见。

白继臣脸色凝重，他先看了看其他人："大家表个态啊，先抛弃个人成见，有没有人支持程成的战略？"

我旁边那白人军官又骂道："这又是什么狗屁战略，这是缩头乌龟！"

白继臣见其他人不表态，便说道："如今，罗中野和程成两位将军，各持两种截然不同的观点———一种，建议我们积极外联，伺机反攻；而第二种，认为……呵呵，就像安德烈所言，劝我们做缩头乌龟！"

几个将军附和着白继臣干笑了几声。

白继臣忽然厉声道："可我们新大陆，没有两条腿，只能走一条路，我们的命运，要么兴，要么亡！敌人不会给我们试错的机会！"他再次扫视众人，神殿中回荡着他重重的呼吸声，"这次会议，决定着新大陆的命运，现在，你们所有人必须表态，投票决定你们支持谁的方案！赞同罗中野的，站到罗中野身后，赞同程成的，站在程成身后。"

此言一出，没有人动身。

白继臣重重一拍桌子，身后四名卫兵陡然将枪举起，交叉瞄着椭圆形方桌两边的人。

"我的命令，全是放屁吗？"白继臣嗡隆隆地说着，"谁也不许弃权，十秒钟给你们选择！"

没有用十秒钟，其他十名将军就选择了他们认为对的路线。那名叫安德烈的驴脸将军，一边瞪着眼，一边走到了罗中野身后。我见罗中野身后站了五个人，便知道我身后的数字。

围坐在桌上的，只有三个人。我与罗中野正面相对，代表着两条路线。而白继臣坐在主位上，像是犹豫的宙斯。

"哎？这可难办，"白继臣悠闲地端着面前的茶杯，硕大的头颅左右看，"竟然人数相当啊，你们可真会给我白某人出难题……"他喝了一口茶，忽然想起什么似的，"这样吧……"

他撩开军装，松开领带，解开衬衫上面两个纽扣。伸手进入脖颈，一低头，手中多了一圈黑绳挂坠。

坠子上不是什么稀世珍宝，连黄金玉石也算不上，而是一枚硬币。这硬币也非金属，而是塑料。只是在硬币的边缘，打了一个细孔，穿入绳线，做成了这件挂坠。

他一边解开绳子，将硬币取下来，一边唠叨："关键时刻，还是得请出我的老伙计。"他右手大拇指和食指捻着硬币，"既然不好选择，那我们掷硬币吧，文字一面朝上，我们就听罗将军的；花面朝上，就依程成的，当缩头乌龟如何？"

他笑着看向我们双方，我实在不解，如此重要的决定，为什么他却能用掷硬币这种完全随机的方式选择。

硬币又朝着我们晃了晃。"我可要开始咯……你们紧张不紧张？"两只牛一样的眼睛里洋溢着狡黠，"哎哟，你们似乎不在乎结果？这怎么行呢？要不这样吧，我们不如玩个狠一点的——输了的人全部去死，如何？"

堂下哗然，此时，不仅是白继臣身后的卫兵将枪口对准了我们，神殿正门再度开启，两队士兵跑步进入，来到我们的身后，整齐划一地拉掉了步枪的保险栓，各自用枪口对着我们的后脑。

"哈哈哈！"看着所有人都吓得说不出话，白继臣却哈哈大笑，"好玩吧，好玩不好玩？"

谁敢说好玩？

他话音骤变，厉声喝道："我问你们话，好玩，还是不好玩！"

"好玩……"

"好玩……好玩……"

"不好玩，不……好玩……好玩……"

……

在这陡变的形势下，每个人似乎都失去了主心骨。

白继臣道："既然如此，那么，我宣布，游戏开始咯！"

他右手大拇指向上一弹，噌的一声，硬币在空中画了一道弧线，它向前翻腾了不知多少周，终于嗒的一声，砸在桌面上，又跳了几下，终于躺在桌面上不再动。

所有人都盯着那硬币的上面，我这才看清，这大概是一枚纪念币。

首先看到的人喊道："是字，是字！"

话音未落，我旁边一人忽地瘫坐向后，摔了个趔趄。而罗中野和他身后五人欢呼万岁！白继臣无奈地摇了摇头："哎呀，怎么回事，到底怎么回事呀？"我身后的枪口顶在了我的后脑脖颈处，冰凉，我心脏猛跳，这才来到新大陆第一天，就要如此草率地被夺去生命？造化弄人，还有比这更不可思议的结果吗？

"既然如此，我也就不勉强了，这是天选的，它执意如此，我……唉……"他怜悯地看向我们，"程成将军，实在是抱歉，抱歉呀，你们死的人，可千万别怪我……"

对面的安德烈冷笑道："你们中国人最信报应，看呐，报应来啦！杀人魔头，终遭恶报，哈哈哈，看呐！"

白继臣朝着安德烈摇了摇手掌，示意他不要落井下石，又向双方的将军拱了拱手："天意要我听从罗将军的想法，这是天意呀……天意……"

真的是天意吗？

白继臣低下了头，似乎不忍看这行刑场面，他举起右手，低沉的声音断然喝道："杀！"

"砰！"

几乎是同一声，实际上是六支枪同时射出了子弹。声音在耳畔响起，我紧闭眼睛，枪声在神殿回荡，我眼前的黑暗之中，没有看到死亡刹那闪出的圣光，反而，一股热血的腥臭味扑鼻而来。

"这天都不属于人类了，还信他妈哪门子天意！"白继臣咒骂道。

我这才敢睁眼。

罗中野趴在一摊血水里，后脑被炸出一个大坑，脑浆溅了半张桌子。对面支持罗中野的五人，全都躺在了地下，我能看到的，是桌子挡不住的血液。我这一侧剩下的人战战兢兢，似乎已经忘记了心跳呼吸，都有种劫后余生之感。

右面那人双手按住椅子后靠，尽管如此，椅子腿都在打战。

白继臣此时才抬起头来，眯着眼睛看向了罗中野一侧的六具尸体。

"唉……都什么时候了，还信天意？我白继臣最不信的就是天，最不敬的就是神！"他笑着看向我们，"六位将军，欢迎加入新政府。如今我们已经统一思想，就在这大洋之底，老老实实地当乌龟的儿子王八蛋也好，当王八蛋的儿子龟孙子也罢。总之，我们要做烧毁栈道的刘邦，不做沽名钓誉的楚霸王！"

我身后传来一人鼓掌的声音，紧接着，又是一人，第三人，第四人……

掌声稀稀拉拉，却能听出有人的确卖力地迎合着。

"大家来落座！"

那五人在我两侧坐下，目不斜视地盯着眼前的虚空，不知他们能否无视面前的血肉。

"人类为何走到了这一步？"他像一头野兽一样，放松似的转着脖颈，眼睛却一直盯着我们，"你们如果能明白这个问题，自然就会理解，我为何一定要杀死他们。"

我们静静地听着，任由着神殿成为他的一言之堂。

"战争的原因，就是人类对待Ai的态度，产生了两种截然不同的看法。一方认为，Ai永远是工具，是机器；而另一方，由于情感Ai走入生活，甚至一些人愿意与机器结婚，便萌生了为Ai争取人权的想法，并在一些国家地区开始推行。你们或许不太清楚，在我小的时候，Ai威胁论已经萌生，人类对于异类的恐惧，自……呵呵，几万年前，几十万年前就已经开始了。智人，无法容忍其他类人的种族，与他们共同占有大地！野性的基因在Ai崛起的时候再度醒来……这场战役，是智人内部的战争，是两种看待Ai观点的战争——从这次失败中，我们难道不能明白什么吗？"

他重重地粗喘一声，肃穆地盯着我们。

"人类，一旦存在两条路线，两种意见，两方的观点，就一定会引发巨大的矛盾，为衰落和灭亡埋下伏笔！"他盯着坐在桌子末首一位三十多岁的高加索人道，"伊万，你出生的土地，曾经崛起过一个叫苏联的国家，如果你稍微了解历史，就知道它长期处在两种路线的长期斗争中，而在国际上，北约和华约两种意识形态的对峙，也让人类时刻处在第三次世界大战的恐慌之中。最终，苏联解体。"

他又看向上首那一直迎合他的黑人："威尔逊将军，你们美国拖垮了苏联，但为何也最终走向衰落呢？"

"这……"

"作为一个美国人，难道没有亲身体会吗？"

"有的！"威尔逊咽了咽唾沫，瞟了一眼对面气势汹汹的军人、枪口和尸体，"白部长聪明睿智，高屋建瓴，我的看法，怎能跟白部长比！"

"哟？你都没说，又怎知道你的观点不如我？"

威尔逊陡然站直："我托马斯·威尔逊将永远追随部长，忠于部长！"

"答非所问！"白继臣笑了笑，"算了吧，你们这些大兵，丘八一个，多读些书，没什么坏处！"他示意威尔逊坐下，继续道："美国兴于民主，同样败于民主，两党之争在一定时期内，的确让美国经济腾飞，成为全世界民主政体的老大哥，它向全世界兜售自己的价值观，的确也改变了世界。可是，世界形势变化多端，到了二十一世纪，尤其是计算机技术以及网络技术的崛起，民意通过网络工具无限增强，国家政体的政治决定，小到某个税种的增改，大到国家总统的选举，民意过分增强，让两个轮流执政的党派，全在刻意迎合民意，而忽视了整个国家的未来——历史教训就在眼前！和平时期尚且如此，更何况现在呢？非常之时，必要非常之人，以非常之手段，行非常之事！诸位将军，心中必骂我残暴，可我白继臣仰不愧天，俯不愧地，我所做的一切，需要时间给予答案！"

我不禁佩服白继臣的演讲才能，随着他们的掌声，也不禁鼓起掌来。但同时心内一个声音也在提醒自己：他的慷慨激昂，建立在一个谎言之上。

连他自己都不知道的谎言。

秦铁曾对我说，人类几十万年来，只做了两件事——戳穿别人的谎言，并构建自己的谎言。联合政府完全掌握了人类的这一弱点，巧妙地利用谎言编造了一个个的故事去统治人类。

"所以！"白继臣重重强调，"我不管之前诸位有多么高的官职和地位，来到此处，都要忘了之前的荣耀和失败，重新开始。你们现在做出的努力和牺牲将是巨大的，但意义也是巨大的，未来的人类，将会永远铭记你们。你们是父亲，也是创世的神。所以，从现在开始，你们之前的职位与工作全部改变，每个人都将与这里的两百名工程师和科学家，为五万名活体和胚胎冬眠者服务，帮助他们成长为人类的海洋一代！让他们，代替他们的父辈，收复我们失去的大地，恢复我们伟大的文明！"

第二章
基因复活

1

我拿着委任状走出神殿，身上汗津津的，头发也被汗浸得黏腻腻的。

又是一次死里逃生。

门外等候的士兵还有五个，大概是神殿中其他五位劫后余生者的秘书，可我却找不到关鹏，问了两个站岗的小兄弟，才从神殿下方的石阶上看见他。

他正失神落魄地坐着，待我坐在他身旁，才发现我。

"将军！"他猛地站了起来，仿佛看见死人复活似的吓了一跳，又惊又喜。

是的，他还真以为我死了。

"王八蛋，阿铭哥说您也被毙了，让我别在门口等着。我一郁闷，就来这儿坐着了。他妈的，他竟然敢咒您死。"

我拉着关鹏赶紧离开，一秒也不想在这里多待。

关鹏自看了我手中的委任状之后，就向我介绍了一路教育厅的好处。会议上，我被白继臣任命为教育厅督导，配合厅长周茂才筹划建立新大陆的教育体系。

"这虽然是个冷衙门，没什么油水，不过倒也轻松，尤其那个周茂才，是个十足的软蛋，估计您以后想捏就捏，捏爆他的两颗卵蛋，这老小子也没脾气。"去中层空间的路普遍下坡，关鹏一边开车一边聊天，开车速度极快，转弯也不见他刹车，我看着下面的万丈悬崖和忽然蹿出来的空中巴士，脑子一阵阵眩晕。

我一路上问了不少与教育厅相关的问题，关鹏见我总向他请教问题，架子不大，对我便开始松懈，年轻人没大没小的毛病便显露出来。"他刚来新大陆那会儿，是我接的他。您昨天也知道，出导航台需要迈过一道30公分的裂隙，裂隙下面就是百米高空嘛，您轻轻松松便过来了，这老头在导航台上站了两分钟，双腿抖得跟挑起来的面条似的，还是我亲自把他背上了新大陆。"

"他什么背景？不是军人？"

"当兵的哪儿搞得了教育工作呀！嗨，我帮您搬行李的时候，还看见了您的百页书，也就是您还读书，现在这年月，枪炮才是真理，谁还研究那东西。这周茂才据说是个什么专家教授，我虽没上过大学，可总听说教授常和女学生搞，不知道他搞过几个。"这小子说话可真是越发没有遮拦，"可他那小鸡子似的体格，估计能力也不强，最后还得让女学生办了……"

我赶紧打断他："他是研究什么领域的专家？"

"具体的专业名词记不清楚，好像是和脑子相关，嘿，我看是名不副实，如果真是个脑子专家，咋不给自己治治，屄包一个！"

"好赖也是个厅长，新大陆军政一体，那是你的长官。"

"我这不是给您普及常识嘛，在他面前我自然不这么说，咱也是有修养的人。"他紧急避开一辆开上来的卡车，"但即便我让他，不找他的碴儿，可拦不住别人撩拨他。上礼拜，我就看见阿铭哥当着学生和老师的面，一脚就把周茂才踹了个跟头，这老头眼镜儿都摔裂了。结果呢，站起来还给阿铭哥道歉，说自己不小心绊倒了阿铭哥，恕罪恕罪。"

"这可有点过分。"

"将军，您有所不知，咱们这里，军人的地位最为尊贵，各个职能部门的最高领导，哪个不是军人？所以您对这些读书人说话，不用客气，看见不满意的，就一脚踹他卵蛋！"

"这成何体统？"

"嘿，您来晚了不是？没和他们这群人打过交道，您接触接触就知道，这些文化人，效率真是低得不像样子，"他猛地一打把，在公路上来个漂移，"哪儿像咱们军队，上传下达，如臂使指，当初若不是这群文化人吵着闹着干扰了政治和军事，战争哪儿打得起来？我们又怎能失败！踹死丫的活该。"

我猛然明白了，这新大陆就是个军人独裁政府。上到白继臣的一言堂，下到关鹏这些小兵子的做派，到处都弥漫着用拳头说话的霸道。

"我还有一个问题请教你啊，白部长的上级，你知道是谁吗？"

"嗨，将军，您用什么请教，这不折煞……"

"以后没人时，你就叫我成哥，别总将军将军的。毕竟我现在改换职称，有了新的工作，也要有新称呼、新面貌。"

"成……成哥！嘿嘿，我一眼看见你，就知道你是个好脾气，跟你混错不了，咱队伍里，像你这样的人，不多咯！不过我得建议你，跟这群又臭又酸的知识分子，不用这么客气，大部分时候，拳头比嘴管用。"

"少啰唆，快回答我刚才的问题。"

"哦……我听说，白部长是军事委员会任命的，只不过这委会在哪儿，我还真不知道。不过，等我们将新大陆建设成一个稳固安全的后方，比白部长还高的大官儿们，没准就来了。"

"白部长是什么时候来的这里？"

"这具体时间我就不知道了，新大陆开始建设的时候，他就已经在了。"

车子盘旋而下，一直穿过了中层空间，我都见着底层空间的太阳了，车子也没停。

"你这是去哪儿？"我急问道。

"不是去教育厅吗？"关鹏点了点刹车，车子速度降了下来，"我忘了告诉你，教育厅在底层空间。"

"这又是什么安排？"

"没听出弦外之音？"

"还有深意？"

"这么安排的意思，就是说，做教育的人，和畜生为伍，除了浪费资源，有个啥用？"

这群当兵的对文化人轻视的程度，大大出乎我的意料。我心内慨叹，却不好表达出自己的看法，眼睛看向下面，此处距离夸父农场构成的拼图大陆也就一二百米的高度，连豹子追逐羚羊都清晰可见。

我根据记忆寻找到了夸父农场N33的位置，它已经和拼图构成一体，实在难以辨认。我只记得曾经有条河流，便沿着河流的主线和直线，终于确定了我工作的地方。

N33上面，还有大约三四百男女工人，正扛着铁锹等工具，整修着人工河道。那群人年纪看起来不大，都是二三十岁的样子，而且其中不乏断手断脚的残疾人。

我望着不远处停靠的挖掘机诧异道："有机器不用，干吗用人来做这些最基本的工作？一挠子挖下去的土，够四个人刨半小时的，资源再少，也无须这么节约吧。"

"成哥，那是囚犯！"

"哪里的囚犯？"一听他说囚犯，我登时来了精神。

他指着N33那群人："河道左岸你看见没？那两百人是当年投降Ai政府的叛徒，现在被抓了回来，被判了劳改的刑罚，你再看看右边，看清楚没，有什么不同？"

"不同？"我仔细观察着，"右侧的残疾人比健全人多。"

"哈哈哈！"关鹏踩了刹车，将车子停在高空的公路上，从座位一侧拿起一个望远镜递来，"你仔细看看，右岸上的那群，是什么人？"

我拿起望远镜朝着河流右侧的工人群看去，这群人大多都是相貌英俊的年轻男女，有的人断了胳膊，有的人断了腿，有的人皮肤裂开，但本应是伤口之处，却没有任何包扎，反而是电线线圈与金属骨架暴露在外。

"机器人？"

"这群，是我们打仗的时候抓来的Ai俘虏！"

"他们的身体都残了，也能干活？"

"能，比左边那群叛徒干得还快还多嘞！毕竟，机器人不用喊累，也不犯困，更不闹情绪。"

"你们为什么要把他们和左岸的人类分开工作？是为了防止人类利用机器人偷懒？"

"哪儿啊！这群人和机器人一见面，经常性的打架斗殴，我们也是不得已才将他们分开，打死一个少一个劳动力。"

我大致搜寻了关鹏所谓叛徒的脸孔，没有看到一个熟悉的脸庞，于是将望远镜还给关鹏："这几百人去修整如此大的陆地，也是一个巨大的工程啊。"

"你别担心，因犯的人数远不止此！新大陆各个部门的杂役工作，基本都有相应的因犯来负责，还有娱乐场所的服务工作。总之，凡是卖傻力气的事，就少不了他们。"关鹏示意我上车，然后神秘兮兮地侧耳过来，"还有一些美女，嘿嘿。"

一点暗示之后，戛然而止。我不明所以地看着他发光的眼睛："把话说完。"

他反而睁大了眼看着我："成哥，你不懂？"

"你卖什么关子，你不说我又懂什么？"

"你平时不找乐子？"

"夸父农场上能有什么乐子？"我忽然想到了第三人，"除了调戏机器人。"

"是啊……"他一脸你心知肚明还问啥问的表情，"调戏的下一步，不就是……"

我实在跟第三人没有什么下一步可言。

关鹏将手指向中层空间一处凸起的平台，上面悬空建着一条长街，由于隔得太远，只能看见房子花花绿绿。

"成哥，晚上我带你去逛逛呗！"车子开了出去，"你压力这么大，得多多放松。"综合他刚才说的美女，以及那仿佛闪着霓虹灯光的悬空长街，我似乎明白了他"找乐子"的密意。

果然，开出了几百米，他还嘱咐了一句。

"放心，我不会让嫂子知道的。"

所谓的教育厅，如今看来，更像是一座中学的结构。它的面积以平方公里计，所以不能像其他职能部门一样悬空建设在岩壁之上，而是巧妙地利用了下层空间一块凸起的石台，把学校建在此处。

整座学校看起来颇像个张开的贝壳，立起来的那一扇贝壳是利用了山体形态雕琢而成，以防护从中层空间掉落的杂物、碎石，实际上是个安全防护网。

在贝壳中心，建着两座球形建筑，像是两颗相对的透明珍珠，一座为教学办公楼，另一栋大概是学生居住的寝室楼。

在另一扇平放的贝壳页中，还建了一块操场，足球场、篮球场、跑道和其他体育设备一应俱全，几十个学生围着两个老师，正在操场上做热身锻炼。

我在关鹏的陪同下进入教学楼，一进门，就听见了一阵喧嚣，男女学生在走廊里跑上跑下，几个教职员工来来往往，对着我和关鹏看了又看，下意识地暗示学生回避我们。

还没上楼，就见着厅长周茂才小跑着赶过来。他五六十岁的年纪，脑门蔓延到了后脑勺，脸上没有多余的肉，显得清秀儒雅。

"二位长官，怠慢怠慢。"

我伸手过去，可周厅长却不敢握手，而是像个甲级战犯一般，卑躬屈膝地站在我们面前，点头哈腰。

我敬了一个军礼，并将委任状递上去："教育督察程成前来报到。"

这一句话吓得周厅长手一哆嗦，差点把委任状掉下去。他这才盯着我的面目看了又看，直到关鹏提醒他，他才道："不敢当，不敢当，你是我的长官，是我的领导，咋能叫报到呢？欢迎程督察来指导工作，我不胜荣幸。"

关鹏道："老周啊，你就让我们程督察站着和你说话？"

周茂才擦了擦额头上的汗："长官批评得是，是我照顾不周，还请程督察移步。"

关鹏笑着拨了拨周茂才脑瓜顶硕果仅存的几根头发："程成督察在这里，我还算什么长官？"

周茂才果然胆小，不过我见他第一面就有种难以名状的亲切感，或许这是我内心对于文化人的尊重，毕竟在这乱世之中，他们才是人类的珍宝。世人皆有死，可文化不能亡，世界末日最有资格活下去的人，就是他们。

我见他对关鹏颇为忌惮，便让关鹏少说话。我跟着周茂才上楼，来到我的私人办公室。这是一间颇为"气派"的房间，至少我觉得，他用了很多心思来讨好未来的督察。

一张宽阔的红木办公桌，一个摆满了经史子集的大书架。办公桌后面还挂着一幅书法，应该是行草，写着"文以载道"四个大字。

一侧的墙壁，挂着西洋油画，画的是三个一丝不挂的"野人"，挥舞着木棍石头，和一只老虎或者豹子似的动物搏斗。对面的墙壁上，是一幅中国山水画，画的是深秋浓雾的早上，远方隐约连绵的山、近处影影绰绰的林，以及空中翱翔的群雁，颇有意境。两幅画的落款是同一人，竟然是英文的Leonardo da Vinci。

老周介绍："这两幅画是达·芬奇的作品，而你刚看到的篆书，是孔子的手笔！"

我看了看周茂才笃定的眼神，他似乎不容置疑。我哑然，他是傻子见多了吗？虽然这里的大兵都没文化，可这骗局未免也太没文化了点，稍有点文学历史基础的人都知道，孔子的时代跟行草沾不上边，就像达·芬奇和中国山水画毫无关联一样。

门口还特意为关鹏安排了一副桌椅，关鹏看着墙上的字画，不禁拍手称叹，努力组织语言，想去赞美这三幅艺术作品，可掏了半天，只捞出一句："漂亮！真他妈的漂亮！配得上我成哥！"

"你对这房间还满意吗？"周茂才接着话茬儿，以一副新嫁娘试探公婆的语气问道。

我点了点头，看穿不戳穿也是一种美德："感谢周厅长如此费心。"

"程督察，你对我们的工作中出现的问题，一定要多包涵。"他依然向我卑躬屈膝。

我扶住他发软的肩膀："我就是一个教育门外汉，未来的工作，还听周厅长指示。"我察觉到他眼睛的余光总是看向关鹏，于是编了个理由，让关鹏出去了。

周茂才似乎感觉到我和其他士兵对他的态度多有不同，见关鹏离开，腰板也硬了许多。

"程成将军……久仰大名……"他眼神忽然温暖起来，像个长者般看着我。

"周厅长，你的年纪，估计都能做我父亲了，可别对我如此客气。"

"哪里哪里，你这么说，如果被关长官听见，我以后可没好日子过。"

"年轻人不懂事，"我握着他的手，安慰道，"既然新政府安排我做教育厅的督察，那未来自然不会让周厅长和教员们再受任何人的欺负。"

周厅长眼眶湿润了，他努力眨了眨眼。

"程成……"

"对，你喊我名字便可。"

"能见到你真好……真好……"

2

周茂才手下有20个人左右的教学和管理团队，负责着大约5000名逐步苏醒的活体冬眠者的教育工作，并要搭建一整套的教育体系。

他本想召集所有教员召开一次见面会，隆重介绍我，被我拒绝了。没有了关鹏的压力，他也摸清了我的脾气，谈吐和举止正常起来，高级知识分子的涵养和气质也流露出来。听他讲话我才明白，原来活体冬眠者并非是我之前想象的囚犯，而是一群十几岁的孩子。

夸父农场N33运送的活体冬眠者就是这座学校的学生。

"程督察啊，你以后一定要帮忙反映一下教育厅的情况，虽然现在我们的学生有500人，直接负责教育工作的老师还忙得过来，可是下一批再苏醒500个孩子，我们的老腰，都得累折了。"他一边走一边揉着腰，"现在采取的是逐步苏醒，渐进式教育模式，这是我向白部长提的建议，他也同意。可是你们军方又有想法，希望我们能加速对学生的教育，所以第二批孩子马上也要来了，老骨头不散架才怪。"

"学校里还有像你一样的老资历？"

"那当然，老师嘛，不老当什么老师？我们教育厅的工作人员，有相当一部分是我当年大学里幸存的学生，被我带了出来，可是教课不行啊。"他言语沧桑，"所以，他们只是支援教育，当个助教罢了，可即便这样，他们大部分人还要被抽调去其他部门，去负责海底大陆的建设工作。"

"你这厅长，和光杆司令也没什么区别，手下没兵啊。"

"那倒不至于！"他神秘一笑，"至于讲课，我还是有几位得力助手的，而且资格比我还老。"

"看来你能力不小，退休返聘回来的也被你拉进来了吧。"

他嘿嘿一笑："退休返聘，哈哈哈。也差不多，不过这返得有点久。"

周茂才带我到一间教室门口，里面坐着五十名左右穿着统一白色长衫的男孩女孩，他们的头颅都比常人的大了一圈，脸形和五官让我想起了白继臣的模样。

"这些孩子为什么都和正常孩子不同？"

周茂才道："他们都是生于战争时期，被战争和污染影响的一群人，所以身体结构发生了轻微的变化，不过我们测试过，他们的智商不受影响。"

他正说着，我却透过玻璃，看见了一位穿着淡灰色毛衣，满头银发的老头从人群中走上了前台，这老人看起来很是眼熟。

"认识吗？"

"这是……"我仔细辨认着他的模样，他脑袋上的头发呈爆炸状，宽阔的脑门之下，一双深邃而充满智慧的眼睛，在西方人中不算高挺的鼻子下，是白色的八字胡，同样乱蓬蓬、乱糟糟，整个人显得有些邋遢，不修边幅。

尤其是他嘴里还叼着一个烟斗，却没有烟冒出来。那个名字就在我嘴边，周厅长看着我着急的样子，笑了出来。

"爱因斯坦！"他公布了答案。

爱因斯坦！对，没错，和书上那位20世纪最伟大的物理学家几乎是一模一样。

"这位是爱因斯坦的后人？"

"就是爱因斯坦！"

"那个科学家？"

"对，爱因斯坦本人！"

"这怎么可能？他都死了快一百年了，怎么会在这里……"

"死了可以复活，"周茂才有些得意地说道，"这是战前我在大学里负责的科目：基因再造人。"他解释说，爱因斯坦不是一个真正的人类，是他们拿到了爱因斯坦的基因之后，复原再造的"人类"。"他的大脑是和我们相同的人脑，但是除了大脑之外的其他部件，均是人造的无机物。"

"那不和机器人一样吗？"

面对我的质疑，周茂才说："其实不一样，Ai归根结底是一台电脑，但是基因再造人却是根据基因技术复原爱因斯坦大脑，结合人体工程学的人造肌体，制造的深度合成人。"

我听得一头雾水："这不和脑机结合一个道理？"

"不同。你可以把这项技术理解成，人类大脑和机器躯干的整合，是脑科学和人体力学的最高成就。而你所说的脑机合成，只是让Ai进入人脑，控制人体神经，这种玩法会模糊人类和机器的界限。我年轻时比较提倡这种技术，现在这时候，我不建议这么做，否则会被你们军方的人当成间谍屠杀。"

"既然连大脑都复原了，为什么不给爱因斯坦复原一具肉体？"

"孩子，肉体是需要时间来成长的，"他拍着我的后背，"就像你，差不多用了三十年才长得这么高大，我们为了战争，哪里有那么多的时间去准备呢？"

"我还是有一点不明白！"

他仿佛非常喜欢听人向他提问："请讲。"

"你虽然根据爱因斯坦的基因复制了他的大脑，可你却并不能将他生前的知识和智慧一起再造出来。"

"你说得没错！"他笑得欣慰，仿佛我就是他的学生，"爱因斯坦的大脑可以根据基因再造，但他的智慧无法再造，所以，我们只能用记忆编辑技术，根据爱因斯坦的生平，以及他死后百年间发生的事件，编制一份记忆，为他植入大脑，就等于复活了爱因斯坦。"

原来道理就这么简单。

隔着玻璃，我听着爱因斯坦讲着一口标准的中国话与学生们沟通着，黑板上画着一个三角形，好像是在讲勾股定理。

"让爱因斯坦教基础数学？"我啧啧称叹，"真是绝了。"

爱因斯坦带给我的震撼还未结束，周茂才又把我带到了另一间教室，隔着窗子，我看见一位披着棕色卷发的欧洲人，他年纪四十多岁，说话时候喜欢仰着头，高傲且尊贵。

他在向学生们讲授力学。

"这位是？"

周厅长干脆答道："牛顿。"

"牛顿？这你也能复活？"

"这又有何难，你若能找到你父亲……"他顿了顿，面目肃然，"……程文浩教授的细胞，我也能复活。"

我仿佛抓到了什么："你知道我的父亲？"

他左右看了看，见没有其他人，便压低声音道："他是我最敬重的人，我对生物科学的兴趣，全是因为崇拜他，才渐渐培养起来的。程教授我也见过，他和我父亲是很好的朋友，我小时候，他还来过我家。"

他竟然有关于爷爷的记忆，这让我吃了一惊，我当时有种冲动，想问问他：你脑子里的记忆，也被人修改过，知道吗？

显然不能问。

随着周厅长沿着教室走廊走下去，我的震惊一波又一波。一路上，我见到了教生物的达尔文，教美术的达·芬奇，教物理的伽利略，还有个朴实的中国面孔，周厅长说那是孙武，《孙子兵法》的作者，被他复活之后教授军事理论，以应对未来必然会发生的战争。

"全都是被你复活的？"

"还有谁？"

"那你还向白继臣申请什么人手，自己继续复活不就得了？"

"你以为像你说的那么简单？复活一个古人，需要的时间和资源成本都无比巨大，就拿复原一个人脑来说，脑子里有几百亿个神经元，做起来没有半年根本无法完成，虽然我后面还有复活计划，却补不上此时的人员缺口，远水救不了近火。"

"我和关鹏闲着也是闲着，你如果有差遣的地方，我们也可以用。"

"关长官就算了，虽然姓关，可一点没有关云长的仁义。"他话题一转，"不过程督察如果真有心力，可以教授学生们射击理论。"

我一口应了下来。此时，我们来到走廊最后的一个教室，老周推开后门，领着我走进去，坐在最后排的空位置上。

一位西装革履的东方脸庞的老人向着我们二人微微一笑，他轻抚胸前的胡须，然后又将注意力放到了孩子们身上。我却不知道这人是谁，于是向周茂才请教。周茂才却卖了个关子："复活他才是我最大的骄傲，具体是谁，你先听听课，自己猜！"

老人身高约莫两米，像个篮球选手，他上身白色衬衣，下身是黑色西裤，锃亮的棕色皮鞋，儒雅得很，像极了一位博学的东方学者。我自忖还算了解历史，实在联想不到东亚百年来有哪位教育家或科学家长成了这副模样。

却听那老人向学生们徐徐讲道："人类真正的危机，向来不是生存危机。暮春，我知道你一定要反驳我，你们这一代都被机器驱赶到东海之下了，为何老师还如此说？"

他看向一个男孩，男孩挠挠头："老师，还真被你说中了。"

老人哈哈一笑："了解你们每个人的性情，其实对我向你们传道授业，是非常有利的。当年我讲课的时候，都是带着学生们周游天下，哪里像现在一样，还要龟缩于这一隅斗室，日日与隔壁几个蛮夷为伍！"

一名女孩站起来反驳道："达·芬奇老师不是蛮夷！"

老人笑道："不好意思，老师说错了。所谓东夷西戎南夷北狄，他们在老师的年代，不是蛮夷，而是西戎！"

那女孩怒目而视："不许你这么说达·芬奇老师，他无论绘画、建筑、雕塑……"

孔丘笑道："好好好，尔雅，老师不说你的偶像，换个爱因斯坦、牛顿，他们是西戎，总可以了吧！"

那叫尔雅的姑娘朝他做个鬼脸，这才作罢。老人哈哈一笑道："我看倒数第二排的风舞和咏歌又犯困了，故意开玩笑调剂课堂，哈哈，你们要理解老师的幽默。"

"老师，你说生存不是危机，那什么是危机呢？"

"礼崩乐坏！"老人嘴里蹦出这四个字，他见底下的学生全皱起眉头，解释道，"在老师成长的年代，诸侯征伐，民不聊生，天地失序、人间失伦，君不君臣不臣父不父子不子，所以有臣弑君，子欺父。为何会有如此局面，正是因为人之贪心无法得到遏制，而礼乐，就是约束人心欲望之规矩，无规矩不成方圆。"

"不懂！不懂！"下面有学生嚷嚷道，"讲的什么玩意儿啊！一点也不好玩。"

"不懂也无所谓，老师不会像牛顿、爱因斯坦、孙武这些老师，教你们如何提升自己的生存技能，教你们如何去制造杀人的工具，教你们用新式的战术去打败机器人……"

刚才那个叫暮春的男生问道："那老师你能教我们什么？吃饭吗？"一群学生哄堂大笑。

老人敛容道："为师教你们仁义！"

堂下一片安静，还有几个孩子发出嘘声。

老人道："你们战胜敌人依靠的是武器和战术，但未来，再造人类文明，却不能依靠这些，老师的思想，那时候就有用处了！"

"不听不听，老师念经！"

老人哈哈大笑，丝毫不以学生的叛逆为忤："这就是我教书育人的意义所在！"

老人说完，周茂才在最后一排为他轻轻鼓掌，向我道："这下你猜到这位大师是谁了吧？"

"怎么能猜不到！"我起身向老人微微鞠躬，"孔子，你好。"

那老人向我笑道："什么子不子，都什么年代的称呼了，你可以喊我Mr. Kong，或者就叫我孔丘、孔老二、二郎、二哥，也未尝不可。"

"那又怎么行？"

暮春疑问道："看你们那么尊重他，他很有名吗？"

周茂才道："孩子们，你们有所不知，你们的孔老师，就是中华文明的缔造者之一，他在世界历史上的地位，可比你们另外几位老师，要高出许多了。"

"哦？"学生们不悦，"这老头应该跟牛顿老师学学，有几个职称说出来呀，说也不说，还让我们自己猜，害得我们全不知道。"

那叫尔雅的姑娘嘟囔道："不就早死了两千年，若论才华，跟达·芬奇老师差着十万八千里呢。"

周茂才道："孩子们，你们必须尊重孔丘老师，因为将来的世界，你们会忘记其他老师教授的大部分知识，可是孔丘老师对你们的影响，将伴随你们一生，将融入你们的基因与血液，传给你们的后代，传给人类的未来。"

"老周，你该哪儿玩哪儿玩去，别总给我打广告，你有俩月没发我工资了，是不是全扣了当广告费？心机啊心机。要不，哪天你不忙了，我给你讲讲啥叫人无信不立吧。"

"你看你……还埋怨开我了。我就是想让学生们重视你，毕竟你是万世师表，千秋木铎！"

"还木铎，我现在就是块千年的老木头，本来在地下睡得好好的，被你撬开棺材板把我挖了出来，非让我当什么万世尸表……"他转身，在黑板上写了一个巨大的"尸"字。

随着女学生们的一阵尖叫，孔丘哈哈大笑。

3

"成哥，去不去，给个痛快话？"

"啊？"我回忆着在学校发生的一切，刚在车座上打了个盹，被关鹏拱醒。我似乎做了个难得的美梦，现在又差不多忘记了。

车子停在了一处分岔路口，左边的路是回居住区，右边一条岔路斜着向下而去。新大陆的黄昏来临，岔路的尽头一片霓虹灯火，也偶有音乐声传来。

"去放松一下嘛。"

我指着左上方："送我回去吧小伙子，你想通过女人放松啊，真是蠢到家。女人只会让你更加疲惫。"

关鹏道："成哥，你成家了自然疲惫，既然疲惫，就更要找找刺激。家花哪儿有野花香啊。走呗，瞧瞧去。"

"哎？"我不解地盯着他，"你这是给哪个酒吧、哪个妈妈跑起了业务吧？"

"哪儿啊？我这是帮你更快地了解新大陆！也在工作范畴之内。"

"我看你如此殷勤，还以为你想从我身上赚到外快呢。"

关鹏见我都说到了这份儿上，便不再言语，一踩油门，直接上了左边那条正路。可这小子虽说放弃了劝说我，可依然喋喋不休。

"成哥，你根本不用有负罪感，我知道你怕嫂子，玩玩而已嘛，谁也不会当真。新大陆的男人，哪个不去玩呀！再说了，那群家伙也不是人……"

我心中一动："慧人？"

"哎？你知道？"关鹏笑嘻嘻地瞥了我一眼，"其实就是机器妓女，不过你跟她说她是机器人吧，她还不同意，每次都要纠正：她不是机器人，她是慧人！"

我心中一凛，这是樱子的言辞！

我立刻问道："那姑娘，长什么样子？"

"那要看你喜欢啥样子的。"

"就刚才说自己是慧人的姑娘。"

"她呀……是个小姑娘，一个雏儿。"

"新来的？"

"哎，你咋知道得比我还清楚？是不是周茂才那老色头告诉你的？我早知道这老小子是个斯文败类、衣冠禽兽。"

我内心激动万分，却又不能表现出丝毫，只是淡淡地向关鹏道："全是猜测而已，你可别编排周厅长，让学生们听见了，会怎么想？"

"算啦，不提那扫兴的老尿货，嘿嘿，还说那小妞儿，脸蛋儿都能挤出水来，真看不出是个机器。你要不看呐，后悔八辈子，我上回排队七八天，才一亲芳泽。"

"那你拉我干吗？"

"你是大官嘛……"他坏坏地一笑，"自然有些我们不具备的特权。"

这小子的心思终于暴露了，我心内如焚，却又不得不表现得不感兴趣："Ai 的妓女，早有听闻，却从未见过。她们和真人的差别有什么？"

"哎呀，我的哥，闻名不如见面，就一脚油门的事儿！"车子猛地向前蹿去，"你瞧你，想就想吧，还不直说，都是男人，磨叽啥！"

关鹏带我来找乐子的地方叫作巴贝卓乐土，是一片酒吧、角斗场和妓院的聚集区，它们建在石壁之上，以一道道凌空的通道彼此相连。车子停在巴贝卓乐土之外，三声低沉的呜呜声响起，这是新大陆宵禁的通知，宵禁之后，除了特殊的军队之外，其他工种必须在半小时之内全部回到休息驻地。但是巴贝卓乐土的一条曲折向上的街上霓虹闪烁，穿着军装的大兵或端着啤酒，或拥着穿着暴露的女人，伴随着狂躁的音乐推操着，拥抱着，完全不受宵禁的限制。

只有进入这里，才会被这如火的气氛感染。

关鹏带着我在拥挤的人群中转来插去，浓烈的脂粉味，男男女女的汗味，喝酒后的呕吐物所散发的恶心味彼此交织，冲向我的鼻孔，熏得我腹中作呕。难不成我年纪大了，荷尔蒙分泌过低？如今的我，真不知这些大兵所谓的"享受"和放松在何处。

爬了两道石梯，我们进了一家名为"桥底壹号"的风月场所，它的位置正处于一道军用高速路的下方，名字大概因此而来。从外面看，这家店修成了一座巨大的水车轮子模样，高悬于巴贝卓乐土上空，房间像是摩天轮的观光窗口，随着轮子缓缓转动。我们进去的位置恰好是水车的中心，是唯一固定不动之处，被修成了接待处，几张酒桌，七八个大兵在一众半裸、全裸的女子包围之下，把酒言欢，吞云吐雾，讲着粗俗的笑话，引得一众女子哈哈大笑。

一名金发女郎主动招待我们，关鹏熟络地和那女郎拥抱亲吻，附在她耳边不知说了些什么，那女郎看我的眼神便从恭敬变为谄媚，笑吟吟地将我们领至一间颇为优雅的房子里，随后退出，说姑娘一会儿就来。

"是你刚才说的那个？"

关鹏点了点头："你如果打算多选几个，我现在就去说。成哥，凭你的身份，在新大陆，除了白继臣之外，谁敢不对你客客气气的？"他转头向着刚刚关闭的木门，"妈妈，再来几……"

我一把扯过他脖子："免了，就你在车上说的那位便可。"

在等待的间隙，关鹏殷勤地为我倒着红酒，嘴上说着今后他的富贵由我不由天之类的阿谀，我随便应承着，注意力却全在门外的脚步声中。关鹏见我这模样，不禁笑道："成哥，你真不会是第一次吧？"

"你小子，没大没小。"我心中想着，如果真是樱子，她第一句话是不是会喊我程复，如若这样，我得想个法子支开关鹏才是。

"都是男人嘛，咱弟兄之间还藏着掖着啥？"他瞟了一眼窗口，窗外的风景随着摩天轮的转动而移转，"我给你介绍下这边的服务，有几个项目你肯定喜欢！"

我举起一杯酒拦着他："我只喜欢一个项目——清静。"

"你确定不需要我加油助威？"

"你个小王八蛋！"不知不觉，竟然和关鹏"打情骂俏"起来。这时候，门外传来窸窣的脚步声，关鹏的耳朵像是狼狗一样立了起来。"来啦，来啦！"

"你出去候着。"

"成哥你咋这么保守，我在这边坐着也不碍事，外面我一个人，怪无聊的……"

我听出言外之意。"你去玩你的吧。"他这才像个火箭一样从地上喷起来，欢喜地跑开了。

进来的姑娘不是樱子，我有些失望。她穿着水手服，打扮得像是十五六岁的高中女生，长发飘飘，面庞姣好，眼睛里流露着那一时期女孩情窦初开的天真。

在我的记忆——连我也不知真假的记忆里，我曾在一座类似于巨大工厂的地方生活到了十八岁，每天的日常只有擦洗油垢的机器零件，筛选垃圾，偶尔上课也是宣传Ai与人类的共荣共利，离开之前，我已经是一个高中生。不过在那所学校里，男孩和女孩工作和学习是分开的，只有休息的极短时间里，男女才在监狱似的高墙之内能短暂沟通交流，而且大部分都是眼神上，否则教导和看守的军兵，会用暴力惩罚我们的逾界。

但依然有人用生命去捍卫爱情的尊严，那时候，我们几个关系要好的男生，同时暗恋着一个姑娘，那姑娘的模样就和眼前的慧人相似。

脑海中的记忆，总会随着当下的刺激而涌现，我喜欢这种感觉，记忆于人类之宝贵，就如同之于慧人。从记忆的角度，人和慧人，没有太大区别。

"我叫千鹤，很高兴能在桥底壹号与你相逢，有缘千里来相会，我相信，这一定是缘分。"几句简单的开场，拉近了与客人之间的距离。

我却已经想要离开，不过还是抱有一线希望："桥底壹号像你这般年纪的，还有其他女孩吗？"

"你这样说，我可吃醋了，"她似嗔似怨地一笑，"明明我在陪你，你却还想着其他女人。我不许你这样！"

我不能问得过于直接，否则恐怕会引起智人管理局的怀疑。所以，为了尽快度过时间，我只能有一搭没一搭地跟她闲聊。千鹤告诉我，她来到新大陆不到三个月。

我便好奇起来："那你之前是在什么地方？"

"聊这些没什么意思，要不要我跳舞给你看？"她笑起来真像个纯真的孩子，让人很难拒绝。

"我们先熟悉熟悉。"

"你这客人话真多，其他人哪里像你这么慢的？若人人都像你哟，我一天也接不了几个客人。"她小嘴一噘，埋怨着说道。

"多聊天不好吗？我听说，你们慧人都喜欢听人讲故事。"

她大眼睛一睁："那要看什么故事咯？如果只是讲你之前的学校被炸掉，自己被救了出来，进入新大陆当兵的话，我可不愿意听。这个故事我听了三百六十九次，贬值啦！"

"三百多次？同样的故事？"

"是啊，每个人的故事都大同小异，所以你们人类怎么那么多共同的命运呢？不应该是幸福都是一样的，可悲惨的命运各有不同才对嘛。"

我恍然，新大陆的士兵都被重新编辑了记忆，所以内容大同小异，就像关鹏告诉我的故事一般。

我试探性地问千鹤："他们大部分都是孤儿吧？"

"要么父亲死了，要么母亲死了，总得死一个。而且，剩下的那个，还得死在Ai的手里哟……"千鹤忽然掀起裙子，我赶紧躲开，但还是看见了她白色的三角裤上隐约印有一行字。

"看啦看啦，你这人不是男人吗？别人最好奇的，你还躲。"

那行字写着：千鹤是公共财产，身体材料昂贵且稀缺，严禁因个人仇恨破坏其身体。由于新大陆资源有限，希望每一位顾客自觉爱惜千鹤，让它为大部分智人男性服务，将你们的仇恨化作公狗一样的动力，理性发泄。

千鹤道："如果不提示你们，总是要换胳膊换腿子，麻烦得嘞，"她顺势将裙子脱了下来，"看看哟，快看看哟，有感觉的话，开始吧。"

她比樱子直接多了，可见每个慧人也是有自己的"性格"的。

见我没动静，她又道："你是不是不行哟？不行的话，我可以帮你。"

我一口红酒差点喷在她光洁的身体上，连连摆手："不，今天我就是想见你一次。"

"哎哟，你这智人真是另类，难不成你是嫌我脱得少了？"她的手又向背后摸去，可是摸到后背的位置，却不再有动静，只是眼睛略显呆滞地看向我，刚才的"神采"荡然无存。

"你在这里？"她语气冷冰冰地问道。

"怎么……"我心中一凛，立即察觉到，千鹤似乎成了另外一个人。

"怎么，不打算给我跳支舞？"我盯着她的眼睛说道。

果然，千鹤的眼球转了转，冷冰冰地道："快离开。"

"为什么？"我身上发冷，脸上却笑道，"你们桥底壹号不打算做生意了？"

千鹤的眼睛眯成了弯月亮，笑道："怎么了哟？紧张兮兮的，放松嘛，来让我帮你……快离开！"

我陡然站了起来："你到底是谁？"

千鹤也从地上站起来，仰着头看着我，脸部肌肉僵硬："我要保护你……"

一阵急促的脚步声从门外传来，紧接着咣的一声，木门被踹开了。一个身材高挑，相貌俊朗，脸上却带着一股桀骜不驯的士兵闯了进来。他见着千鹤便一把钩住她的脖子："他妈的，老子不是昨天才跟你说，今天不让你接客，专心等老子吗？"

千鹤冰冷的脸又回春："原来是阿铭哥，今天怎么玩呢，还要一起吗？"

这个叫阿铭的士兵，抡起拳头就砸向了千鹤的胸口，一边打一边骂道："他妈的，你是老子的，我既然预订了你，谁也不能提前碰你！"

千鹤笑道："什么你的我的，大家一起和和气气，一起发财哟。"

阿铭抡起拳头要砸向千鹤嘴巴的时候，我抓住了他的手腕。

"她只是个慧人！"

阿铭话没说一句，一条腿却已经踹了过来，我一转闪过却拉住了他的腿，阿铭骂道："你他妈算老几，揍完这臭机器，老子也饶不了你……"他只穿了一件灰色的T恤，我看不出他的级别，但就冲这种说话态度，我自然也饶不得他。双手顺势一拉，阿铭便栽倒在地，将千鹤甩在一旁，千鹤在地上滚了两周，停下来便咯咯笑道："阿铭哥，加油哦，我这么崇拜你，一定要获胜哟！打他，打他！"转而又向我道："老实人大叔，揍倒阿铭哥，我就是你的咯！加油，加油，把你作为雄性的威风展示出来，现在太老实吃亏哟！我告诉你吧，阿铭哥其实坚持不了多长时间的。"

这完全没有立场的加油令我哭笑不得，却在阿铭的愤怒上火上浇油。他从后腰拔出手枪，回手先朝着千鹤开了一枪，我反应不及，子弹已经射出的时候，我的鞋子才踹到他的手腕，手枪被踢开。

"砰！"

枪声引来尖叫声，子弹在千鹤的头皮上划过，她略微一愣，却又喜笑颜开："阿铭哥，原来拔枪速度也这么快哟，你做什么都快哟！"阿铭回身抱住我站立的右腿，将我拉倒在地，顺势骑了上来，想要掐住我的脖子，却被我夹住双臂。

这时候，却听关鹏的声音在我头顶的位置响道："二位大哥住手！"话音未落，另一个声音道："你他妈还想劝架，屁股痒痒了是不？"接着关鹏哎呀了一声，也被踹倒在地。阿铭被关鹏栽倒吸引，而我抽出右脚，猛抬脚踢中他的脑袋，一翻身，将他压倒在地，一拳就打在他的脸上。却见两个身材魁梧的士兵朝我袭来，我拨开一人的胳膊，绊倒了另一人，而作为支撑的左脚一紧，却见阿铭抱住我的腿，厉声道："给我杀了这浑蛋。"一个黑人士兵愣了一愣，便向被我踹落的手枪奔去，那枪就在千鹤蜷缩的身体之下，黑人士兵一脚将千鹤踹开，端起枪，喝道："投降！"

阿铭道："快给我射死他！"

话音刚落，却见千鹤一个鲤鱼打挺，竟从地下弹起来，顺势一个凌空飞踹，便将那手枪踢向了墙壁。我则抓住了大好时机，抓住阿铭的胳膊，将他整个人制伏，按在地上。

"住手！"我大喝一声。

千鹤轻盈落地，又翻了个身，着地的手捡起手枪，再站直身子的时候已经将枪握在手中，对准了两名大汉，以冷冰冰的语气道："杀不杀？"

关鹏从地上爬起来："成哥，杀不得，杀不得啊！阿铭哥是白部长的干儿子！"他跪着来到阿铭面前，"哥啊，你就好好说句话，这篇就翻过去吧。这位程成督察不是外人，都是一家人，白部长很器重的。"

阿铭道："原来你就是程成。他妈的，你打了我，我绝对饶不了你！"

千鹤又道："杀不杀？再次申请，请指示！"

我向千鹤挥手道："你把枪放下！"

"为了你的安全，我不能放弃武器！"

关鹏道："阿铭哥，就算了吧，这是个误会，何苦呢！这慧人不好惹！"

阿铭倒也识趣，暗骂了两句，便道："今天便算了，程成，你松开我！"

我将阿铭推开，那两名手下接着，将他扶起来。阿铭指着千鹤的手枪口道："臭婊子，竟然不帮我，老子让你变成一堆废铁！"

千鹤忽然将手枪一扔，笑嘻嘻地跑到阿铭旁边，搂住阿铭猛亲一口："阿铭哥，你真Man哦！"阿铭将她推开，骂骂咧咧地离开了。

千鹤又来到我的面前，环腰搂住："老实人，你好棒哦，刚才那一招是不是中国功夫？教我好不好？"

关鹏却从地上慢慢站起来，忧心忡忡地对我道："成哥，惹了这位瘟神，以后的日子啊……"

回去的路上关鹏也没像之前嘴贫，只是一个劲叹气。

4

家里总比外面安静，两个人的时候比一个人更安静。

晚餐是鲑鱼罐头、每人两个西红柿，酱牛肉以及清粥。姜慧和我各坐餐桌两端，像是还没有达成共识的外交官，各自吃着盘子里的饭。

住在海底唯一的好处就是餐餐有鱼。只是牛肉不知道是从外面带进来的，还是新大陆有自己的牧场。不过，既然连史前动物也养得起来，再养些牛羊也不是难事。

姜慧只是低着头，吃着盘中之餐。和这样一位室友共同生活，确实不是个滋味。我嘴里嚼着饭菜，心里却想着千鹤。倒不是她的美貌和天真让我动了心思，而是因为，她竟然在帮我。

我百思不得其解，莫非她体内有段代码负责保护我？可我跟她只是初次见面而已。

面对沉闷的姜慧，我也有问题，便推了西红柿给她："多补补维生素。"姜慧看也没看，低头吃着自己的鱼肉。我趁机问道："在新大陆的第一天工作，还顺心吗？"

我这句看似热心的话，完全无法融化她脸上的坚冰。

我继续没话找话："知道吗，我被调去教育厅，说是教育厅，其实就是一座学校，有不少孩子，一群大头娃娃，哈哈。"我干笑两声，却发现姜慧停下咀嚼，似乎有了点兴趣。我再接再厉，把周厅长以及他复活的孔丘、爱因斯坦介绍了一通。

姜慧依然不言不语，我心里便有些失衡："我想和你好好谈谈。"

"没什么可谈的。"她冷冰冰地答道。

"我们这样生活，有意思吗？"

"和杀人犯同居一室，能有什么意思。"

"我知道，你想惩罚我，可没必要自我折磨！"我幻想自己真的死了女儿，"如果一切是我能控制的，我绝对不会杀死我们的女儿！"

我在编造一个谎言，来完善另一个谎言。

"闭嘴，魔鬼！"

"我们来到了新大陆，难道就不能开始新生活？互相折磨，真的有必要？艾丽斯如果活着，你以为她会希望看到这一幕？"

姜慧愣住没说什么，忽然哇的一声大哭："你配吗？现在你配替艾丽斯着想吗？你若真能替她着想，当初就不会扔下那颗核弹！"

该死！智人管理局到底是把哪家的恩怨复制到我和这个可怜的女人身上了？

"好吧，那你惩罚我啊，索性就来个痛快的，要不要我以死谢罪？"我将面前的餐刀推到桌子中心，"你动手，还是我自己动手？"

姜慧大口喘着气，忽然抄起刀子，抢起胳膊，却听噗的一声，刀子扎进了面前的桌子。她转身离开餐桌，一直进了卧室。

这恐怖的女人。

虽知道是假的，但我竟然真的生了气。我为什么生气？生谁的气？想到这些问题，连自己都好笑。忽然想到书中记载的已经得道的高僧，真能打不还手、骂不还口，视功名利禄、悲欢离合如大梦一场——大概就是我这种境界，他们也提前看破了生活的假象。

继续睡沙发，倒也轻松自在，如果智人管理局把我和姜慧编写成恩爱的夫妻，倒也麻烦。

在白继臣震动神殿的笑声中，罗中野从血水里爬了起来，将头缓缓转向我。他脑后是个大洞，前额是个小洞，从前额的小洞，能看见他身后金色的墙壁。

"程成，你为什么要说谎……你知道真相，为什么没有讲出来……我是被你害死的……"

罗中野绕过会议桌，晃晃悠悠，像只丧尸，距离我尚有三四米，忽然一个趔趄栽倒在地，可他却伏在地板上，一步步朝我这里爬，身后是一道暗红的血迹……

他拖着血迹，爬到了我的面前，我却浑身动也不能动，他开始抱住我的脚踝："程成，为什么死的不是你？你最该死，你这个骗子……"

惊醒！已是夜半，客厅里黑乎乎的，静谧，能听见底层空间呜呜的风声。

原来是梦魇。

我从沙发上坐起，抹去了额头的冷汗，忽然看见沙发下趴着一个人，那人正仰着脑袋看着我。

他额头上有个小洞，身后是扫把似的血迹。

"程成，为什么死的不是你……"

罗中野浑身是血,他攀着沙发,血糊糊的双臂向上摸索……

"你这个骗子,小人……"

惊醒。

我依然躺在沙发上,一睁眼,却见罗中野俯着身子,从上向下看着我,然后转了转脑袋,脑浆便从那额头的洞,哗啦啦流了下来,砸向了我的脸……

我猛地睁眼,还没来得及喘气,一张人脸就在我的眼前,鼻尖对鼻尖,眼睛对眼睛。

是姜慧!

房间没有第三个人。我内心一惊,可身体动也不能动。

还是梦!

我强制自己闭上眼睛,大口大口地喘着粗气,然后鼓起勇气再次睁眼。

她还在。姜慧呆滞的眼神凝视着我,此时我终于能喊出声音:"姜慧!"

姜慧纹丝不动,我双手按着沙发向后挪,终于能挪动身子,这时候她挺直腰板,我才发现,她正跪在原地。姜慧机械似的转头,缓缓地看向我,面无表情。

"你究竟在干什么?"

问出这句话,我下意识地看她手中。没刀、没武器。她并不是来杀我的。

姜慧没有作答,只是朝我歪了歪脑袋,依旧面无表情,然后从地上站起来,踉踉跄跄,像极了战场上受伤的战士,走进了卧室之中。我听见了床上吱扭一声,然后再无动静。

我抹了抹额头的冷汗,光着脚打开了客厅的灯光,然后摸到卧室,门没有关,我站在门口看向姜慧。她正伏在床上睡觉,脑袋歪向门口一侧。

"姜慧?"

姜慧没有回应,但是后背微微起伏,似乎正在熟睡。

"典型的梦游症嘛!"

三天之后，我决定向脑神经专家出身的周茂才求助，这是他为姜慧梦游做出的初步诊断。从那之后的每个夜晚，姜慧都在梦游，我被她吓过一次之后，便不再先睡，而是等她梦游过后再入睡。

她梦游的时间大致集中在二十三点到次日凌晨一点之间，起床之后，她会先打开卧室门，然后走向屋子正门，犹豫一阵，又反身回来，跪在沙发边，查看我睡觉的情况。如果我装作醒来，她便站起身，回到卧室之中，倒在床上，很快便会入睡。

上一个夜晚，我只是装睡，想看看姜慧到底要干吗。可她就像要和我耗到底，跪在我面前，目不转睛地看着我，直到凌晨一点的时候，才机械式地起身，返回房间。

"心理学上讲，梦游症的发病原因有多种，比较普遍的是社会压力，家庭关系不和，亲子关系不和，以及工作压力造成频繁失眠等等……"他意味深长地一笑，右手中指敲着他办公室的桌子，"程成老弟，你们是不是夫妻生活有问题啊?"

"胡说什么，我们根本……我干吗跟你说啊?"我差点讲了实话，这时候我才注意到老周办公室另一张桌子旁的达·芬奇，他在我进来的时候，就在给老周画素描，此时却停下画笔，若有所思地看向我。他的年纪算是这批复活教员中最年轻的，看起来不到三十岁，相貌英俊潇洒，自然吸引了不少女学生对他的关注。

这不，那天孔丘上课时主动维护达·芬奇的那个名叫尔雅的姑娘，就伏在我身后门上的窗口，翘首向里看着达·芬奇。

正因为有旁人和学生在，我更埋怨老周口无遮拦。

"蒙娜丽莎，你快回去上课，别在这里偷听!"老周似乎也意识到刚才的话会影响孩子。

身后的尔雅哼了一声。"又没看你!"声音忽然提高八度，换作一副温婉贤淑的语气道，"芬奇老师，我回去上课了啊!"

"嗯。"达·芬奇看也不看地回应。

"老师，我下节课还来看你哟!"

"哦。"他的眼睛就没有离开画纸，可尔雅却嘻嘻一笑，蹦蹦跳跳地离开了。

老周这才解释："老弟，不是你认为的那意思，我说的夫妻生活，就是你们夫妻之间的生活而已，你想哪儿去了？可夫人的病，肯定有原因，只是你不给我介绍清楚，我也没法帮你。"

我脸上一热，便把艾丽斯的事和他大致讲了一遍，他听后点了点头，仿佛是对自己推断的肯定。

"你别光顾着点头，帮我想想怎么治这个病。"

"心病还需心药医，这病是你引起的，如今你得主动去帮她治啊。"

"还帮她治疗，她根本不和我沟通，估计她还没治好，我也跟着一起疯了。"

他起身倒了三杯大角鹿的奶，一杯端给达·芬奇，达·芬奇看也不看；一杯给我，一股腥臊气味扑面而来。这是达尔文老师昨天去拼图大陆亲自取来的样本，他研究剩下的分给了几位教员。只是没有我和关鹏的份儿。

"来尝尝，喝了一天不困。"他自己喝了一口，留着白沫在上嘴唇，又继续刚才的话题，"老弟啊，夫人在梦游时候表现出来的症状，表明了她内心的真正诉求，你难道不明白吗？"

一股淡淡的羊骚味儿随着他的口气，喷薄而出。

我闭住气息："什么诉求？"

"她夜里接近你，就是想得到你的关爱，希望和你温存温存。"

"不可能，她那眼神，没有半点感情，更何况，她白天对我如敌人般残酷。"

"老弟啊，你和女人的实战经验匮乏了吧！"周茂才面对我的状态越发放松，只要关鹏不在场，我们现在都以兄弟相称，"听老哥一句话，女人呐，她们的自尊心强，她想和你钢的时候，你就要柔，得哄！"

"看不出，周厅长一副儒雅君子的模样，年轻时候看来有过不少故事。"

"没故事，就剩事故了！就是年轻时候不懂，错过……嘿嘿。"他没再说下去，又饮了一口鹿奶，"教训惨痛、发人深省呐。"

我身后一个声音忽接道："唯女子与小人难养也。"

我猛地回头，却见刚才露着尔雅脑袋的窗口，一个硕大的头颅已经伸了进来，竟然是孔丘。

"老孔，你啥时候来的？"

"你们俩温存的时候就在了。"

周茂才朝他摆手："这是程督察的隐私，你好赖也是圣人，玩下三滥的窃听，太不合身份。"

"老周，真是笑话。所谓父为子隐，你们俩谁是我儿子？看什么，不用思考也知道，你们俩都不是我儿子！那么，既然我们不是父子关系，我为什么要为你们隐藏秘密？"孔丘唠叨完，见我二人无言以对，便亮了亮手中的教案离开了。

我哑然失笑："孔夫子堂堂圣人，怎的复活之后，成了个说相声的？"

"这不怪他，他的记忆毕竟是我们编辑的。当时我一个学生，执意要给夫子加点幽默感，结果出来之后，成了个连骂人都引经据典的家伙，"周茂才正了正身子，"差点被孔子带歪——夫人的梦游症万万不能轻视，我建议你可以采取两个方案帮她慢慢康复。其一，所谓厌恶疗法，这是最直截了当治疗此病，也是成功率最高的方法，梦游多少是一种象征性的愿望补偿，通过厌恶疗法把梦游者从梦中喊醒，打破了梦游者的行为定式，使这种下意识的行为达不到目的，那么梦游就会逐渐消退。采用厌恶疗法有两个关键之处，一是设法在患者梦游时唤醒治疗者，二是及时中断患者梦游行为。"

"我担心她会疯掉，在梦游时吵醒她，总归危险。"

"那是胡扯，全地球最专业的脑神经教授坐你面前，你还担心什么。再说了，还有第二条路给你选择，简单来说，就是发泄！一盆脏水，泼出去盆子就干净了，夫人梦游是精神压抑造成的，所以要根治梦游症状必须要做的是解除内心深处的压抑，即满足她内心深处的想法。"

"你看，问题又回来了，她不跟我沟通，我又怎能知道她内心深处的想法？"

"一切的压抑，都是性压抑！"周茂才说罢，默默端起杯子，不再多言。

这时候，达·芬奇从桌后站了起来，将画稿从画板上揭下，卷了起来，然后走到门口，顺手将画稿递给我。

"送你。"

我有些讶异，可还是接过了画。

老周不满道："哎，莱昂，你给我画的素描，怎么不经我同意便轻易送人？"

达·芬奇头也没回，拎起画板便出去了。

"真是……长得帅就可以这么高冷？也不想想是谁复活了他！"

老周抱怨的时候，我缓缓将画卷展开。画纸上，我一脸惆怅地坐在座位上，眼睛茫然地看向侧方。虽只是一张素描，却把我的形象、表情、心态描摹得恰到好处。

老周跑过来，看着素描："我呢？他不是说给我画像？"

我摇了摇头，指着我脑后一面圆形的小镜子："你瞧，镜子里有半个光头，不是你又是谁？"

第三章
活体冬眠

1

周茂才的建议让我开始重新审视我和姜慧之间的关系，我觉得在她成为疯子之前，我至少应该努力做些什么。于是下班之后，我到底层空间的草原上采了一束鲜花。

作为她名义上的丈夫，我还是希望相安无事地度过这一阶段。等我摸清了新大陆的部署，以及智人管理局的能耐，离开这里是迟早的事。

晚饭的时候，我们相对而坐，一如往常。只不过，我却提前将鲜花偷偷地放进了她的卧室。

我看着她离开餐桌，进了卧室，啪嗒关上门。

时间一秒一秒过去，我的心似乎都贴在了她的门板上，然而，没有出现任何我预想过的反应。失败了，姜慧难以取悦。

我进入盥洗室，将衣服脱个精光，打开热水洗了一个睡前澡。洗漱完毕，出来之后，我还是盘腿坐在沙发之上，翻看着百页书。

我总觉得有点怪异，可是又说不出哪里怪异。待我看向卧室时，我才发现，门并没有关死。与此同时，我发现，叠在沙发上的被子不见了。

卧室拉开一道门缝，露出姜慧半张脸，她有些幽怨地看着我，什么话也没说，却又将门拉得大了一些，然后转身坐在了床边。她已经换了睡衣。

我走了过去，和她通过门缝对视，她欲言又止，最终还是主动说了一句话。

"我最近经常做噩梦。"

"如果愿意的话，可以和我讲讲。"

她没讲什么故事，却说道："你这辈子就打算站在门外了？"

我将门开得更大一些，倚在门框上，等着她的故事。姜慧低下了头："我梦见我成了陪酒女郎。"

"昨夜的梦？"

"连续好几天了，来到新大陆就开始这样。"

"重复相同的梦吗？"

"不大相同，但每天都是陪酒女郎的身份倒没什么变化。"

我心中猜测，这可能是姜慧之前的记忆与现在的记忆发生了混淆，所谓的梦境倒有可能在提示我，陪酒女郎才是她的真实身份。

"那倒不用乱想，当陪酒女郎，也不算噩梦。"

她摇着头："你不知道，那群客人……真的……可以用恶心来形容。"她抱着肩，将一侧脸颊亮给我。她不戴眼镜显然比戴上眼镜更美，尤其是云鬓低垂，不设防的样子，确实有种难以言说的魅惑。

我走上前，坐在床边，继续安慰道："不要因虚幻的梦境带来压力，你或许太紧张了，明天我向周厅长请教请教如何帮你放松。"

她依然低着头，不过嘴唇嗫嚅："谢谢。"

那束鲜花被插在了一个广口瓶里，她说谢谢的时候，眼神瞟向了瓶子。

那晚，我依然睡在客厅，姜慧见我出去没说什么，又默默地将我的被子抱了出来，只不过关门的声音，比之前小了些许。

可她还是梦游了。

这回，她脱去睡衣，换上了便装，只在我的沙发前站了不到一分钟，然后转身走向门口。我察觉到她的脚步轻盈了许多，动作不似之前僵硬，忽然一个念头闪过——这是姜慧自己吗？可是她走路的样子，又不像是姜慧该有的样子。

她悄无声息地打开房门，一条腿跨出门框，忽然，一束强光在门前闪过，她又退步回来，像只畏惧黑暗的小猫，用尾巴轻轻地关闭房门。汽车轮子的声音与士兵列队行军的脚步声从窗外传来，这大概是夜里巡逻的小队。

我站在她面前直视着她，之间隔着两米的黑夜。她也看见了我，眼睛一眨不眨，歪歪脑袋。

"姜慧？"

姜慧将右手食指放在唇边，做了个噤声的手势。随后，车轮的声音从窗外传来，几个士兵吆喝了几声，强光闪过，随之归于静寂。

姜慧又返回床上，不到一分钟之后便陷入沉睡。

我越发疑虑，她到底在做什么？

"做梦了吗？"早餐时，我试探性地问道。

姜慧脸上的霜花凋落，今天的气色也好于往常。她想了想："还是那个酒吧，音乐很吵。"过了一会儿，又补充了一句："你们男人真恶心。"

我尴尬地笑了笑，没有继续追问，对于陪酒女郎来说，男人当然恶心。她对自己的梦游丝毫不知。"我想到啊，你经常梦见酒吧，或许因为你曾经和酒吧或者酒吧中的人，有过某些不解之缘？"

姜慧摇了摇头："你不是不知道，我的性格又怎么可能喜欢那种地方。"

"梦境是潜意识的反应，大概你最近压力过大，需要放松。"我差一点就把巴贝卓乐土五个字说出来，可那种地方，姜慧自然不能去。不过我随即想到了拼图大陆："我带你去下面的大草原转转？"

"那地方能随便下去吗？"

"别人不行，我可以。"

"猛兽太多，还都是史前复活的猛兽，犯不着把命丢在那儿。"

"学校有安全宣讲车，是达尔文老师给学生们开展动物普及教育课程用的。还是我向白部长申请的，将两辆武装运输卡车稍做改装，安了四排座位，又围着骨架罩了一层钢化玻璃，就算遇见恐龙也撞不开。"

她没接茬，却问道："孩子们的健康状况如何？"

"非常好，我觉得他们每个人都挺亢奋，虽然普遍没大没小，可这就是老周需要的校风，这老头……跟他们在一起这段时间，我自己年轻不少。"

"难怪你胡子都刮得少了。"

"昨天早上才……"我愣了一愣，却见姜慧继续扫荡着盘中的玉米粒，嘴角却挂着一丝笑容，才意识到，原来这是她的一种"幽默"。

她接着道："我们最近的工作，主要是为下一批五百名活体冬眠者复苏做准备。"

"十四岁的？"

"是啊，这五千名活体冬眠者，未来将每个月复苏一批，我没想到，咱俩的工作竟然形成了环链。"

"那么第三批，就是十三岁的？"

她点了点头："依年龄划分层次，每一岁五百人，最大的十五岁，如今最小的只有五岁，我们的复苏中心，将在一年之中，为新大陆增加四千五百名新生力量。"

智人管理局到底在搞什么？囚禁我们便罢了，为什么又要让我们去复苏这些孩子？还要为他们提供完整的教育？

"怎么了？"姜慧发现了我的异样，竟然破天荒地开始关心我。

"你发现没有，这群孩子有些与众不同。"

"不同吗？"

"不同！"我用钢叉扎起一块面包，"长相和我们不一样。"

"因为……"

"因为他们是受战争影响，遇到了核辐射，脑袋就变大了——你是想说这句话吧。"

姜慧耸耸肩："你既然知道答案，还有什么好奇的。"

这才是最怪异的地方，我追问："这些孩子，是从哪里来的？"

"嗯……大孩子是战争中紧急撤离的学生，小孩子嘛，大部分是幼儿园、托儿所和医院带出来的。"

"这就更怪了，"我盯着她的眼睛，"五百名十五岁的孩子，五百名十四岁的孩子，五百名十三岁的孩子，就连五岁的，也是五百名——未免太巧合了吧，谁会在战争中特意遴选他们，而且做得这么有序。"

姜慧忽然坐直了身子发怔，手中的刀叉在烤牛肉的上空摩擦着，过了十几秒才恍然似的对我说："的确有些巧合，你知道原因？"

我摇摇头，"我就是好奇而已，我曾经问过学生们，他们的记忆几乎是一致的：人类被机器打败了，他们必须离开大陆进入海底，是军队在战火中救了他们……"

"非常符合这一年来的情境。"

"但若详细问下去，你家是哪里，你父母的名字，你有没有兄弟姐妹，你之前的学习如何，他们全都讲不出来，每个人都像是失去了一段记忆似的。"

姜慧放下刀叉，眉头微皱："那的确有些怪了。"

的确有些怪了，我和姜慧头一次心平气和地聊了这么多。

这些孩子甚至连姓名也没有，这是我当射击老师第一天便发现的一个问题。

当我站在讲台上，面对着台下坐着的五十双好奇的眼睛，心中却是一片茫然。虽然周厅长为我准备了射击理论的相关教材，我大概翻了翻，觉得用半年去讲述枯燥的武器发展史和弹道轨迹理论，实在是浪费时间，如果危机降临，没摸过枪的孩子们空有理论，也没多大用处，于是擅自做主，用我的经验去给他们授课。

第一节课，我让关鹏帮我搬来一个笨重的箱子，箱子里从弓箭到宋朝出现的火铳，再到近现代战争中纷纷扬名的19世纪英国轻步兵配备的来复枪，二战前德国军队的Kar.98k毛瑟步枪，美国的勃朗宁手枪，张之洞时代的汉阳造88式，苏联人研究的战争屠夫AK-47，以及二十年前在军队普及开的电磁脉冲枪，可谓世界枪支历史的小博物馆。这些武器都是达·芬奇根据设计图，经过一天一夜不眠不休复原完成的。

我将武器摆在讲台上，让学生们去发表对这些武器的直观看法，拿到点名册的时候，还以为拿错了，上面全是以字母N打头的英文和数字混合编号，从N1350到N1399，经过与学生和关鹏反复确认，我才知道，这些代号就是他们的名字。

其他老师也一定遇到了和我一样的烦恼，所以，每一位老师根据自己的兴趣，为孩子们取了不同的名字，以至于他们在每一科的课堂上都有不同的名字。

以N1361为例，他在孔丘的课堂上，名叫暮春；在爱因斯坦的数学课上，暮春成了"夸克"；化学老师诺贝尔用元素周期表为孩子们命名，夸克又成了"氮"；孙武索性用春秋时期的五个先后问鼎中原的大国，把孩子们分成了齐、晋、楚、吴、越五组，每组配以十个天干，诺贝尔的氮元素又成了"楚庚"。

保持序号称呼的，只有达·芬奇老师，他不太爱点名。可女学生们纷纷自我改名，上次趴在窗口看着达·芬奇作画，被孔丘称为尔雅的姑娘，就首先抢下了蒙娜丽莎这个名字，还有女学生自称岩间圣母、吉内薇拉、费隆妮叶……抢不上名字，索性连天使、报喜、三博士、抱银貂都叫上了。

平心而论，我更喜欢孙武的排名方法，简明好记，而且还能根据姓名分清楚性别——十个天干中，单数的甲、丙、戊、庚、壬都是男孩，逢双数的丙、丁、己、辛、癸都是女孩。

但孔丘取的名字显然更为文雅优美，诸如取自《诗经》的子衿、桃夭、关雎、蒹葭、鹿鸣，取自《论语》的忘忧、道远、弘毅、成仁、思齐——他跳脱了男楚辞女诗经的取名范畴，完全唯儒家独尊。

我衡量再三，决定还是采用孙武的方法，孔丘得知之后，连连埋怨我没眼光。

孔丘算是与我走得最近的人，他说话风趣，爱开玩笑，不拘小节。其他的同事则不像孔丘一般豁达——爱因斯坦平常喜欢在走廊里抽烟袋，见我走来就将蓬松凌乱的白头侧过去，一脸的不屑；牛顿性格骄傲，第一次见面的时候在我面前一言不发地站了半天，后来才知道，他是等着我敬礼，他一直认为自己是当初英国的艾萨克·牛顿爵士；孙武则为人木讷低调，我和他聊天，向来是说十句才等到他一句回应，但若和他聊军事和战争，他却能三天三夜不眠不休口若悬河讲个不停。

我多希望这是未来和平年代的生活，然而，现在对我来说，恰如一场梦。

我尽量掩饰自己的焦虑，在工作上让每个人都认为我是一个普通的军官，回到家之后，又扮演那个与妻子保持距离的丈夫，没人知道我心中的担忧，没人知道我对那么多人的牵挂。

我的爱人，我的家人，我的朋友，我曾经承诺过的人……

甚至，我的"妹妹"。

2

学生们在课堂上跟我讲，他们不喜欢上"死人老师"的课。

"什么死人？你们这样喊爱因斯坦和孔丘老师，相当不尊重师长。"我批评他们。

"可是死人老师讲的东西，都没什么意思！"楚庚永远是这个班里最喜欢挑事的那一位，"机器人军队打过来，能用勾股定理和元素周期表抵挡？"

他们这么说，就是想怂恿我带他们到靶场去打枪，自从第二周我领着他们去实地每人放了一枪，这群孩子就欲罢不能了。

靶场选在一个篮球场，我让关鹏在食堂找了一些装食材的泡沫箱子，裁剪成人形标靶，立在了中心圆，而学生们则列队排在篮筐之下，依照顺序打靶。我带学生出来的时候，总有些老师、学生和工作人员，站在教学区的"珍珠楼"里俯瞰我们射击。

"你们想练习射击，就要耐得住性子，别总缠着我让你们放枪，基本功都做不到，打出去的都是空枪，现在资源这么紧张，浪费一发子弹都可耻。"他们每人拿着一把空枪，在我的要求下，练习站姿和握枪姿势。

"哆嗦什么！吴丙，还没上战场，就害怕了吗？"

那名叫吴丙的男生歪着脑袋答道："程老师，我觉得这样挺傻的，你瞧他们……"他抬头示意，他指的是教学区的学生们，"看我们，就像看傻子一样。"

"等你遇到敌人，用今天学到的技能，彻底击倒敌人，救了自己和战友的生命时，你就不会认为今天的努力傻了。"

练习姿势十五分钟，剩下的时间则是五组轮番打靶，砰砰乱响一阵，我不停见着爱因斯坦银灰色的脑袋在氤氲烟气里摇来摇去，仰头和一旁的孔丘聊着什么。

半个小时之后，操场上就落了一地的泡沫。下课铃响，我指挥学生去清理操场，可关鹏却告诉我，完全没必要浪费时间。

他朝着操场远处站岗的一名正抽着烟的哨兵一挥手，那哨兵便举起旗子，向操场外围大门处打了个旗语，十几秒之后，大门向两侧敞开，十几名穿着灰色服装的人，弯着腰，缩着脖子，在一队持着枪械士兵的喝骂之下，或驾驶着清洁车，或扛着清理工具，列队进入操场，把我们制造的垃圾清理一空。

这十几个人大部分是中年男人，也有几个年轻人，我的视线逐一在他们卑微的脸庞上扫过，紧接着，一阵狂喜直击内心。

我看到了一个方脸的中年男人。

郭安，是那个在昆仑双子峰之下，第一个站出来与我相认的空军四大队206团3营营长郭安；是那个在夸父农场N33上，与赵德义驾驶着收割机，与我擦肩而过的郭安；是我父亲的袍泽兄弟，一起征战沙场十几年的郭安。

绝对没看错。他一米六五的个子本就不高，现在缩着脖子弯着腰，在人群中就像是一个小矮人。他扛着一把扫帚，排在清洁队伍倒数第三的位置，前面的人用吸尘器去清理周围的碎屑，他则小跑上前去清理大块的泡沫板，用扫帚聚拢起来，然后弯腰从地上把垃圾捧起，踮着脚放到一旁的垃圾车中。

"成哥！"我的发愣显然引起了关鹏的注意，"看什么呢？"

我赶紧带歪话题："这些家伙，也是Ai吗？"

"那肯定不是，都是当年投降Ai的叛徒，现在抓回来给他们好吃好喝，给他们将功赎罪的机会。白部长对战俘真是优待呢，若是我当部长，一个个的全毙了，省得浪费粮食。"

郭安看向了我，我们的眼神稍一对视，便倏而撇开。他的身体在颤抖，脑袋控制不住地点头。我隐约察觉到，他认出了我。

为了验证自己的推断，我故意靠近他们，将大块的泡沫踢到郭安的面前。郭安抬头看了我一眼，又迅速低头，畏畏缩缩地用扫帚碰了碰泡沫，却将泡沫打回了我的附近。他充满歉意地小跑来，低着头道："对不起长官，我扫歪了。"

我看着地上的泡沫，自言自语道："这泡沫，白得像麦田里的雪。"我看见他脖子僵住，却又没敢再抬头。

一个叫齐辛的女孩问道："老师，什么是麦田里的雪？"

"小麦是我们人类种植的一种农作物，你每天吃的面包，就来源于小麦；这种农作物，每年十月前后种植，越一个冬天，来年六月前后收获。而冬天的时候，它们还是十厘米高的麦苗，往往被大雪覆盖……你们不知道什么是雪？那是一种天气现象，就像把冰块碾成粉，从天上飘飘扬扬地飞下来一样。"

我一边和学生描述着，一边用余光观察着郭安，果然吸引了他的注意力。

"王八羔子，扫个地都扫到老子腿上！"

郭安听我说话走神，将泡沫撩到了一名大兵身上，后者用枪托重重地击在郭安的腰上，郭安一晃，便歪斜着栽倒在地。士兵猛地抬起皮靴，又踩在郭安的大腿根。

"长官，恕罪，恕罪！"郭安痛得不住哀号。那士兵丝毫没有同情心，举起枪托，作势又要向下戳去。

我小跑两步，将那大兵推开："住手！"

那大兵一瞧是我，礼也不敬一个，笑道："原来是程成大将军呐，我们保障厅的事儿，你们教育厅掺和什么？"竟然是桥底壹号里，和我打了一架的阿铭。

"我管你什么保障厅还是炮仗厅，就是白部长在学生面前打人，我照管不误。"

阿铭笑道："哎哟，这口气真他妈大，可我打的是人吗？"他将靴子踩在郭安的后背，"睁开你的狗眼瞧瞧，我脚下的是人吗？大家看看，是人吗？"

士兵们哄笑道："我们看不见人啊，这不是猪就是狗啊？"

阿铭道："程大将军可能是被核弹闪变异了，他看到的只是同类！"他碾着郭安的后背，"喂，你自己告诉程大将军，你他妈到底是个什么畜生？"

郭安呻吟着："我……我不是人，程……司……将军，不值得，您快走吧。我是阿铭长官的狗，长官爱打就打，爱骂就骂，长官让我吃屎，我也能当香喷喷的饽饽，跟你没关系呀，少管我呀！"

士兵们哈哈大笑，关鹏却从后面扯住我的胳膊，小声说道："成哥，保障厅的人不好惹，咱们还是上课去吧。"

那阿铭踏着郭安的后背，迈步向前，拍了拍关鹏的屁股："小绵羊，说啥呢，让我也听听？"

关鹏连连赔笑："嘿嘿，阿铭哥，您不是在白部长的眼皮子底下做大事嘛，怎的今天来下边了？"

"哎哟，你不知道，我干爹特别重视教育，我看他连程成将军都派到这里来了，于是我就自告奋勇，愿意给程将军打个下手，共同保卫教育厅的安全嘛。毕竟这底层空间，离人远，离畜生倒是近得很。"

"是吗……"关鹏脸都黑了。

"那还有假？依着我的性子，恨不得马上调来呢。可你也知道，手续不是也得走一阵子，来得晚了几天，你是不是有点失望啊？"

"哪有……哪有……"

"看来，你是不盼着我来咯？"

"怎么会！"关鹏看向我，"成哥，要不，我们请阿铭哥和兄弟们吃个饭，大家去巴贝卓乐呵乐呵？"

我瞪了关鹏一眼，这孩子一遇到阿铭，就像老鼠见了猫。

"免了！免了！"阿铭接过旁边黑人大兵递来的烟，"程大将军位高权重，我们这群小兵位卑言轻，攀不起这根高枝儿。"他话锋一转："不过呀，在工作上，还是希望程大将军配合配合，毕竟我干爹重视教育嘛，而据我了解，教育厅有不少危险分子……"他狡黠一笑，"为了学生们的安全，我不得不兢兢业业，废寝忘食呐！"

阿铭一摆手，十几名士兵列队，轰着郭安离开。他回头瞪了我一眼，将吸了一半的香烟扔在地上捻灭，撂下一句话，似是宣战又似是恐吓。

"若不好好工作，我必寝食难安。"

关鹏被这一句话吓得几近崩溃，未来的三天，不停地劝我去找阿铭道歉赔礼。而我则严重低估了此处军纪的混乱。阿铭向我宣战的第二天，我们来到教育厅的时候，刚进门，就见大厅的地面上散落着一地文件，化学器材室的仪器被砸成了一地玻璃碴子，教具室的工具被全部推倒，地球仪还被劈成了两半。

牛顿和达尔文见我经过，连忙关了办公室的门，爱因斯坦还在走廊里抽着烟，见我过来，反而点了点头。远处，孔丘正指挥着两个班的学生整理走廊里散落的书籍。

"麻烦来了！"爱因斯坦第一次主动和我说话。

"谁干的？"

他冷笑着喷出一个烟圈："谁知道？"

我向关鹏道："去查查昨夜的录像。"

爱因斯坦却是一摆手："夜里作案，作案之前，所有的监控设备全部被关闭，你看到的这些还算客气了，这次他们没砸玻璃！"

"到底是谁？"

谁料爱因斯坦又是麻木一笑："谁知道？"

不说我也知道，却见阿铭带着七八个士兵赶了过来，见我连忙赔笑："哎哟，程督察，听说教育厅昨夜遭了贼，咋不早点通知兄弟们呢？"

一副小人的嘴脸，后面的几人嘴角都挂着蔑笑。

阿铭又道："既然没有通知弟兄们，想必程督察已经抓到了作案的嫌犯，那就请交给我们带回保障厅审讯吧。"

我攥了攥拳头，怒道："有什么朝我来。"

"您这是什么话？"他转头笑道，"有什么朝着您来？吓死我了，就好像这玻璃碴子，都是我们倒腾的。程督察冤枉好人，我这心里呀，又心酸又委屈，凡事可得凭证据说话，就算打官司打到我干爹面前，不也得有真凭实据吗？"

我恨不得撕下这张嘴脸来。

这时候周厅长小跑而来，向阿铭鞠躬道："阿铭哥不要紧张，是学生们调皮打碎的，根本没有坏人，两位长官消消气。"

阿铭却道："是吗？既然是学生打坏的，那还请周厅长将犯事儿的学生交出来，打坏了教具，砸坏了仪器，那可是对新大陆教育的挑衅呐，这种学生长大了可是危险分子，必须提前处理。"

周厅长立刻慌了："这……哎呀，我也不知道是哪个学生，他们年纪小，不懂事，长官宽宏大量。"

"老周啊，你也是新政府的高级官员，我干爹这么信任你，才把教育厅交给你，可你看看，你在做什么？包庇那些坏种，有个屁用？现在都不服从管教，以后那还不翻了天？"他向身后的士兵道，"兄弟们，去抓几个学生，回去好好教训！"

周厅长急了："住手，住手，是我记错了……"

"周老头，你这么聪明的脑瓜，怎么可能记错？到底是教授，还是叫兽？"

周厅长将双手平伸："不是学生，是我！是我打坏的教具，抓我吧！"

阿铭一副小人得志的嘴脸："你早说嘛，自己犯了错，何必推给学生呢？"

"是啊，我不是个东西。"

"既然周厅长勇于承认错误，我们就不用去保障厅了嘛，否则还得上报干爹，多麻烦呐！"

"谢谢阿铭长官。"

"但惩罚还是不能少的！"阿铭薅着老周的脖领子，"来来来，跪下！"老周像一只任人摆布的玩偶，依言下跪。却见阿铭骑在老周的脖子上，向大兵们笑道："兄弟们，骑过驴没有？"

一群士兵哄笑着，拍手叫好。

是可忍孰不可忍！

我一脚将阿铭从周厅长身上踹了下去，骂道："滚！"

阿铭栽倒在地，被人扶起来之后，却笑了笑："程大将军是长官，长官教训小的，理所当然，那属下赔个罪吧。"说着，竟然咬着牙向我鞠了一躬，起身之后，带着十几个军兵离开。

周厅长从地上爬起来，转身向我埋怨道："你在干什么？你知不知道自己在干什么？"

关鹏也怨道："成哥，这梁子是化解不开了！"

周厅长又道："我让他骑一会儿，他可能就不给我们惹麻烦，可你倒好，火上浇油！这阿铭……唉……"

他摇了摇头："完啦，完啦，以后的麻烦，少不了啦！"

秀才遇见兵，有理说不清。在枪杆子面前，周茂才为了保护学校的教员和学生，不得不委曲求全。关于我得罪了阿铭的问题，老周私下里又求了我半天，让我不要再火上浇油。

"忍一时风平浪静，退一步海阔天空！"老周的脸上仿佛挂着一对儿苦瓜，"在这年月，能活着就不错啦。老弟，我知道你会认为我懦弱，可如果真有办法的话，我也不会是这副德行。"老周说，他早就跟白继臣反映过此类问题，但每一次举报，只会招致更大的报复，而容忍退让，是唯一可行的解决办法。

关鹏则更为直白，他直接点明了我们的实力跟阿铭差着一大截，如今阿铭是把咱们当耗子一样玩，就是欺负你，你也没辙。

果然，到了第二日，诺贝尔老师在上课的时候，被一颗流弹击中了脸颊，鲜血喷到了黑板上。保障厅众人继续装作什么事都不知道，贼喊抓贼。

老周将我拉进小黑屋里，苦口婆心，就差跪下来求我，此次一定要忍住，务必忍住。

"这只是个警告，是挑衅，如果你坐不住的话，下次可就不止打脸啦。老弟，你不惹事，就是帮了老哥。"

3

　　姜慧就像知道了学校里发生了什么似的，这天我回去的时候，竟然一反常态地宽慰我，让我坐在沙发上看书，自己却进了厨房。

　　"早上我就在无人机里留了消息，让他们送食材过来，今晚我们自己做饭。"厨房的桌子上，摆着洗净了的青菜、玉米、胡萝卜、牛肉、牛奶和香料。

　　我们这几天谁也没提艾丽斯的事，两个人似乎全都忘了过往发生了什么，就像是同居渐久的室友，逐渐熟络起来。

　　姜慧亲自下厨，将简单的食材做成了三样小菜，还熬了玉米汤。主食没做，依然是面包。但仅仅几道菜，我就感觉生活上升了不止一个档次。

　　我还发现，她特意涂了红唇，也描了眉眼。

　　本来我准备为两个空杯倒牛奶，可她却拦住了，回到客厅从自己的挎包里掏出了一瓶红酒。

　　"我托同事带过来的，他说，只有一处娱乐场所聚集地才有卖。"

　　那想必就是巴贝卓乐土。

　　红色的甘露将透明的杯子填上了一半，姜慧笑着举杯："敬新大陆。"

　　"敬新大陆。"

　　她态度的转变，并未让我心情随之好转，反而更加迷惑。老周给我支的招，不会这么灵验吧？我只是送了几束鲜花，就让姜慧尽释前嫌？不过在闲言碎语中，我似乎捕捉到了一丝信息，脸颊通红的姜慧，似有意似无意地暗示了自己已经准备迎接新的生活："在新大陆的生活，会很长，很长，恐怕是一辈子。"

　　我们两人平分了这瓶红酒，我已经微醺，而姜慧更为严重，早就有了醉意。她醉了的时候，女性的魅力便从眉眼之间自然流露出来。

　　"今天别睡沙发了，那小地方委屈了你。"

　　我心里却是一震，酒顿时醒了一些："沙发还是挺舒服的。"

姜慧听我回答，脸忽然变得僵硬，又回到了自己一贯的样子。那时候我心中竟然隐隐后悔，就真的好像自己成了一个不称职的丈夫。

"成哥，我们开始新的生活吧。"她这次郑重地向我说道。

我有些无措，完全没想过她会这么快恢复正常——智人管理局的最初设定，不应该是让她一直跟我不和下去？我早就做好了一直睡沙发到天荒地老的打算，可姜慧突然的变化，却打了我个措手不及。

"我们不是已经开始了新生活？"

"还不够……"她低下头，"你说得对，我们不能因为艾丽斯伤痛一辈子，既然来到了新大陆，就是新的开始。"

我的确说过类似的话，但她竟然真听进去的时候，我却如此焦躁。

因为颂玲。

我不知道颂玲在哪里，可我心中那唯一的位置，依然被她占据着。但我又能怎样？这些话不能告诉姜慧，否则这房间里的眼睛和耳朵，会知道我是条漏网之鱼，恐怕智人管理局的人一会儿就会驾临我这一方斗室。

后背一暖，我不知姜慧什么时候已经绕到我的身后，从后面抱住我。

"成哥，我们都给对方一个机会，好吗？"

"嗯……"我掐着脑袋，"有些头晕，很久没喝酒了。"

"那便去床上躺会儿。"说着，姜慧便搀我起来，直接进了卧室。我第一次感受到这张双人大床的柔软，姜慧扶我躺下，自己则关闭内外所有的电灯，躺在了我的右侧。我向左侧过身去，装作头疼欲裂的样子，而后背明显感觉到有柔软的肉体压了过来。

她从身后抱住了我。

"成哥，我们很久没有了……"

我们从来没有过。

"还记得在加州的沙滩上吗？"她喃喃自语似的说道，"天上的星光，港口的灯光，你送我的烛光。那天的风真软，沙子也软……艾丽斯就是那天……"

"嗯。"我尽量装作就要睡着，提不起任何兴趣的样子。

姜慧将脑袋蹭了过来，我知道她的鼻子就在我耳朵附近急促地喘息着。"成哥……"她的呢喃荡漾了我的心神,"你还爱我吗?"

"嗯。"

"亲口告诉我,你还爱我。"

姜慧就像是一头发了情的母狮子,这个问题,我真不知如何回答,肯定和否定都是错误。

"说,你还爱我……"她的语气哀婉,似乎内心恐惧的事情便要发生了。

这个女人真是可怜,她的女儿死了,又摊上了我这样一位形式上的丈夫。她完全不知道已经进入了别人给她安排的角色,而我,更像是一位对剧本提不起兴趣的演员。

"我当然爱你。"我讲梦话似的说,"快睡吧,明天……"

话未说完,姜慧便吻了过来。她灵巧的舌头上下翻腾,像一条泥鳅,在寻找着同类的肯定。我的身体完全僵硬着,承受不住姜慧性格如此大起大落的变化。

"姜慧!"我一把将她推开,"睡觉吧。"

姜慧又扑了过来:"用你的行动证明你还爱我,成哥……证明给我……"

意乱情迷。

姜慧正一次次地触碰我的底线。我闭上眼睛,就像自己是一具死尸,心中想着颂玲的样子。

"成哥,我爱你。"

……

姜慧的手开始解我衣服的扣子,扯我的腰带,等我清醒过来,她已经整个身子都压了上来。

我刚想推开她,却发现她已经紧紧地箍住了我的双臂。好大的力量。而她的嘴唇,始终没有离开我的脸颊。

"姜慧,你喝多了!"这句话确实不像是一位丈夫的台词。

"我要你……"

"我太累了!"

姜慧停止了进攻，我心中一凉，这样对她实在太残忍了，她的身体变得僵硬，一动不动地伏在我的身上。

姜慧睁着大眼，一动不动地看着我。她缓缓坐了起来，骑在我的腹部，然后双手撑着我的胸膛，挪到了一旁，就像是一位禁欲的修女忽然失去了对人间一切的欲乐，微光照耀的脸颊，麻木且冰冷。

我心中一凛："姜慧？"

姜慧歪着脑袋看着我，像极了梦游时的样子。可她根本没有睡着，怎么就能梦游呢？还是，她气坏了？

这时候，姜慧嘴巴张开，仿佛在说着什么，可我却听不太清楚。

"什么？"

她的嘴唇继续动着，重复了刚才的两个字，却像发不出声音。我将耳朵贴了过去："你说什么？"

却听姜慧的嘴唇里，发出了微弱的声音，的确是两个字，这回，我听得真真切切。

她说："颂玲。"

我浑身如遭雷击，姜慧却将脑袋转正，从床上下来，直愣愣地看向房门。

"你是谁？"

她没有回头，从卧室走入客厅，换上一身深蓝的工作服，然后来到门口，缓缓打开房门。

这真的是梦游吗？

我忽然想到了另一种可能，姜慧是一个多重人格精神病患者。在夜里熟睡的时候，她的另一重人格苏醒，去开始一段平行的人生。我匆忙整理好衣服，此时姜慧已经走出房门消失不见，我担心她的安危，穿上鞋子，追了出去。

姜慧在黑暗中猫着腰，躲过所有光亮，缓缓地在阴影中潜行。我跟在她身后，却见她穿过居住区的广场，来到了一座三十米高的信号发射塔之下，然后抓着钢铁结构，仅凭着双臂之力，攀爬上去。

我目瞪口呆，常人如果没有接受过专业训练，根本无法完成如此高难度的动作。可是姜慧像个猿猴一样，迅速爬上了塔顶。黑夜之中，我看不清她做了什么，但约莫过了半个小时，她才从上面下来，看也没看我一眼，便急匆匆地向着家的方向走去。

等我回到家中，姜慧已经睡在了卧室床上，面带微笑，就如一直睡在此处一样。

我几乎一夜无眠，姜慧那微弱的声音不停在我耳畔响彻。

颂玲……

颂玲……

颂玲！

没错，我绝对没有听错，是颂玲两个字。她到底是谁，怎么说出了颂玲的名字？

是梦游也罢，是多重人格也罢，总之，姜慧那个失控的灵魂，必然与张颂玲有过交集，否则为什么，她会在那个时候出现，并提醒我：颂玲。难不成她还会读心术？我终究不相信什么读心术，我只知道，姜慧的真实身份，那个被如今记忆覆盖的人格，一定与张颂玲有着某种奇妙的联系。

4

之后的一周，我不等学生们主动要求，开始频繁带他们去操场打靶，每次打完靶之后，负责清理碎屑的犯人之中都有郭安，我往往站在操场外沿看向他，可郭安向来不敢与我有过多的交流，我甚至都怀疑，他的记忆被修改过。

我决定冒一次险。

又赶上了楚庚的班，我这次教他们操作霰弹枪，而标靶是我特意交代关鹏去制作的由松木屑和泡沫压制的，一种厚达五公分，被子弹一炸就会四散纷飞的二合板。

如我所料，课上到一半，十块标靶很快就打完了，关鹏立刻叫人清理操场。

"成哥，最好先让学生回避。"关鹏提醒我。

"回避什么？"

"那群劳改犯很危险！"

楚庚这时候正拿着枪抵在关鹏后腰："关鹏哥，他们有我危险？"

关鹏一哆嗦，立刻把双手举过头顶："成哥……饶命啊！"

我喝止了楚庚，宽慰关鹏："没子弹，孩子逗你玩呢！"

关鹏回头就要给楚庚一嘴巴，不过被楚庚灵活地躲开了。关鹏气道："成哥，这群小王八蛋越来越放肆了，你得管管！"

我笑道："我管，不过刚才你也看见了，连你都会害怕他们手中的霰弹枪，更甭提那群犯人了！更何况，还有你在一旁看着呢，对方手中的也就两把扫帚，能有多大的风险。"

关鹏挠挠头，想了想，最后同意了："反正是你下的命令，真要出事你可得兜着。"

郭安又排着队，和其他清洁工进入到操场，拿着扫帚将散落的木屑扫向了中心。我就站在离他不到二十米的距离，他依然不敢抬头看向我们，就连其他人也是如此，只知道规规矩矩地扫地。

阿铭带着一队军兵溜达到犯人一旁，斜睨着我们，关鹏不待他招呼，谄媚地小跑过去，连连递烟，点头哈腰。

"关鹏！"

他回头看了我一眼："啥事，成哥？"

"带几个人，再把剩下的靶子全抬过来。"

我的视线装作不经意地扫向郭安的时候，果然，他弯着腰停在了原地，手上的扫帚正压在一堆碎屑上，额头却微微抬起，努力睁大眼睛，眼皮上顶起来一层层皱纹。

他在看我。但我也不能断定他是否有曾经的记忆，或许他只是对我感兴趣。阿铭这群家伙站在旁边，本来计划着想支开关鹏上去交谈，如今也不能实施。

忽然，一名黑人官兵大喊一声："危险！"迅速扑倒了阿铭。另外两名官兵飞似的扑向我身后，我尚未明白发生了什么，却见着两人已经将楚庚端倒在地，一人押着他的一条胳膊，按在操场上。

"你们干什么？"我怒喝道。

阿铭和那黑人走上前来："这小子刚才想杀我！"

楚庚挣扎抗辩道："老师，我没有，他说谎！"

我向押着楚庚的两名官兵道："你们两个先松开这孩子……"话音未落，阿铭旁边那黑人，一脚就端在楚庚的胸膛上，这孩子闷哼一声，便伏在地上只剩喘气。

我抡起拳头就朝那黑人击去，黑人用双臂格挡，轻轻退后。与此同时，阿铭却喊道："程督察打人啦！"

"程督察请冷静……"

"别动手，好好说话……"

我与那黑人纠缠在一起，忽然脑后一阵剧痛，不知什么人用枪把子戳在了我的脖颈，我眼前一黑，恍惚间看见关鹏扔掉板子，哭喊着"住手"向此间跑来。随之而来的第二阵剧痛出现在我的右腰，一个嘴里喊着"住手"的大兵，狞笑着将枪托再次向我击来。我勉力闪过，便觉得自己进入了一群大兵的包围圈，那阿铭喊着："住手啊，别打啊，这是程督察！"却从身后紧紧搂住我的胳膊，将小腹和胸膛晾给那高大魁梧的黑人。

说时迟那时快，一阵剧烈的轰鸣声从耳畔响起，那黑人已然抬脚准备猛端，而垃圾清理车突然冲到面前，将那黑人撞出了五米。

郭安从垃圾清理车上跳下来，赶紧向那黑人赔罪："长官，我走神了，无意冒犯……"

他尚未得到黑人的宽恕，就闷哼一声，阿铭用枪托捶在了他的脖颈后，郭安立刻跪在地上，而阿铭的枪托又举了起来，狠狠地砸了下去。郭安痛苦地趴在了地上，挣扎着翻了半个身，身体蜷缩成一团。

学生们被这突如其来的变故惊得鸦雀无声，刚才还乱哄哄地吵闹着，现在全吓得张大了嘴巴。

阿铭朝郭安骂道："王八蛋，两只眼跟瞎了无异，今天我就替你摘下来，让你装瞎成真瞎。"

他刚才的枪托戳在了郭安的脊椎上，造成了郭安脊椎麻痹，现在他的神经系统一定还在恢复中，只能大口地喘着粗气，连翻个身的力量都没有。

阿铭抬起一脚，猛地踩在了郭安的左胯骨上，右臂将郭安拎起来，"他妈的叛徒！"阿铭的左手从腰间拔出刀子，在郭安面前虚晃一刀。周围的清洁工发起抖来，有人侧目怒视，大部分人依然低着头，装作什么都没看见似的，专注地干活。

郭安呻吟着："长官，饶我一次吧……"

"他妈的！"阿铭咒骂着，挥动白刃，"那我就彻底让你报废！"

就在刀子插向郭安双目的时候，我从地上甩出一把没有子弹的手枪，精准地击中阿铭的侧脸，他没来得及反应就直接中了招，手中的刀子瞬间脱手，郭安也被丢在地上。

"准欸！"学生群里一阵哄叫。

"程成，你他妈的找死！"阿铭捂着左侧眼眶，手掌边缘有血液沁了出来，"来人，给我枪，我今天非得崩了他不可！"

关鹏连忙劝架："阿铭哥，误会误会，您吃点亏，就算了吧，毕竟程督察也挨了你们的打！"

阿铭一把推开关鹏，捂着眼眶走到我面前："程成，你还以为你是当年那个呼风唤雨的空军少将？啊呸！你的部队全他妈死光了，你现在就是个光杆司令，你知道老子是谁吗，别看我官衔没你高，但在新政府这块地儿，我说今天弄死你，你保证活不到明天！"

郭安颤颤悠悠地站起身，连连向着阿铭鞠躬，口中喃喃道："是我的错，长官，请处置我……"

阿铭一脚将郭安踹倒在地上，喝令旁边的士兵道："给我带下去，回去给我抽死他！"

伴随着一声声稚嫩的"不许动"，没有人再动手，场面安静下来。

阿铭刚要怒吼，却见一个孩子将枪口对准了他的后脑，却是吴丙，他侧身持枪，有点紧张地看着我："程老师，我这姿势还不错吧！"

四十几个孩子，十几条枪，将七八名大兵围在中心。其实我知道，有一半的枪中是没有子弹的，可大兵们并不知道，被孩子们一震慑，连举枪的胆子都没有。

他们看向了阿铭。阿铭咬着牙，向我怒道："程督察，学生们造反，你便这样纵容吗？"

齐辛吼道："你们故意找碴儿欺负人，我们不是造反，这是以暴制暴！"

楚庚举起霰弹枪抖了抖，虽然挨了打，却一脸兴奋道："孙武老师教我们十则围之，五则攻之，倍则分之！如今我们差不多是敌人的五倍，那么同学们，瞄准你们的目标，听我命令，准备进攻！"

我立刻拦在楚庚面前，制止了他们因冲动险些酿成的惨剧，而阿铭吓得也不轻，在关鹏的劝解之下，双方当作什么也没有发生，各自为对方开了一条通道。

放走他们之前，我强迫他们留下了郭安，让关鹏将他先送到学校的医护室。

孩子们为我痛揍阿铭，以及他们擅自行动，逼得大兵们不得不狼狈逃窜的草莽行为，表现出极大的乐观情绪。我把他们带回教室的路上，他们没完没了地讨论着。

"我要是你，就一枪爆了阿铭的脑袋，这霰弹枪若打进这家伙的头颅，砰的一声，肯定炸开花。达尔文老师一直想要的人体标本，不就有了？"

"脑袋都爆了，还怎么做标本？"

"笨蛋，身体内的心肝脾肺肾，还有鸡鸡，不都能用？"

"还是用你这没毛的吧！"

……

我将孩子们送回了教室，因为下节课就是爱因斯坦的数学，我走出教室门口，却见他正站在外面的走廊抽着烟袋，烟灰落了一地。

破天荒地，他今天竟然主动跟我说了句话。

"抽烟吗？"他直接把烟袋递给了我，烟袋嘴上，唾液闪亮。我摆了摆手，心道这大科学家生活中如此不讲究。

"我没这爱好。"

他饶有兴致地打量着我："之前把你当法西斯了，今天看你的表现，倒是有点像……汉语那个词怎么说来着，侠客，对吗？"

"您多想了，我也没行侠仗义，只不过这群兵欺人太甚，纵容不得。"

爱因斯坦嘿嘿一笑，猛嘬了两口烟："你和他认识？"

"自然认识，在巴贝卓乐土就打过一次了。"

"我说的不是那浑球，"他眸子闪了一下，"是那个清洁工。"

我心中一震，脸上却是一副不可思议的表情："怎么可能？"

"我总觉得你的注意力在他身上，而他似乎也挺在乎你，否则为什么会在危急时刻，抢了垃圾车，撞走黑人救你？"

"他只不过是走神。"

爱因斯坦笑了笑："随你如何解释吧，只是今天如此一闹，保障厅和教育厅的梁子算是无法解开了。"

"难不成他们还能光天化日下行凶？"

"光天化日？哪里有青天，哪里又有太阳？"爱因斯坦将烟斗熄灭，"至少，在希特勒来行动之前，你应该找找盟友，无论美国还是英国。"

"哦？"

爱因斯坦神秘一笑，在鞋帮上敲掉了烟斗中的烟灰："就算坐牢，也有人给你送个饭，不是吗？"

爱因斯坦刚走，达·芬奇就追了上来："程成，你伤得怎么样？"

"我没什么事，不过是挨了顿捶，过几天便自己恢复了。"

"我刚从医护室过来，你的朋友没有大碍，我已经配了一种药水，让达尔文去找材料，你且忍忍，明天就好。"

"谢谢……"我还想多说句感激的话，可这时候，尔雅已经小跑过来，拽住达·芬奇的胳膊摇晃着："老师，我今天用枪吓倒了一群傻大兵，你看到了吗？"

"那时候我正在上课。"

"那太好了！"尔雅跳了起来，两根辫子抖动着，"我给你讲讲，可精彩了！"

"我马上有课。"

"这样啊……对了，老师，刚才我也受伤了，你瞧瞧，这胳膊是咋了，这么红，不会是绝症吧……你给程老师配了药水，能不能也给我……芬奇老师，你别走啊……"

来到医护室的时候，医生已经帮助郭安修复了受损的肌肉组织。见我进门，郭安赶忙从床上下来，站到地上，朝着我敬了一个礼："程……"

"怎么？当过兵？"我半开玩笑的语气抢过了他的话，却背着身后的医生，右手伸到胸前向他做了一个摆手的手势。

"报告，程……程督察，我当过。"

"身体怎么样？"

"完全恢复了，"他有点激动地看着我，"只是我担心……给您添麻烦……"

"啰唆！"我指着门口，"既然伤好了，那跟我一起去找周厅长，给你在这里安排个工作。"

医生一脸诧异地看着我带走郭安，却又不敢说什么。这里的每个人对军人都有一种天然的畏惧。

离开医护室，郭安跟在我的身后："船长……"

"小心点。"

"天呐，您真的记得我！"

"说来话长！"我知道此时不该跟他废话，"其他人呢？"

郭安叹了口气："船长，一部分兄弟被送上了其他农场，和我一起来到这里的，只有四五百人，这阵子被折磨死了一部分，活着的也就二三百。"

"他们在哪儿？"

"各个部门都有。"

"能联系上吗？"

"能！不干活时，能见上面。"

"好，等我想想办法，带你们离开这里。"

"船长，这太危险了，您不用再为我们犯险了……"

"我承诺过，要带你们回家！"我心中一痛，"但不能带你们所有人了……"

"船长，新大陆有将近五千守军，我们势单力孤，更没有出入地图，离开新大陆，几乎不可能啊。"

"总会有办法，你难道不熟悉这里吗？"

郭安凑近了我的后背："我来的时间也不长，但是听人说过，新大陆只有入口，没有出口，来了的人就休想离开。想离开的人……一个也活不成。"

"就没人知道如何离开这里？"

"白继臣只是当年负责修建新大陆的主导之一，但他后来夺权，软禁杀害了其他将军，如今，也只有他才知道如何离开新大陆……"

我心中一沉，如果白继臣能告诉我如何离开这里，只有两种情况，要么联合政府打了过来，我们必须逃亡；要么就是枪口抵在我的脑后，他满足了我死前的心愿。

郭安沉吟数秒："或许还有一人……"

"谁？"

"朴信武！一个至今下落不明的将军，他本已被白继臣软禁，可就在被杀死之前，他却在旧部的帮助下逃亡了，至今下落不明。"

"那估计他已经离开了新大陆。"

郭安摇了摇头："我认识一个犯人，他就是朴信武的卫兵，他说离开新大陆不是那么容易的事，更何况……他好像还是个残疾，被白继臣折磨得无法正常生活……"

"你的意思是，他们可能还在新大陆？"

"我要是知道，估计也活不到现在，"郭安凝眉推测，"这新大陆说大不大，说小也不小，一个人藏起来，首先得吃喝拉撒吧。那么能让人自给自足的地方，也就只有草原了。"

老周已经进入濒死状态。

"程成老弟——我的祖宗！"他往往前半句硬气，后半句就成了哀求，"我之前就反对你带学生玩真枪实弹，怎么样？还是出事了吧！孩子们如果真的开起枪，你知道后果会有多严重？"他焦灼地在办公室内来回踱步，一旁的孙武眉头紧锁，而孔丘仗着个子高，站在通风窗口望着外面放风。

我被他们围在一张椅子上，已经听了周厅长半个小时的聒噪。郭安因为是个犯人，只能蹲在门外。我不过想让老周给郭安安排一个工作，可是新大陆的犯人地位低下，也不归教育厅管理，我的这个难题理所当然地被老周忽视了。

"完了完了！"周茂才擦着额头的汗水，"必死无疑，必死无疑！"

孔丘道："老周，你与其教育程成，还不如想个可靠的主意。遇见问题解决问题，时间这么宝贵，你却用来颓废。"

孙武道："保障厅不会善罢甘休，我们要做好迎接下一次报复的准备。学生拿枪和士兵对峙，在军人独裁的新大陆，算是一件了不得的大事，依阿铭的性格，这件事不可能就这么揭过去，必须想个万全之策。"

孔丘道："什么万全之策，你就不能来点实际的？主意呐？"

孙武道："不如将枪发了，率领学生攻占弹药库，我计算过多次，只要占据弹药库，破坏基础网络，释放囚徒，还是有一定的概率和白继臣平分秋色的。"

周茂才扑通给孙武跪下："我的亲祖宗，你们死了不怕，毕竟您二位两千年前都死过一次了，可孩子们死了怎么办？"

我从椅子上站了起来，将桌上的帽子扣在头上："一切因我而起，我去找白继臣说明情况，请求处分。"

孙武道："你此时竟然还迷信纪律和道理？"

我还没出门，有十名士兵闯了进来。当先一人拿出了保障厅的文件，递到我的面前："程督察、周厅长，犯人郭安不宜久留教育厅，我奉命来带走此人！"

我正辨清文件之下签着的四个歪歪斜斜的汉字是保障厅厅长"石川次郎"时，对方来的人已经将郭安摁在了地板上。

第四章
恐怖梦游

1

我成了姜慧梦游时的私人保镖。

自从那一夜她攀上了距离居住区不远的信号铁塔后，她便喜欢上了这项运动，之后的每夜都要出去找铁塔来爬。我试图阻止她出去，可姜慧却以一种自虐似的撞门行为来威胁我，为了她的健康，以及不引起其他人的注意，我只能让她去冒另一个险。

我们之间没有任何交流，她也默认我的陪伴，没有语言的沟通，唯有呆滞冰冷的眼神。姜慧比我要谨慎，她前后爬了七座铁塔，竟然没有一次被巡逻的军警发现。反倒是我的目标比她还要明显，好几次就在巡查的军警眼皮子下面惊险逃脱，差点拖了她的后腿。

但是到了最后一次，我意识到问题没我想的那么简单。

她这次没有爬铁塔，而是从居住区向下而行，顺着岩壁上一条几乎没人能发现的小路，向着一团光亮进发。走了一段时间，我才意识到，前方的光亮正是巴贝卓乐土——新大陆唯一不受宵禁影响之处。

我不知道姜慧为什么对岩壁上的小路如此了解，就像从前来过一样，我还需要不时停下来仔细看看脚下的路，可她却连看也不看，脚底就像长了眼睛。

走了一个多小时，她终于停下来。此处距离巴贝卓乐土不超过一公里，我能听见那里飘出的音乐，还能看见男男女女在街道上跳舞。

她站在一块凸起的岩石上，远远地望着巴贝卓乐土的喧嚣，却不再前进。岩石之后，是一个凹进去的石洞，石洞中亮着一盏电灯，她就守在洞口，冷冰冰地看着我，却不让我进入，还朝我做了一个噤声的手势。

我不知道她的耐心从何而来，总之，那一夜她在岩石上站了许久，终于，等来了一个人。

淡淡的灯光照耀下，我能看出来者是个女人，我示意姜慧隐藏，可姜慧完全不受我的控制，反而越发站得挺直。

来者从巴贝卓乐土的方向攀爬而来，越来越近，我管不了姜慧，又担心她的安危，只能伏在不远处，如果来人对她不利，我可以迅速制伏对方。我躲在几块凸起的岩石之后。那女人肯定发现了姜慧，却没有任何的疑虑，竟然径直走到姜慧面前。她罩着披风，看不见相貌，只知道下身穿着短裙。

她们相视数秒，我不知道那女子是否惊讶，毕竟半夜在山顶站着这样一个女人，谁也不会认为正常。有这个念头的时候，我不禁骂自己傻，难道这个女子便正常了？

她们没说一句话，却见那女子从披风中伸出绿莹莹的右手——她手中握着一个发着绿光的物体。姜慧伸出手，接过那东西。绿光映在女子脸上，我心中大惊。

千鹤。

对方竟然是桥底壹号里那个叫千鹤的妓女。千鹤将那东西给了姜慧，然后转身离开，跳了几下，便隐没在山石之后。

姜慧手中那东西是一块芯片。她将芯片握在手中，转身进入身后洞口。我跟随其后，山洞下方有石头台阶，走了没几步，便来到一间方形的石室，姜慧站在石室的一扇门前，手指在墙壁上的密码输入器上按了几下。

门竟开了。

里面的屋子，遍布着或粗或细的电线，所有电线的中点似乎都在这里，他们汇聚于一台机器，姜慧来到机器之前，将芯片插入，绿光消失，而机器的屏幕亮了起来，数字飞快闪耀，姜慧的眼睛一眨不眨，看着屏幕上的数字，双手却在键盘上输入起来。

我躲在门口，心中的震惊一波接着一波。

姜慧当真在梦游吗？

越接触她，就发现她身上的谜团越多。

每天几乎定时的梦游。从不说话，唯一说出的两个字却是颂玲的名字。攀爬电信铁塔。而暗地里，竟然还和桥底壹号的妓女有联系。

更不可思议的是，她竟然能熟练地操纵这台仪器。

一种大胆的猜测浮现于我的脑中，姜慧的身体内，被智人管理局编织了两份记忆。

一个身份，是我的妻子姜慧；而另一个身份，似乎带着某种连新大陆政府都不知晓的秘密？又能是什么秘密？新大陆本就是联合政府的流放之地，这里的罪犯难道不是尽在掌握之中？犯得着派姜慧前来偷偷摸摸地做些事情？

可如果不是智人管理局在姜慧的记忆中做了手脚，她每天晚上又在干什么？

如果真是智人管理局给姜慧布置的任务，那么每晚我和她同行，智人管理局肯定完全清楚，但他们默认了我的存在，知道我不会伤害姜慧，一定程度上还能协助他们的工作。

或许，我也是他们计划的一部分？

……

"什么人？"

一声惊呼将我带回这间幽暗的石室，白色的电光便照在姜慧的脸上，姜慧直视电光，眼睛眨也不眨。一个士兵站在电光之后，由于我在门外，注意力全部集中在姜慧身上，所以便没发现房间中还有其他人。

士兵也看着姜慧，姜慧无言，手指依然在键盘上敲动。最后还是士兵耐不住性子："我再问你一遍，你到底是什么人，在干什么？"

姜慧的双手在键盘上输入最后一个字符，便离开闪烁的屏幕，慢慢走向年轻的士兵。

我听到了枪支上膛的轻微响声。

"我他妈再问你最后一次，不说话我可开枪了！"

姜慧又怎么可能说话？

士兵将枪口对准了姜慧的额头，姜慧却将脖子一歪，好奇地看着眼前的人，浑然不觉大难将至。

"呼叫总部，呼叫总部……"

总部给他回话的时候，我已经从身后勒住他的脖子，夺了他的枪，捂住了他的嘴巴。

"老实点，你还能活一命！"我在他耳边道。

那士兵显然被我吓了一跳，这时候，总部已经询问了两次，问他这里发生了什么。

枪口对准了他的太阳穴。

他咽了口唾沫："肚子饿得很……能不能……给我送点吃的……"

我点了点头。他的要求果断遭到了总部的拒绝，然后房间里归于宁静。姜慧一步步走过来，她伸手拍拍年轻士兵的肩膀，然后不知从哪里掏出一颗白色的药丸，一只手撬开士兵的嘴巴，另一只手将药丸弹了进去。

然后她双手忽然扼住他的脖子，用力掐了下去。我用尽全身力气去掰开姜慧的胳膊，可那两条瘦弱的臂膀，就像钢铁一般，难以分开。

士兵挣扎了数秒，脑袋便无力地歪向一旁，姜慧这才松开手。我去摸他的鼻息，人还活着。

姜慧对我露出了微笑。

"我梦见我杀了人。"

餐桌上的早点，姜慧一口未动，我换上制服准备出门的时候，姜慧忽然向我说道。

我让关鹏在车里等候，又回到了餐桌旁，坐在了姜慧对面。

"你不吃饭是因为这个？"

姜慧蹙着眉头，忧心忡忡："太真实了，就像真杀了一样，我到底是怎么了？"

难道昨夜的事情，姜慧有了点印象？

"你确定他死了吗？"

"我甚至听见了他气管碎掉的声音！"

她如果梦见了我，自然知道那大兵还没死。却听姜慧继续说道："他们要对你不利！"

"对我不利？"我心念一转，难道她的梦不是昨夜的事？

"有个小个子男人，大约三十多岁，他想要杀你。"

"为什么杀我？"

"一个年轻人怂恿的，说你太过猖狂，而白继臣却无理由地信任你，时间长了，你肯定是他们的心腹大患……"

我两只手包住她的手背，温言安慰道："毕竟是一个梦而已，我知道你担心我的安全，放心，学校里的那点事，又怎么可能伤筋动骨？"

她摇着头，并没有接过我递来的稻草，依然在情绪中沉溺："梦太真实了，我当时听见他要害你，便一直盯着那小个子，趁他不注意，便掐死了他。"

我还想多安慰姜慧几句，可关鹏却推门进来："成哥，白部长让你现在去见他。"

白继臣孤独地坐在神殿当中宽阔的金椅上，会议大桌早就被搬走腾空，我站在阶下，犹如命运未卜的奴隶，而他就像个统治新大陆的王。神殿之中没有第三个人，他见我慢慢走近，本来瘫坐在"王座"之中的他，缓缓坐正。

他凌厉的目光看向我，鼻子里重重的呼吸，在整个神殿内回响。"古人说得好，高处不胜寒，"他脸上的表情阴晴未定，"知道我把你派往教育厅的深意吗？"

"这说明白部长重视那群孩子，他们是人类的未来。您说，过去只能回首，当下用来耕耘，希望种在未来。"

"这只是一层意思。实际上，我是在保护你。"

我不解："我何德何能？能得白部长眷顾？"

"新大陆的斗争，远比你所见的残酷，你和阿铭那个臭小子结的仇不过是小孩子过家家而已，纵然打死也不过狗命一条。可到了我这个位置，每次打架，都是一次屠杀。"

我不知道他为什么跟我说这些，难道他一个国防部长，还要亲自给我和阿铭劝架？

"他们知道我的软肋，"他接着道，"你到来的那天，我就知道，我的屠刀，不可以放下。"

"部长，我不知您所指为何？"

"你不用知道，最好也不要知道。如果你真的知道了，那说明……"他干笑两声，脸上却是无比悲惨的表情，"我们便真要灭绝了。"

他特意叫我过来，自然不会只向我唠叨几句废话。

"石川次郎被人杀死了。"

他并不理会我的诧异，将话题导入正轨："死在了巴贝卓一个垃圾铁桶里，被人生生地掐死塞了进去，垃圾桶也被人为封严。再晚一会儿，这桶就会被送到深海，被当成垃圾永久填埋，这个秘密差一点就不会有人发现了。那群愚蠢的守卫，直到他死后四个小时，才意识到他们的头儿并不是在妓女的床上舞枪弄棒，这群蠢货，全都毙了。"

我意识到这个问题的严重性，石川次郎负责着新大陆的安全保卫工作，是白继臣之下最有实权的人，更是白继臣的亲信。他被杀死，则可看作是对方向白继臣的挑衅。

"是什么人杀死的石川？"

"坦诚讲，我怀疑过你，因为阿铭和石川绑在了一起。可我知道你不会这么做，你太善良了，路子太正，就像……"他生生掐断了后面的话，"杀死他的人，明显是个女人。巴贝卓混迹着各种各样的女人，有智人，有慧人，但是那群Ai，最高权限掌控在我的手中，没有我的命令，是不可能去主动杀人的。所以我怀疑，杀死石川的人，一直就是反对我的那群人，对方这是给我一个下马威呀，告诉我，他还活着。"

"他？又是什么人？"

"想要新大陆改旗易帜的人。"

"我们的敌人，联合政府？"

白继臣重重地哼了一声："那群家伙根本找不到我们。在它们的认知里，我们只是联合政府罪犯的流放之地……"

我心中一惊，白继臣怎么会知道"流放之地"，在他的记忆里，不该理所当然地认为此处便是人类最后的避难所吗？

"程成，你记住，Ai永远不是人类的敌人，人类的敌人，只有人类。这就又回到我找你来的目的……"他从王座上站了起来，一步步地走到我面前，"我很高兴，你的想法和我相同，都不愿意离开这海底世界，你的隐忍令我欣赏，人类的复兴大业不能交给那群脑袋一热的傻瓜。你还有很多不知道的事情，我会慢慢让你了解，等你知道了全部故事，会坚信自己的选择没有丁点错误。程成，为了我们的未来，我不允许新大陆出现第二种声音，我们必须团结。"

我点头道："部长说得没错，如果仅有的人类都不团结，将来又如何完成复兴人类的使命？"

他拍了拍我的肩膀："我知道我没看错人。石川次郎死了，保障厅厅长的位置空了下来，而遍观你的其他几位同僚，要么胆小怕事，要么整天都在琢磨我的心思，没一个能成大事。只有你……"

"我？"

"你来做保障厅厅长，新大陆一半的军人都归你了。"

我一阵热血上涌，我和白继臣之间没有任何瓜葛。我开会极少发言，会后立刻滚蛋，就连马屁也不多拍一句，怎的白继臣便看中了我，将保障厅厅长这么重要的帽子扣在我脑袋上？

白继臣道："人人都认为，保障厅厅长是个美差，可我告诉你，这是个头上始终悬着两把刀的位子。一把刀，是你下面的人，仇和怨，不见得是你造的，可最后都会冲着你来，干不好，你就是石川次郎的下场。而另一把刀，则握在我的手里，"空气瞬间冰冷，"保障厅是我的手臂，而一只手臂不需要有任何想法。手臂如果违背大脑的意愿，你知道后果的。"

我赶紧立正："明白。"在这时候，拒绝是没有用的。

"不用这么紧张，"白继臣又笑了笑，"为了庆祝你的高升，我给你准备了一份厚礼。"他大手一拍，神殿一侧的房门打开，八个士兵各自捧着一个正方体的锦盒列队而入。他们停在我和白继臣之前，队长说了声立正，各自将锦盒捧在胸前。

八个锦盒一般大小，长宽高约莫三十多公分。

白继臣笑着道："所谓升官发财，可金银在我们新大陆没有任何意义，"他一挥手，八个锦盒依次打开，"所以，给你的贺礼，不若给你解气。"

腥臭扑鼻，八个盒子中，各是八颗血淋淋的人头。其中的数人我都认识，均是在操场和我打过架的士兵。

白继臣道："那天一共八人，不过，阿铭那小子跑得快，半夜里来到我床边求情，我便放他一马……螟蛉之子嘛，我年纪大了，有个孩子在床边，死的时候也不用操着心……但是八个盒子已经准备齐了，最后一个也不能空着。"

第八个盒子的人脸向下，看不清模样，后脑一个血洞，已经和头发黏糊在一起。

白继臣的大手伸进盒子，中指伸入后脑的弹孔之中，像拎保龄球一样把脑袋抓起来，展示给我。

我头皮一阵发麻，眩晕，为什么他就这么死了？

是郭安。

他正瞪着眼睛，看向我头顶的方向。

郭安死不瞑目，死前是否还幻想着我能从枪口下救走他？

我明明说要带你离开的。

……

"想成为英雄，想成为后世仰望之神，首先，你必须做到……"白继臣将那头颅甩在地下，郭安的脑袋骨碌碌转了几周，最终哀怨地看向我。

"无情！"

我咬紧牙关，内心的哀恸就像腊月早晨的寒气一样，止不住地钻入心中："是！"

"程成，你关心的人太多，而这些人，个个都是你的软肋。就连一个囚犯，都能成为你心软的理由。"他摇了摇头，"新大陆的未来必将属于你，而为了你能迅速成长，我已经盯好了你的软肋……"

"是！"

"并准备了足够多的盒子。"

2

白继臣最后一句话绝非恐吓，我猜他准备的盒子数量起码有五百个之多。其中必然有几个比其他的都大一些，留给孔丘、爱因斯坦等老师们。

他交给我的第一个任务，不是调查上一任保障厅厅长的死因，而是推进教育厅的改革。为了给我分忧，白继臣还特意为我安排了一位新助手。

国防部特派员阿铭。

还真是信任我呀。

那阿铭仿佛变了一个人，成了一个增强版的关鹏，端茶、倒水、开车、开门，关鹏没做过的事他都干，关鹏做过的事他抢着干，殷勤得像个想当少奶奶的丫鬟。而且嘴上说希望能和我尽释前嫌，让我给他个机会，为新大陆的伟大事业奉献青春。

不敢不给。

趁阿铭不在身边，关鹏才敢和我说几句心里话。

"成哥，听说你当上保障厅的厅长那一刻，我差点就抄起枪，带上几个人先去干阿铭一炮。可这白继臣葫芦里卖的什么药，怎么让这王八蛋给您打杂了？"

"眼线。阿铭这小子虽然客气，可背地里不知将如何构陷咱们，谨言慎行，别给他抓住把柄。"

我完全不担心阿铭如何搞鬼，我只想知道，周厅长和孔丘等老师，收到了教育改革的方案之后是什么反应。

他们看我的眼神变了。

我禁止士兵们进入学校，尽管如此，他们见着与我寸步不离的关鹏和阿铭，本来与我熟络，喜欢开几句玩笑的孔丘，都对我敬而远之。我让周厅长将所有教员召集起来开会，才将惴惴的二三十人汇聚在小礼堂之中。

阿铭满脸堆笑，坐在主席台的边沿，把玩着一把手枪，笑吟吟地在经过的教员面前比画；关鹏与我时间长了，对待教员们的态度略有改变，替我瞪了几眼阿铭。

我内心只希望周厅长和孔丘他们不要做出过激的行为，否则那阿铭即便当场杀死谁，我也无法制止。毕竟，白继臣早就把丑话说在了前面。

每个我关心的人，都有一个盒子。

我必须冻起一张脸，唯有如此，台下的这群男女老少，方能活得久一些。

"关鹏，念。"

关鹏接过教育改革的方案，向台下的教员们朗读改革的几项措施。方案一早便发到了教育厅，想必他们大部分人都看过了，从那一张张阴沉的脸上，我已经预感到今天必有一场危机。

会场肃穆，鸦雀无声，大有山雨欲来之势。

"……为了把学生们教育成具有为新大陆和白部长奋勇献身精神的人，新大陆的教育，将不仅仅把传授知识作为重点，而是要帮助每个学生在品行上获得成长，拥护新政府的所有纲领，忠于新大陆的缔造者白继臣部长……

"其一，教员和学生组织学习白部长的著作《血与荣耀》，深刻认识世界形势，了解新大陆未来的发展规划……

"其二，禁止所有独立言论的传播，每一位教员的言行，必须遵守新大陆教员准则，不允许向学生传授准则之外的其他观点……

"其三，建立严格的检举揭发制度，每一位教员和学生，都有权利向保障厅揭发其他人的不法言论和行为，政府将根据检举者的功劳，给予相应奖励……"

……

我看着下面的人从安静转为躁动，从窃窃私语转为群情激奋。我手中捏了一把汗，暗道，都别出头啊，千万别出头。

"纳粹！"

爱因斯坦从人群中站起来，挥舞着手臂愤怒地说道："白继臣效法希特勒，妄图在新大陆建立纳粹政府，难道你程成甘愿当他的走狗？"

"关鹏，继续念。"我没理会他，只盼着爱因斯坦能识趣地坐回椅子。

谁料他接着说道："我曾亲历魔王的诞生，今日这白继臣就是要步希特勒后尘，首先钳制言论和教育，而后便变本加厉地屠戮平民，与其……"

"闭嘴！"我怒吼道，"坐下！"

本来瑟瑟发抖的周茂才弯着腰站起来赔礼道歉，然后小跑到爱因斯坦一旁，连连劝阻。

"老周，你怎么如此糊涂？此时每退一步，未来都是万劫不复！"

"你别冲动，咱们有话下来说。"

"老周，你怎么如此窝囊，我既然站起来，就没打算活下来！"

就连孔丘也挪到了爱因斯坦身后，轻轻地扯了扯他的衣服，可他不为所动。

阿铭笑吟吟地来了兴趣，他走下主席台，将那手枪在食指上转了几圈，来到了爱因斯坦近旁，转身向我道："程厅长，咱们正要杀鸡儆猴，就自己蹦出来一个。您看，是您亲自动手，还是我来动手……"

扳机吧啦弹了一声，声音在会场上空回响。

周茂才瑟缩地伸出双手阻拦着枪口："阿铭长官恕罪，这个爱因斯坦是我花了不少心血才复活的，是当世绝版，损坏一点都不好修啊！"

"滚开，你个老乌龟！"阿铭一脚踹在周茂才屁股上，老头"哎哟"一声，便扑倒在地，达·芬奇和孙武连忙将他扶了起来。

阿铭的枪口又向前递了三分，戳得爱因斯坦的脑袋向后晃了晃。

"程厅长，怎么着，我就听你一句话，这个败类竟然当众侮辱我干爹，难道你要包庇他？"

这个阿铭，只不过换了个身份，却在变本加厉地重复曾经的暴行。

我淡淡地说道："将爱因斯坦拿下！"

“程厅长，你莫非有意保护这爹毛？是不是想关个几天，就无罪释放？哎哟哟，这可不好吧？既然你这么关心他的死活，那我可必须要救一救你，否则……嘿嘿……”阿铭狞笑着，手指向扳机扣去。

“住手！”我喝道，可阿铭根本没听，扳机被搂到底。

叭的一声。我的心就差从嗓子眼里蹦出来。

是金属相撞的声音，爱因斯坦完好无损地站在厅中，听见所有人的惊呼，他过了几秒才睁开眼睛。

阿铭的枪里并没有子弹。

他哈哈大笑，用枪口指向我们，疯子般地喊道：“你们一群屄货，一把空枪都吓得够呛，能有什么出息……”忽然，他又在老周的脚下发现了更大的惊喜，“哎哟，这是什么，老周，你漏了？哈哈哈，这孙子尿裤子啦！”

“胡闹！”我喝道，“关鹏，把爱因斯坦押下去。”

阿铭又拦道：“程厅长，我刚才不过替你打了个前站，壮个胆，怎的，你是想包庇这爹毛到底？”

“你懂什么？”我冷冰冰地向阿铭道，“这群教员都有些问题，拿下爱因斯坦，我要让他检举其他人。他们当中……”我特意指向了周茂才、孔丘、孙武的方向，“有反政府分子，据我所知，其中还有人打算给学生发枪。”

阿铭像被巨奖砸中了似的一脸兴奋：“干爹选中程部长推行教育改革，果然没看错人！”

而此时，孙武、孔丘的眼睛里充满了不解，仿佛刚刚建立起来的大厦在此刻轰然瓦解。达·芬奇和达尔文靠在一起，眼睛直愣愣地看着我，而牛顿则和诺贝尔窃窃私语，嘴角挂着轻蔑。

爱因斯坦被关鹏叫来的人押着离开了会场。关鹏念完了剩下的条款，暂时没有人敢当面反对，可他们的脸上，全都挂着愤怒。

我心内提着一口气始终不敢放松，教育厅危险了，为了保护他们，只能先伤害他们。上天不会给我太多时间，互相揭发检举的机制一旦成形，那么新大陆迎来的，必然是一场浩劫。

我日日都想着尽早离开新大陆，可如今，又怎么放得下他们？这是仅存的人类邦国，我又怎能忍心看她覆灭？在某个难以为人知晓的地方，我们还有个祖国，但我却不知道她的方向。无论她在何方，我都要找到她，并带着我的同胞们，回家。

教育厅这边人心惶惶之时，巴贝卓乐土有五十多人被秘密抓捕、处死。他们因为石川的死受到怀疑，遭到牵连，就被带走接受审讯，其实审了一遍之后，无论他们的供词是什么，结果全是死路一条。

白继臣处理所有问题都用同一种方法：杀。斩草除根，干净利落。

由于入主保障厅，我了解整件事情的经过，阿铭算是看见石川次郎的最后数人之一。

阿铭说，他和石川次郎在桥底壹号商量着一件要事，房间里只有他们二人。后来石川喝酒喝得微醺，便趁着脑子尚未糊涂，想找个妓女乐和乐和，可这一出去便没了声响，直到次日早晨，卫兵们才发现石川失踪，而后根据他身体内的定位芯片，人们在一只即将运往海沟的垃圾桶里发现了他的尸体。

"如果我刺杀了石川次郎，我会坐以待毙？"我对白继臣滥杀无辜的行事心中不满。

关鹏道："成哥的意思是，今天杀死的人中，不会有真正的凶手？"

"这只是很正常的逻辑罢了，白部长抱着宁肯错杀一千也不放走一个的宗旨，反而着了凶手的道。对方需要的就是混乱，越混乱，他就越能当个泥鳅。"

阿铭却笑道："程厅长对凶手的想法这么清楚？难不成……嘿嘿，我不是那个意思，贼喊捉贼不也正常吗？当然了，咱们程厅长一脸正气，又怎么可能是杀死石川的凶手呢？"

关鹏道："你小子闭嘴，要说杀人的嫌疑，数你最大！要不是成哥拦着，我早就扒了你的狗皮。"

"嗬，要么说狗仗人势呢，主子上位还没哼唧，这狗子先叫了起来。程厅长，自己的狗自己看好哦，不拴好绳子，咬的恐怕是自己。"

"他妈的！"关鹏猛地上去踹了阿铭一脚，他这火儿上来的速度连我都想不到。我连忙喝止，这阿铭表面顺从，我和他的仇怨他也只是暂时压着，可关鹏这般挑事，实在是不明智。

"程厅长，你早晚死在这条狗的手里，到时候可别怪我没有善意地提醒你。"阿铭坐在地上冷笑，"哎呀，我似乎记得，有个叫爱因斯坦的多毛已经被关了起来，程厅长到底什么时候提审呢？要不要我现在替您分忧？"

这小子的鼻子善嗅他人的弱点。

"阿铭，做事要分优先级，当下辅助白部长寻找凶手，保障他的安全才是正事。"我靠在保障厅办公室的椅子里给他训话，"我认为凶手不止一人，或许是个团伙，去把新大陆的地图拿来，以及曾经抓捕过的嫌犯后来释放的，或者逃跑的，全都找来。"

在这间半圆形的宽阔办公室中，有机密、半机密和公开三条通道通往不同的资料室，关鹏和阿铭带着几个秘书检索新大陆军事和与外界联系的交通布防地图，阿铭则搬来了嫌犯相关的材料。

一直到了凌晨，我才将大部分的材料过完，关鹏累得眼睛流泪，说自己好多年没看这么多文字，而阿铭早就去了巴贝卓。其实我没有看什么细节，一心寻找着逃离新大陆的出口。可是，在负责新大陆安全的保障厅内，竟然没有一句话提到如何离开这里。不过收获也有，至少我知道了新大陆的军事力量构成和大致的部署，也了解了囚犯——智人囚犯和慧人囚犯的数目，分别是五百多人和一百多人，他们被打散后服务于新大陆的各个部分。

不过这是两个月之前的数据，据关鹏说，白继臣在我到来之前，曾经暗地里处死了一批人，这群人多是曾经和他一起建设新大陆的元老。

我检索着朴信武的名字，可所有材料中，都少了这三个字。

一忙起来我就连姜慧的"梦游症"都忘了，看到钟表时针指向了12，我立刻催着关鹏送我回去，他还以为我惧内，路上开了一阵子玩笑。

进入家门已经是午夜，姜慧果然不在家。

餐桌上送来的晚饭动也未动，我猜她可能是想等我归来，可却等到自己的灵魂失控。我不敢开灯，在黑暗的房子里来回踱步，偶尔听见声响，就赶紧来到门口，我忘记了巡逻兵在我们的附近转了多少圈，姜慧始终未归。

石川次郎一死，白继臣已经向所有的军警下达了戒严令，此时任何可疑人员都有可能不通过审讯，直接处死。我离开保障厅之前，白继臣派人送来一份名单，有官员，有科学家等工作人员，也有普通的士兵和犯人，一共八十三人，名单上的这些名字，将永久在新大陆消失，纵然提起也是罪过。

晚上他又处死了八十三个人，动作快得我闻所未闻。名单上的人我多半不识，偶有一二看起来眼熟，或许曾在闲聊中听周茂才说过，也一向未见。

就这样消失了。人的生命，对于别人来说，廉价得就是两句话。

我在研究地图的时候，特别留意了姜慧与千鹤见面的地方，那间石头房子实际上是新大陆内部网络的一个节点控制室，在战略布防之上并不起眼，主要负责底层空间和中层空间的信息传输与信号增强。这样的网络节点，新大陆有几十个。纵然有人破坏了一两个，也不会影响新大陆的正常工作。

不过，综合姜慧爬信号铁塔的几件事来看，她进入网络节点，似乎是一件策划已久的关键步骤。我从地图上找到了姜慧夜里爬过的几个铁塔，它们主要为中层空间和底层空间服务，而几个铁塔共同的网络节点，就是山洞中的控制室。

如果姜慧真的是智人管理局派来执行秘密任务的，那么，她又如何让千鹤给她送来那绿色的芯片？而我在下午的数据之中，检索到了一个叫王有德的基础设施维护部门官员挂失了自己的密钥。而根据行为数据，王有德丢失密钥的前一天，曾出现在巴贝卓乐土一家叫作焦土酒吧的地方。

网络节点，王有德，密钥，巴贝卓，千鹤，姜慧，信号塔……这些关键词，隐隐联系在一起，像是一张浮在海中的网，我能看清大致轮廓，却无法理清它的脉络。

姜慧和千鹤已然站在同一阵线，这一阵线自然不会只有她们两个，那么白继臣推断的，杀死石川的人，是否也和她们是同一联盟？

毕竟，石川死亡的时间，与王有德丢失芯片，千鹤为姜慧送来芯片的时间几乎是重合的。

如果姜慧不是我的"妻子"，或者我内心并不厌恶白继臣，我可能此时会立刻召集人马，封锁巴贝卓，揪出千鹤以及她背后的势力。但现在来看，她们这种智人与慧人的组合，亦敌亦友，如果真是敌人的话，恐怕比白继臣还要恐怖。至少白继臣在明，她们的行踪在暗，成员之间如何沟通也无法获知，完全脱离控制。

时间一秒一秒地过去，我心里始终有一只炒锅不断翻腾，已经凌晨三点，姜慧依然未归。她的另一重身份到底在做什么？

忽然，刺耳的警报声响彻"天空"，我心中一震。

难道姜慧出事了？

关鹏的车子没用五分钟就在门前停好，没等他敲门我便跑了出去。

"发生了什么事？"

"成哥，Ai囚犯暴乱逃亡，白部长令您全权解决！"

3

逃亡的Ai囚犯一共十七名，全都囚禁于中层空间的后勤供应区，他们的工作主要是保障食物运输。每天凌晨三点开始工作，将底层空间的食材运送到中层，转交给其他的劳改犯，将食材制作成食物。

十七人在所有囚犯中的数量并不算多，却占了Ai囚徒数量的将近五分之一，也足够引起重视。

我们调取了录像，审问了负责监管的士兵，大致了解了整体情况。本来按时工作的囚犯，今天行至底层空间，却不约而同地打伤监管士兵，向同一个方向逃离，通过一道被人为破坏的铁丝网缺口，进入了底层空间的大草原，而后凭空消失。

十七人当时被分成五组，每组之间隔着两三公里，但就在凌晨三点二十分的时候，这五组同时行动，向着那破损的铁丝网门跑去。就像有人同时向他们下达了命令。

至于铁丝网门什么时候被破坏的，几分钟之后便查清了。一个小时之前，一个披着斗篷的人，用一把铁剪，剪断了门上的锁链。视频上看不清这人的模样，但可以初步断定是个女人。

别人看不出，我却分辨得出来，那小跑和弯腰潜行的姿势，正跟姜慧每天夜里表演给我的一样。技术部通过人体定位来锁定她的身份，结果出来之前我捏了一把汗，而后连我也惊呆了。

这个人竟然没有定位数据，也就是说，她是个脱离新大陆人员系统的人。

"完全不可能！"技术部的同事道，"一个没有身份数据的人，是不可能在新大陆生活的。"新大陆的交通出行、工作、饮食、健康、休闲都需要身份数据，没有身份的人可谓寸步难行，连一块面包也吃不到。

而后，他们检索了新大陆所有的智人和慧人女性，发现她们一个不落地全都在自己理当出现的位置，要么是工作生活区，要么是囚牢之中。我特意留意了姜慧，她的定位依然在家中，已经持续了八个小时。我立刻便明白，要么是仪器出了问题，要么是姜慧有着超常的技术，欺骗了保障厅。

无人机在草原上空巡查了两个小时，奇怪的是，除了迎接黎明的史前动物，竟然没有发现一个可疑的身影。新大陆的草原不是真正的非洲草原，每一块拼图纵然广大，也尽在控制之中，按常理来说，这群逃犯不可能人间蒸发。可奇怪的是，定位数据在草原上也不好使，这群逃犯失去了定位信息。

我想到一种可能，莫非有其他的信号干扰？

技术部门很快就肯定了这种推断。从底层空间的固定摄像头里采集到的信息，对比无人机采集的情景，两者完全不同。也就是说，无人机被入侵修改，它们传送回来的图像被提前伪造过。

我将情况报告给白继臣，他命令我带领一百名全副武装的军人下到草原，亲自抓捕这十七名逃犯。

此时我心中只有祈祷，希望姜慧已经安全回家，不要让我在草原上与她正面对峙。

为了拖延时间，我想到了一个主意。

考虑到敌人可以入侵所有智能系统，为了安全，我们百人小队乘车到了草原边缘地带，主动弃车步行。由于草原巨大，我们带足了七天的粮食。达尔文老师成了我们这次探索拼图大陆的随行，他为了采样研究，续写他的《物种起源》，每周都会下草原至少三次，最为熟悉靠近学校的几块大陆。

下车之后，步行两个小时穿过可以防止动物逃离的丛林，我们才算正式进入拼图大陆边缘地带的金色草原。视野陡然开阔，山脉、丘陵、雨林、湖泊和河流彼此交织，天上一轮黄色的太阳，任谁也想不到这一幕情景是在数百米的海底之下。一路上，我们看见披毛犀在树下休憩，赤鹿群在河边饮水，四只斑鬣狗匍匐在草甸中伺机而动，阿根廷的南极狼闯入了马达加斯加象鸟的栖息地，西伯利亚的猛犸象打扰了潘帕斯草原雕齿兽的午睡，北美野马纵情驰骋扬起的灰尘，被人工季风吹到了大熊猫藏身的竹林，南非蓝马羚求偶的舞蹈，却让毛里求斯渡渡鸟为之沉醉。

来自五大洲的动物，浓缩在这块微观"地球"之上，跨越时间的生灵，彼此的命运线神奇地在此处交会，一路走来，着实令人叹为观止。

"内部我也没去过，起码还有一百多种动物我还没发现，我只在草原的建设规划材料中了解过，自己没能力去，托福的大家！托福的程成老师。"

关鹏一拍达尔文的脑袋："达胡子，你倒挺自信，合着我们一百人全仗着你照？"

达尔文挠着光头："我说错了什么？"

"是托大家的福，托成哥的福！"

"哦……意思是这个，"他笑了笑，"这得怪老周，他和学生逃命之前，仓促创造的半成品，是我！"

"那你来了也有一阵子，怎的还没给你调整过来？"

"缺仪器设备，缺钱，缺人，缺德。"

关鹏急了："你骂谁缺德？"

"老周，缺德！"他和我们在一起，倒也不怕说错话，因为他的注意力全在附近的动植物上，懒得思考新政府的恐怖统治和军人的可恶，这也算是一种无知者无畏。

有了达尔文，我们严肃的搜捕任务变得轻松了不少。他就像个导游一样，乐此不疲地向我们介绍种种并不符合这一时代的动物。

"我们的动物园里有大约七十多种动物，它们大多是在第四纪灭绝，"他转身与我们互动，"谁知道第四纪？有人知道的话，我把刚才捡到的雕齿兽粪球送他。"

"我呸！"

"你们这届军人不会连书都不看吧？程老师，你是孩子头，你来回答。"

"第四纪指的是史前五万年开始的冰河世纪，在之后的四万年时间里，美洲、澳大利亚、欧洲和非洲，就有超过一百种大型哺乳动物在地球上销声匿迹。"

达尔文惊讶地推了推眼镜："你咋知道的？"一群大兵也"哟呵""我操""成哥牛啊"地起哄，马屁拍得声声响。

我忽然警觉，刚才为了显摆自己，会不会暴露身份？所以达尔文追问之下，我便没有说具体细节，只说自己忘了从哪儿看到的。

达尔文后面介绍了什么，我没听进去，不过他咋咋呼呼地提问，又传进了我的耳朵："有谁知道，造成第四纪动物灭绝的原因是什么？别抢别抢，刚才那粪球我给程成留下，你们谁能给出答案，我后面的都捡给你。"

几个大兵异口同声道："吃肉啦！我们刚才就想崩死那两只狍子，烤来吃！"

"就是因为吃，完全正确！"达尔文见有人能答出问题，兴奋得像个孩子，"智人走出非洲，全世界的生命都在为之颤抖，用了五万年的时间，我们的智人祖先，消灭了数百种原始动物，成为地球当之无愧的统治者！"

"耶！"

"你们高兴什么？这是罪行啊，白骨累累，忏悔吧孩子们。"他将双手合十，"我之前做过神父，来让我引导你们，我们在天上的父……"话未说完，他忽然指着前方草丛里一个圆滚滚的屁股道："快帮我拦下它！"

达尔文的作用真是巨大，我带他来，就知道他肯定会拖延行军时间："关鹏，快带兄弟们把那东西拦住！"

刚刚准备列队忏悔的一百人顷刻散开，化作一张包围网慢慢靠近前面那头一米高的"猪"屁股，最远的都跑出了两三百米开外，关鹏以手势为号，等两旁的人渐渐包围那头猪，做出了一个抓捕的动作。但人的脚步声毕竟不容易掩盖，那头猪在关鹏下命令之前就已经有了警觉，见到有人跑来，忽然甩出一条长鼻子，嗷地吼了一声，便撒腿奔去。

"追啊！追！要活的，不要死的！"达尔文焦躁得在地上蹦得有一米高，可见老周对他身体的设计用了不少心思，一个看起来七八十的老人能有这种体力，除了练过中国功夫，也想不出有其他可能。

"关鹏，带领大家上，不许开枪，抓活的！"

一百个士兵各自奔出一两公里，才渐渐回来，谁也没逮到那头小象。

达尔文骂道："成事不足败事有余！"

关鹏本就累得喘气，此时听达尔文的抱怨，回身瞪他一眼："你这老头也太没良心。"几个大兵摩拳擦掌，我若不在场，估计他们非得揍他一顿。

"我又怎么了？这不是你们中国人的古话？我常听孔丘说。他告诉我，当一个人没有做成事情，心情气馁的时候，用这句话鼓励对方。"

抡起拳头的大兵忽又哈哈大笑，关鹏的怒火也顷刻消散，孔丘戏弄人的玩笑话竟被达尔文当真，众人也没有揭穿，任他继续错下去。

没过多久，我们又碰见了这头小象，我下令用麻醉枪击倒了它。达尔文千恩万谢，跪倒在那小象旁边，又拍照又记录数据，为了协助他工作，我让两个士兵给他当文书。他介绍说，这是成年的欧洲矮象，并不是幼象，成年象也才一米高。

"欧洲矮象的发现，甚至影响了人类的文化。古希腊人并没有见过大象，也不了解长鼻目动物的骨骼结构，所以他们在地中海的岛屿上发现矮象头骨时，误把头骨中间的鼻腔开口当成了眼眶，欧洲矮象也就成了古希腊诗人赫西奥德诗歌中独眼巨人的原型。"

关鹏道:"成哥,你发现没,达胡子一开始讲与动物相关的故事,汉语就溜得跟说相声似的!"

一群大兵有着达尔文作陪,倒也不枯燥,似乎找到了除了去巴贝卓乐土之外的第二乐趣。而我内心也并不打算寻找那群犯人,便假意惆怅,实则纵容。

一群人正围着欧洲矮象自拍,忽然,有两只一人高的"骆驼"靠近我们,伸直脖子,像是好奇我们一群人是什么。它们约有一人高,鼻子是一根软塌塌的肉管子,不像人象那么长,只是耷拉着盖过了嘴。

"我操,这他妈是什么怪物?"一名士兵惊讶道,"怎么鸡巴长脸上了?"

人群里一阵哄笑,关鹏骂道:"你他妈嘴里干净点,当着文化人的面,你他妈就不能有点素质?"

"关鹏哥,我没说错什么啊,那你怎么形容这怪物?"

"别总鸡巴鸡巴的,鸡巴的学名不就是男性生殖器吗?让你丫文明一点,脑袋会爆炸吗?"

"噢,那我重新说——哎,我操,这他妈是什么怪物,怎么男性生殖器长脸上了?"

大家又是一阵哄笑。达尔文回头看了一眼:"这是巴塔哥尼亚后弓兽,生活在1万年前的南美洲。"

刚才那大兵坏笑道:"达胡子,这怪物是不是用鼻子交配啊?"

本是一句玩笑话,可达尔文却不这么认为:"你这个问题好啊,虽然它属于滑距骨类哺乳动物,但是它是否有别具一格的交配方式,我还真没研究过。我得验证之后再告诉你,麻醉枪,放它倒!"

又折腾了三十分钟,达尔文亲手握住一只雄性后弓兽的生殖器,抻长了一倍,负责任地告诉大兵们,这后弓兽并不用鼻子交配。

越往新大陆内部行军,见到的动物越多,达尔文也就越忙活。我之所以敢带着达尔文,由着他引着我们,是因为我们此时的行踪,除了自己之外,谁也不可能了解。天空虽然偶有蜻蜓模样的无人机飞过,但我知道,它传送的图像是错的。白继臣根本不可能知道我们在做什么。

进入草原八个小时，我们唯一收获的就是一只丢掉的囚犯鞋子，看样式应该属于一位慧人女性，它可以给士兵们信心，至少跟着达胡子走没错。而达尔文应该度过了自己来到新大陆以来最快乐的一天，通过基因技术复活的剑齿虎、猛犸象、大地懒、袋狮、大角鹿、袋熊、巨型袋鼠、两倍鸸鹋大小的鹅，全都收入了他的相机和标本盒。

一百人的武装阵线，任么凶残的动物都无法攻破，更何况没有动物集中攻击我们，虽有些老虎和斑鬣狗在外围打过我们的主意，但最后全都灰溜溜地跑开了。一天中，我们唯一遇到的危险，是晚上露营之时，三名士兵来到一只半卧的一米高的恐鸟前面合影，那恐鸟却不像其他鸟儿般胆小，从地上站起身，身高立刻突破三米，两个翅膀一扑腾，就让两名士兵肋骨各断了三根。我不得不让四个人陪着这两人一起返回。

扎营完毕，我们轮流解决晚饭问题，达尔文不用吃饭，倒不是他没胃口，而是因为他身体里没肠胃，营养液早就贮存在体内，脑子不好用，便是营养液用光了，他们就会去找老周"加油"。不过，他们的味觉和嗅觉还是存在的，所以爱因斯坦贪婪地抽烟，不上课的话五分钟一袋，向来烟不离嘴，我理解这也算是一种"纵欲"，表明自己还是活着的证据。而达尔文则对喝茶表现出强烈的爱好，现在的他，则利用篝火煮熬着一种叫作"山猫红茶"的饮料。据他说，这是一种由他发现的史前红茶，因为当时茶树上有一只山猫，他便以此命名。

士兵们对茶叶没有兴趣，将带出来的酒喝掉了一半，醉醺醺地三五成群坐在一起，聊着黄色笑话，或歌或舞。达尔文见我孤零零地坐着，周围没人，便凑了过来，我于是成为山猫红茶唯一的客户。

他没跟我聊茶，没聊动物，也没聊自己乘坐贝格尔号去澳大利亚草原上考察的经历，反而问我："你爸爸程文浩可了不起。"

"怎么，你认识他？"

"我又怎么认识他，我复活之后总是要补课的，更何况老周在我脑子里植入了太多与程文浩有关的牛逼记忆，所以刚才那句话，都是记忆惹的祸。"

"都是英国人，你和牛顿老师，真是截然相反，他可从来不欣赏谁。"

"这就是成品和半成品的区别咯……"达尔文将将胡子，"孔丘还说，我是拿了他的记忆模板稍做修改仓促而成的，还让我管他叫爹，我说叫你大爷，他说叫他大爷也行。"

我哈哈大笑："我们的孔圣人，总能让人快乐。"

"其实管他叫爹叫大爷也不吃亏，他比我大了两千岁，我若是他儿子，那你们中国人也得管我叫祖师爷。"

"你这喜欢嘴上占便宜的性格，倒还真是随孔丘。"

"不废话，我倒是有个问题你请教。"

我脑子转了转，他大概是说，想向我请教问题。"您一个大科学家，向我请教什么？除了开飞机之外，我不知道我还有什么技能能分享给你。"

"史前五万年里那两个尼人，是不是程文浩救走的？"

我心中一凛，"史前五万年"这名字如一道闪电刺入心中，父亲拉着我的手，一起逛动物园的记忆瞬间明晰起来。我还记得"第四纪"的介绍就是从动物园的一位导游嘴里听来的。我的一只手拉着父亲，另一只手拉着母亲，母亲的怀里还抱着一个孩子。

怎么还有一个孩子？她大大的眼睛，长长的睫毛……

是程雪！

怎么又是程雪？这段记忆难道也是伪造的不成？

"程成？"

"啊？"

"脸色怎么这么难看，不告诉也不至于皱眉头啊？"

"我想不起来了。"

"我都知道，你竟然都知不道？"

"这……我经常在军校嘛，回家的次数本来就不多。"

"胡说，你算术会不会啊，史前动物园屠杀尼安德特人那时候，你也才十岁而已，上什么军校？"

"啊？我想想……"这段记忆我实在不清楚，我爷爷程文浩救走过尼人？怎么后来听也没听过，"时间太久，我真的记不得。"我搪塞过去。

"啧啧，你这儿子还不如我嘞，可惜程文浩死了，否则我还真想和他好好沟通沟通，关于遗传基因学我有太多问题……"

"问老周啊？"

"他？得嘞，我一个半成品站他面前，略微自卑，略微难过，略微痛心，那是个不负责任的男人，我已经对他失望透顶。"他话题一转，"对了，老爱还活着吧？"

我宽慰他道："有我在，死不了。"

达尔文一捋胡子："我就知道白继臣不会阿附你。"

这话又说反了。我左右看了看，虽然没人，但依然用眼神示意他谨言慎行："这九十多人中，白继臣安插了不少眼线，以后说话注意。"

他轻蔑一笑："还用你提醒，我白天装得就像个导游，没人怀疑我吧？咳咳，你打算怎么办？下一步……"

忽然，一架无人机从我头顶掠过，我示意达尔文噤声。

却见那无人机摇摇晃晃，在跳舞的人群上空转了两圈，然后拐了个弯，忽然坠入了篝火之中。

嘭的一声，火堆炸开，火星四溅。

大兵们咒骂着，见没有危险，便又开始跳舞喝酒。达尔文的鼻子却在空气中吸了吸。

"这是什么味道？"

我也闻了闻，好像有股淡淡的香味儿，无人机掉进火里，爆炸之后怎么会有香味儿？

达尔文也道："怪哉怪哉。"可能只是一个小事故，我警惕地朝周围看了看，却也没什么危险，毕竟周围还有二十多人在站岗守夜，有动静的话，也会提前示警。

一只老鼠在达尔文身后的草丛里动了动，探出了头。我想提醒达尔文注意，可一转念就把话咽了回去，如果他动了非要研究一番的念头，那全体还得陪着他捉老鼠。

"还是关心你的动植物吧，我的事知道得越少越安全。"

"是我大爷让我问的。"达尔文压低了声音，"他说自己活了两千多岁，看人不会差，他这么信任你，你就不能透露点计划？"

我戏谑地说道："他还真不愧是我中国人的老祖宗。我们中国人有个词叫'护犊子'，自家孩子做什么都不会错。不过他这次看走了眼，我就是个光杆司令，白继臣的走狗罢了。"

"你长得这么正派，哪部电视剧敢把你写成走狗？"他附耳过来，"我们英国人也可以护犊子，你是我们所有人的犊子，有什么难处跟我们说，爷爷们帮你。"

这几句话听起来像骂人，不过却令我内心感动。

"别白白搭上性命，你们还是踏实教书吧。物竞天择，适者生存，如今新大陆风声正紧，活下来比什么都重要。"

"你这犊子，给我讲什么演化论？自然选择虽然决定着物种的演化，可并不代表着我们就要被动地去适应环境。人类和其他动物不同，动物们适应环境，而人可以创造环境，改变环境，时势造英雄，英雄也可以改变时势，"他语重心长，"你和他们不同，你有成为英雄的条件！"

"你在煽动我造反？"

"你需要我煽动？"达尔文挑了挑眼皮，露出了树懒般的微笑，"在树上睡觉的猿，永远是猿。但有些猿，却一直想下去走走，啪叽，脚丫子踩进了泥地，它们就成了人。"

"嗬，你这……"

"别动！"达尔文忽然神色紧张地看向我身后。

"什么？"

"别动，你后面有几只老鼠。"

"这有什么惊讶，你后面也有老鼠。"

达尔文一回头，草丛里的老鼠却也没跑，反而向他扑来。他猛地从地上站起，甩掉已经爬上裤管的老鼠，忽然，一只巨大的黑影从我身后越过，直扑到火堆旁，火光映照下，却是一只雄性美洲狮，大兵们匆忙寻找武器。那狮子左右看了看，忽将近旁一个喊着救命的大兵按倒在地。

紧接着，我后背一痛，一匹野马已经将我撞倒，一只蹄子踩得我无法动弹，骚臭的马脸在我的后背上摩擦。达尔文开始还好奇地惊呼了几声，不过他也没逃脱噩运，一只欧洲矮象——不知道是不是白天那只——用鼻子卷着他的腿，向后一拉，他整个人就来到了矮象的胯下。

　　达尔文惊呼："程成，我明白了！"

　　"明白什么？"

　　他指着矮象下体悬着的第五条腿道："刚才的香味儿……"他躲开了那第五条腿的拨弄，"是激素！"

　　"什么意思？"

　　"是雌性哺乳动物发情时候分泌的激素，这群家伙把我们当成发情的……呃……别乱甩啊大哥，我的胡子，哎呀……"

第五章
草原追踪

1

我们的营地转瞬间就成了哺乳动物的求偶晚宴。

一米七左右的披毛犀用鼻子上的大角掀翻一个醉醺醺的士兵，却被两米高的粗尾袋鼠横刀夺爱，袋鼠跳起来将那人接住，塞进袋子里，两跳三跳便消失在草原夜色中；一群三米高的猛犸象像是巨人族般猛地杀入营地，吓走了两米高的美洲大地懒和正骑在关鹏身上的南美刃齿虎，可这老虎并不死心，它对关鹏爱得忠贞，逃出几步，又返回用牙齿叼住关鹏的后背，轻松提起，便要跑开。

"救命，成哥救我！"

我抓起身旁的麻醉枪，连着两枪射过去，全都打在那老虎的后背，可这禽兽兴致盎然，对背后的疼痛浑然不觉，直拖着关鹏消失在蒿草之中。

"大家抄家伙！"

我话音刚落，忽闻身后啼声轰鸣，达尔文躲过欧洲矮象长鼻子的爱抚，向我喊道："程成，趴下，木后坑里！"

我迅速伏在木头之前的低洼处，却闻对面风声飕飕，稍微抬头，就见着一只只大角鹿像长着翅膀一样，在我上空飞过，直接奔向营地，在猛犸象、刃齿虎的缝隙里穿行，找着落单的士兵便扑倒在地，迫不及待地骑了上去。

哀号遍野，人类的尊严在这一刻丧失殆尽。

只有达尔文找到了其中的乐趣，一边伸手去抚摸欧洲矮象那活儿，一边采集着第五条腿上面流下来的体液。

"程成，要不要一起？好润滑的欢乐水哟。"

我伏在地上："没那兴致。"

"放心，这群家伙顶多把你娶回家当压寨夫人，不会伤你性命！哎呀，别拘束嘛，取悦他人也是一种美德。"

营地百人被冲击得七零八落，偶有枪声放出，在庞大的动物群里也无济于事。野兽们性欲勃发，完全忽视了食欲和恐惧的存在，食草动物和食肉动物在这一刻空前的友好团结，野蛮又不失礼貌地公平竞争，希望自己的种族在这群双脚兽身上得到延续。

尽管藏在洼地，我还是被一头生殖器长在脸上的后弓兽发现了，它体格较小，在与大型野兽们的竞争中完全不具优势，却有着一双与众不同的慧眼。他在芸芸众生中相中了我，四脚在地上欢快地跳跃着，表达出它对我的爱慕，然后疯了似的奔跑过来。我刚要拔枪，却发现那枪已经被达尔文的男朋友欧洲矮象踩在脚下，只稍一用力，枪口就与枪身分离。

我咒骂一声，撒腿便跑。可这一动不要紧，后弓兽越发兴奋，它似乎更偏爱泼辣的对象，眼睛放光地向我追来，大鼻子甩来甩去画着爱心的形状，嘴里呜啊呜哇地叫着，似是倾诉着蜜语甜言。

"程成，别忘了帮我采集欢乐水……"达尔文的声音远远传来。

后弓兽四条腿比我两条腿跑得更快，但它却是一位有耐心的绅士，并不着急将我扑倒，而是颇有兴致地围着我跳舞，嘴里还哼哼唧唧地唱起了歌。我不禁感慨，在这快节奏的禽兽丛林生活中，竟然还有这样一位文艺禽兽，实属难得。如果我是雌性后弓兽，此时便已芳心暗许，或者来个女追男也未尝不可，可惜可惜，我和你之间隔着的不是山海，而是宇宙。

这位绅士没想到此刻竟然会有流氓跳出来横刀夺爱。

我奔出起码一公里的时候，一头棕色的洞熊拦在我面前。它不知何时悄无声息地跑进了后弓兽的恋爱地域。后弓兽停下舞步，焦躁地在地上跺着蹄子，嘴里呜啦呜啦地吼叫，向那洞熊宣示着我的主权归属。不过那洞熊似乎是个情场高手，不管后弓兽如何嘶喊，它却直接朝我而来，我只得一步步后退，等到退无可退，没等它扑过来，便掉头扎进了一旁的芦苇丛中。

我沿着芦苇地乱跑，在摇晃的芦苇丛中，忽然看见对面几十米外有个高坡，而高坡上，恍惚站着一个白色的人影。

洞熊发动了，我只觉身后芦苇呼呼如狂风掠过，一股巨大的力量从头顶压来。我不用回头，也知道那庞然大物不讲章法地想直接硬上。

"咚！"地面都被震得晃了几晃。

它砸下去的位置，似乎离我的后脚跟不过一厘米，我迈大步继续向芦苇深处跑去，而后面的动静并未停止，咚咚咚的震地之声，越来越近。

是人吗？等我再从间隙寻找那人，山冈上却空空一片。前面的芦苇茂密，而脚下又踩进了软绵绵的腐物之中……

黑影从天而降，巨大的力量推着我扑向了前面茂密的芦苇。这次完了，且不论它对我做什么，只是这一扑一压，骨头也得碎成渣。

同样是雄性，差距不是一般的大。这后弓兽真不够爷们儿，换成我，此时早上来英雄救美了。

随着那力道扑向芦苇，我直觉脑子一阵发木，随后脸上便是一阵清凉。

水！我整个身体，都被那洞熊压入水中。这里长着如此茂盛的芦苇，自然会有湖泊或河流。而我栽倒之处，已经处于湖泊的边缘地带，芦苇基本生长在腐烂的植被上，下面是流动的水。

我和洞熊先后扎入水中。这禽兽被冷水一浇，性欲减去大半，两腿一蹬，便将我踹开，自己向水面游去。纵然身处水中，那熊掌还是踹得我腰间疼痛，我控制不住地呛了口水，只觉鼻子和嘴在那一刻是连通的，酸疼钻心。我将嘴闭上，用尽全身力气，以最快的速度游向湖面。

这回我险些被水呛死，忽然想到达尔文的劝阻也不无道理，当时若从了那后弓兽，此时不但采集到欢乐水，安危也不会有问题。

我还是不敢上岸，以手臂斩断一捆芦苇，抱在怀里顺流而下，约莫过了二十来分钟，见没有危险，才松开芦苇游向浅滩，浮着脑袋在水面，留意着周围的动静，那洞熊大概是另有新欢没有追来，后弓兽遭遇失恋，此时或在某处黯然神伤。达尔文不在身边，我不知河湖之中是否还有什么怪物，也不敢多泡，便小心翼翼地从水里出来，钻入芦苇荡。

差不多深一脚浅一脚地走了半个多小时，我才从迷宫般的芦苇荡里出来，此时已经下半夜，身上除了一块手表之外，没有任何高科技设备，而周围宁静无比，听不见任何动物和人类的声音。我爬上一个缓坡向四野望去，不见火光。

唯一的路就是逆流而返，再往回走一段，可能会有他们的消息。我脱下外套，拧干了水搭在肩上，这片草原模拟的大概是热带和亚热带气候，夜间并不清冷，经水一泡，身上也没了能吸引雄性动物的魅力。刚才不小心闯入几只斑羚的领地，那雄性斑羚对我也没有多大性致，我道了个歉，赶紧走开。

沿着芦苇荡的外围往回走了一个小时，感觉却越走越远，仿佛来到了一座黢黑的山下，山上满是丛林。显然我走错了，我们白日的行程，均在草原中心，最近的矮山足有几公里远。大概芦苇的走向和河流的走向不一定一致，如果河流还有交叉口，我此时已然错过正确的路。

正准备掉头再回去寻路，恍惚中，却见山上的丛林里有个白色的东西。等我再转身，定睛一看，那位置又空了。

像人，也像是某种猿类。难道是刚才在芦苇荡中看到的人影？

应该不是错觉，如果是看错了，也该留下某些在夜里看起来和人或猿类似的物体，可刚才那人站的树下现在是黑乎乎一团。我蹲下来，眼睛盯着那位置，双手在地上摸索，终于摸到一蓬矮灌木，撅断了一根枝杈作为棍子。如果对方真是人，那自然是逃亡的Ai囚徒中的一员，既然是逃亡的囚徒，对新大陆的士兵必然没什么好感。

我将木棍握在手中，虽然只有半米，但面对敌人用来格挡攻击聊胜于无。我弯着腰向山上那棵不知名的古树靠近，淡淡微光下，树后的黑暗中不知藏着什么危险。

那树干的直径约莫半米，两米高度处便分杈，生成一个蘑菇云般的树冠。他大概藏在树后，或者逃进了那团黑暗中，正躲在不易察觉处，观察着我。

我来到树下，猛地扑到树后，却发现空空如也，那人竟然没藏在树后。我头皮一阵发麻，便蹲在树根处四处瞭望。忽然，头顶吧嗒一声，我猛地抬头，却见一张冷漠的脸正从树上俯瞰着我。

我惊得一打滚，离开原地两米，用棍子封住那人攻击的方向，一抬头，却见那人依然站在树上，冷冰冰地看着我，看上去并没有要发动攻击。他身上披着灰色斗篷，在月光下泛着白光，一张比月光还白的脸，此时却微微泛青。

他此时从树上跃了下来，双脚稳当当着地，一步步向我靠近，最终停在我的面前。由于斗篷挡住了光，我看不清他的模样。

他穿着一条光洁的天蓝裤子，黑色的皮鞋对我来说再熟悉不过——这是我在夸父农场上的制服。

"程成船长，你好。"声音冰冷，却无比熟悉。

"你是……"

这绝不可能是他。

男人摘掉斗篷的帽子，一头中长的金发在月光下发着冷光。他英俊的面庞配上一米八的身高，显得英伟挺拔。

"怎么可能？"我不知内心是惊讶多些还是惊喜多些。

"是我，程成船长。"暗蓝色的眼睛闪烁。

我诧异地看着他的下身："你的……腿？是谁把你改装了？"

"第三人只是一种军用机器人的产品统称，虽然每一艘夸父农场上都有一个第三人，然而，第三人并不仅仅用在夸父农场上。"第三人冷着脸又向我走近几步，金发随着夜风微微晃动，蓝色的眼睛熠熠发光。"我只是第三人众多型号当中的一款，是B007F之后第六代产品。"

B007F大概就是夸父农场之上的第三人。"你也是那十七名囚犯之一？"

"并非如此，你所谓的囚犯，是来自硅城的犯罪慧人，我不属于慧人，和他们不过是盟友关系，我只服务于我的主人。"

我不知道这些Ai到底如何将自己划分为慧人和非慧人。"那你的主人是谁？"

第三人没有回答我的问题，只是在转身向山上爬去的时候说道："我的主人，等你太久了。"

2

我随着这位拥有两条腿的第三人翻过前面的矮山，穿越幽深的丛林，一直走到天明，才刚刚抵达他要带我去的地方。那是个半人高的溶洞，掩藏在一处山沟的矮树之下，常人极难发现，他到洞口便开始匍匐前行，我趴在地上，尾随其后。一路上，他并没有解答我的问题，只说见到主人便不再有疑惑。

他不太喜欢说话，而且缺少了我从之前被他称作B007F的第三人身上看到的那种"殷勤"态度，似乎有意保守秘密似的，对我的问题能回答两个字，就绝不说第三个字。

"既然你不是为夸父农场设计的，那你的工作内容是什么？"

"为主人服务。"

"你总有自己的专长吧，比如夸父农场上的第三人，对于分析农作物的生长环境有自己的一套，那你呢，肯定不只是端茶倒水那么简单。"

"建筑。"

"建筑？什么建筑。"

"我的数据都是与军事建筑相关。"

我忽然警觉："你的主人是白继臣？"

他没有回头，继续向前爬去，冷冰冰地答道："不是。"除此之外，连句解释都没有。

我们钻入溶洞爬了三五百米，终于可以弯着腰走路，又行了百米，渐渐可以站直身。山洞斜着向下，没过多久便听见了水声，渐渐水声嘈杂，一条地下河便出现在我们眼前。

河畔有一艘小船，第三人上了船，邀请我坐在后面，并系好船上的安全带。他用船桨拨开小船，这艘船便进入激流中，在水流中斜着向下而去。第三人挥舞船桨，推着小船灵巧避开一块又一块的石头，躲过了一片又一片险滩怪石，我作为乘客，就像是在玩激流勇进，腹内被震得七荤八素，可他却无比稳健，这机器人的灵巧和智能程度显然比夸父农场的第三人高级不少。

在激流中行进约莫一个小时，终于来到了一处平静的地下湖，第三人将小船停在一处石头码头边，示意让我坐在码头上的石凳上略做等待，他则从码头上一跃而下，扑通一声，扎进湖水中消失不见。

两张石凳均由不规则的花岗岩制成，显然是有人因为两块石头的形状相似特意找来，未经打磨，便命名为石凳。码头没有通往其他地方的路，只是水面靠岩壁的一个平台，码头的一侧，铺着一团干草，像是有人在此坐过。

这个地下湖只有两个篮球场大小，地下河水注入这里，水位也没有涨高，可见下面连通其他水系。我知道拼图大陆地表河流的运行依托于大陆之下的水循环系统，有一套机器将河流汇聚之处的水流通过地下河传送至大陆的各处水源地，稍做净化和处理再排出来。这个小湖下面大概便是一个水流更新的"终端"。

盟友？

这真是个值得玩味的词汇。同是Ai，这个第三人竟然是其他慧人的盟友，或者，他代表的并非自己，而是他的主人。

他的主人既然建造了新大陆，那么和白继臣又是什么关系？莫非白继臣才是后来者，而他的主人是新大陆曾经的统治者？

胡思乱想间，却见湖面中心漾出了水花，水底也出现淡淡微光，随着光芒越来越强，水花也越来越大。

忽然，两条一人长的白色怪鱼从水中跃出，各自在空中划过一道弧线，再钻入水中。乍一看是鱼，可我仿佛从那鱼身上看见了四肢，是类似于鳄鱼的动物吗？大概也是一种史前灭绝生物，如果达尔文在此，一定能画出个道道。紧接着，哗的一声，一块黑色的"棺材"从水中浮了出来。光芒发自那棺材的顶端，浮上水面之后，那光便不再闪烁。四条白色绸缎似的大鱼忽然从棺材下方游过，迅速扎进深水中。

棺材缓缓地向我移动，走近了才发现其实那并非棺材，而是一人长的方形盒子，第三人双手推着那黑色盒子，双脚做蹼，踩水前行。他将盒子推到码头附近，这时候我才看清，这长方盒子是一个休眠仓。第三人再次深潜水中，脚蹬着石壁，将那棺材举过头顶，推到了岸上。

他抹去舱盖上的水藓和贝壳，在出现的仪表盘上输入了一串指令，却见休眠仓忽然整体亮了起来，头部本是一块被水草遮住的玻璃，此时已经能看见一张朦胧的人脸。随着氧气、温度、血液的再度补给，舱内的人有了生命迹象，第三人这才打开舱门。

一个身着新大陆犯人囚服的男人躺在其中，东亚面孔，长方脸形，清瘦且干黑，像是身患重病一般，他双目凹陷，眼角周围全是黑乎乎的，不知是血是泪。

"是不是程复来了……"他的嘴唇动了动，声音干哑，但足够我听得清。

第三人道："主人，暂时不确定他是否保留着程复的记忆，他是以程成的身份与我沟通的。"

"既然来了，就是程复……"他伸出一只手，扶着第三人从休眠仓中坐起来，"程复……在哪儿……"

我心中震撼无比。我的身份一向保密，连白继臣他们都不知道，怎的在这地下，却有一个从休眠仓里苏醒的人知道？

"我是新大陆保障厅厅长程成。"

那人一脸苦相，似笑非笑，搀着第三人的胳膊，颤颤巍巍地坐在石凳之上，指着对面的石凳示意我坐下："不用隐瞒，你既然能来到此处，说明他们的计划已经成功。程复，我们是朋友，自可肝胆相照。"

"你到底是谁？"

"我是朴信武，"他淡淡一笑，干枯的嘴角向上翘了起来，可眼睛却是两个黑洞，"你听说过我吗？"

"你就是和白继臣一起建设新大陆的朴信武？"

"还能有谁，"他朝我伸出两只黑乎乎的大手，"孩子，过来，让我看看你……"

我站在原地未动，谨慎地盯着他："你怎么可能是朴信武？"

"这可麻烦，我也没法证明自己是朴信武，只看你是否愿意相信了。"他咧着嘴，干咳数声，呻吟着吸了几口气，又道，"不过我可以肯定，你知道自己是程复，如果你的记忆被修改，他们不可能引你来到此处。"

"他们？又是谁？"

"他们……是一群人，外面有一拨，里面也有一拨，虽然都代表着不同的利益，可在新大陆，我们的目标完全相同。"

他说得隐晦，似乎也在提防着我。这人知道不少，即便不是朴信武，想必也是一个极为关键的人物，看他这副落魄模样，还通过休眠仓来苟延残喘，自然不是白继臣的人。

"我暂且信你是朴信武，你的意思，我来到这里，完全是你和他们操纵的结果，可你们让我来这里的目的是什么？"

"哈哈，你根本不知道自己的重要性，可他们知道，他们呀，就是那群非想找到祖国的人。"他苦笑一声，"祖国，有什么好啊，整天惦记着。"

"我不明白其中的联系，祖国是否存在一直是个谜团，我不知道她的位置，躲在新大陆的人更不知道，把我送进新大陆，并引到你的面前，这算什么回到祖国的计划？"

"知道你、新大陆、祖国之间关系的人，当今世上还能喘气儿的，超不过三个啦……"他掰着指头，"我是一个，白继臣是第二个，外面那人，是第三个……哦？那老头子……大概不知道。"

"白继臣？他怎么可能知道与祖国相关的事……"我忽然想到，这群家伙的大脑都被人更换过记忆，我怎么能轻易相信他的话，"你们大概连自己是谁都不知道。"

他却像个长辈一样叹了口气："孩子，你父亲程成，在二十三年前便筹划着这个计划，而后派遣以我和白继臣为代表的十二位将军与……与一支特殊的军队，潜入大洋之底建设一处人类避难所，这就是新大陆的前身。

后来，我们听说五朵金花爆炸，纯种人战况急转直下，后面的日子，我们一直隐忍于大洋之下，守护着人类文明最后的希望。"

"建设新大陆怎么可能是我父亲的命令，他是空军少将，跟大海有什么关系？"

"别忘了，他指挥的可是东北亚整个防区的战斗。你父亲在五朵金花爆炸前几年，就预感到了人类的灭亡，于是一边正面和叛军对峙，一面悄悄派遣我们进入大洋之底，筹建人类最后的避难所。这件事仅限于少数人知晓，就连人类最高的统治者，也不知道我们的去向。为了完成这项计划，我们这支部队的番号彻底被抹去……"他摇了摇头，"从此，我们的父母、妻子、儿女、兄弟都认为，我们在白令海执行任务的时候，中了敌人的埋伏，全军覆没。"

他这些说辞，倒不像智人管理局能编造得出来的。"可为什么白继臣和其他将军的记忆中，五朵金花都是在一年前爆炸？"

"这就是白继臣的狡猾之处，他清洗了所有知道真相的人，并让联合政府的间谍把所有遣送到新大陆犯人的记忆，都调整成五朵金花爆炸之后的那年……"他恨不得将牙齿咬碎，"联合政府内部，一直有我们的间谍。他们编造了大洋之底流放之地的谎言，取缔了智人和慧人的死刑，实则，他们利用这种方式为新大陆输送劳动力和资源，联合政府根本不知道新大陆的具体位置，只把太平洋底部某个位置，当成他们的垃圾处理厂。"

第三人用蘸湿的毛巾为朴信武清理着身上的泥垢和瘀血："主人，你的情绪过于激动，由于身体机能尚未完全恢复，你现在……"

"闭嘴！我说话的时候滚远点。"

"是的，主人。"第三人握住毛巾，走到了码头最内部的石壁之下。

朴信武重重喘了几口气，继续道："在我没有变成这副德行之前，新大陆一直存在着两种声音。一部分人不甘心永远被囚于海底，他们想找到祖国，重回陆地；另一部分人，以白继臣为首，坚定地执行你父亲程成二十年前制订的计划，永远在海底避难，利用古人留下的遗迹，建设一个海底文明。后来，白继臣先下手为强，将回归派要么处死、要么囚禁，他则控制了新大陆。与此同时，硅城也发生了变故，我们所有的信息渠道全都被斩断，我们收到的最后几条消息，虽然发自不同的人，却用了同一句话……"

"留下了什么？"

"准备返航！"

一边听他说，我不由自主地坐在了他对面的石头上。他胸口剧烈地喘息，出气多于进气。"孩子，这回，你相信我了吗？我是朴信武，你父亲忠诚的部下、东北亚防区工程部副部长朴信武。"他重新伸出双手。我拉住那双潮润的、满是茧子的大手，他则贪婪地摩挲着。"在我离开的那个凌晨，程成将军就是这样拉着我们的手，为我们送行……一晃二十二年，恍如昨日。"

他说得悲凉，嘴里竟然哼起了一首曲子。

"长亭外，古道边，芳草碧连天，晚风拂柳笛声残，夕阳山外山……"

他唱这首歌的时候，我似乎隐隐听见了合唱，但是整个湖面和码头只有我们三个人。可仔细一听，却又没了声音。

……

他黑色的眼窝抽搐着，如果他还有眼睛，此时想必已然泪眼婆娑。

待他情绪稍稍稳定，我继续探寻内心的问题。"父亲究竟为什么要建造这块水下基地？"朴信武道："这连我们也不得而知，但历史的发展证明了将军对局势发展的预估何其准确，只是他千算万算，没算计到白继臣这头禽兽……他妈的！"他将拳头握紧，砸在腿上，吸引了远处第三人的注意，"当时，人类与Ai的战争已经进入相持反攻的阶段，我们相信，用不了多久，战争就会胜利。可偏偏在这时候，将军下达了'代号MU'的行动命令。"

"毫无征兆？连原因也没和你们解释？"

"你父亲一定有自己的苦衷，当时他周围空有一群武勇的大汉，没一人能为他分忧。但我们信任将军，他善于谋局，看他打仗就像看他下围棋一样，常人能看五步，高手能看十几步，而将军却能算到二十多步，他落子的时候，我们不明其意。可等最后获得了胜利，方知他当初布局的高明。"

"可如果父亲他真的像你说的那般……为什么要投射核弹？"

"谁也不知道真正原因，可能知道原因的人早就死了。如果说MU行动他还策划了许久，那么五朵金花，更像是毫无预兆的临时决定——这是后来的人和我转达的，可我不信，将军从来不会做欠思考的决定。有人认为将军疯了，谴责他是人类的罪人，可我们并不这么认为，将军的性格隐忍，他既能着眼大处又心细如针，如果不是迫于无奈，他肯定不会采取极端手段。MU行动和五朵金花都是他为战争走出的最后一步。五朵金花给予叛军严重打击之后，我们本来占据的战争主动权却突然失去了，就连将军也是死得不明不白，这其中的隐情，到现在也无人知晓。"

这时候，第三人在远处道："主人，时间有限，我已经看到程成的部从正在集结，目前正在寻找他，如果失踪太久，恐怕引起其中一些间谍的怀疑，对你的安危不利。请抓紧时间，长话短说。"

第三人刚才一直盯着朴信武，我不知道它如何"看见"草原上的动向。

朴信武这次倒是没有情绪波动，听了第三人的话之后，只是握紧了我的手："孩子，我之所以留着这条残命，就是等你到来。白继臣恶如禽兽，非我族类！他如今独掌新大陆实权，必逐步将所有人屠戮殆尽，然后开始他所谓的新文明。如今只有你，才能拯救所有人于危难之中。"

"可我该怎么做？我周围都是白继臣的眼线，所谓的保障厅可调动新大陆一半的军队，也不过是讲给别人听，他们只忠于白继臣。"

"你以为白继臣让你当保障厅长，是他自己的决定吗？"

"不然呢？他能听得进别人的意见？"

朴信武笑道："孩子，整个东北亚防区，能和你父亲下棋并偶有获胜的，也只有我了。程成将军的谋局能力我自愧不如，可他这本事，我倒也学了一些——白继臣身边，已经被我安插了棋子，新大陆的动静，尽在我的掌控之中。选你当保障厅长，是我的一步棋，你可知深意？"

我不知道他嘴里的话是真是假，如果他真能操纵局势，怎的还躲在此处？"难道石川次郎是你杀的？"

他摆了摆手："石川这个浑蛋，我完全看不上，拿掉他是迟早的事，可他的死，确实出乎我意料之外。也正是他的死，让我见识到了盟友的实力。"

"你的盟友到底是谁？"

他哈哈一笑："她特意交代，不能告诉你——保障厅控制着新大陆所有的囚徒，只要你一句话，一千名囚徒可以同时获得自由。"

"你让我帮你造反？"

"很聪明！囚徒之间有秘密的联络方式，每个人都恨不得吃了白继臣的肉，可是，他们没有武器，没有自由！你如果能配合我们，杀死白继臣就如杀死一只蚂蚁。"

说到杀死白继臣时，他笑得自信，也是自我到来之后，他最开心的一刻。

"为什么你们都想杀死对方？"我不解问道，"你们都是父亲信赖的旧部，我不会帮你杀死他，更不会任他杀死你。"

他哼了一声，甩开我的手，语气陡然冰冷："你遗传了你父亲的仁慈，却没遗传他的理智。你若不杀他，那死的早晚是你，是更多的人；杀一人而救千人，这笔买卖有什么不划算？"

"我没想过推翻他的统治，我只想带着信赖我、需要我帮助的人们回到祖国，除此别无他想。"

朴信武用鼻子冷笑："回到祖国？你还想绕开白继臣？幼稚！程复，这么多年，你的脑子是被联合政府洗进了水吗？"

我压了压心口的怒气："这就是我的想法，你认为幼稚便罢了。"

"不流一滴血就想逃出生天？你还真是个梦想家……"他继续嘲讽道，"白日梦想家！"

"你……"

"你根本不知道什么是斗争，不流血、不断头，还想取得你所谓的胜利？哈哈，读过哪怕一本历史书的人，都不会有这种白痴的觉悟。"

"我不想杀人，他们都是我们的同胞。都什么时候了，人类的内斗，到底何时方止！"

"那么，不斗争，你有其他的方法？"

我哑然，却听他继续逼问："难不成，你想拎着三斤鱼，两斤虾，亲自拜访白继臣，跟他去商量：白部长，我要离开这里回到祖国，请你给我打开方便之门……哈哈哈，可笑可笑！"

"我们……可以避开他！带上想和我们一起走的人，暗中离开。"

"唉，程复啊，你这种假仁假义，害死自己不要紧，更重要的是，你会害死所有信赖你的人。"

我内心一震，夸父农场N33上的所有囚徒，似乎就是被我连累的。赵德义、郭安，那些叫不出名字的无辜士兵，哪个不是因为我而丧失了性命？

"仁慈，可凝聚人心，可是，你要分清对谁。对朋友仁慈，难道对敌人也仁慈？若真是这般，那你对好人的仁慈，就是假仁假义……"他见我无言以对，便仰起头，向天喃喃一叹，"唉，程成将军，你的孩子，怎么是个糊涂蛋呐。"

"总之，我不同意杀人。"

"你不杀死他，又怎么夺回新大陆——不是为我，而是为你的父亲。程成将军的初衷，是为人类文明保留最后的火种，可这白继臣，正利用自己的私心，逐渐屠杀智人！"

"他固然残酷，但也在坚持当初父亲赋予他的使命。"

"你根本不了解他！他早晚会将你，将新大陆上所有的成年人全部杀死……"

"你未免悲观了。"

"悲观？"他哈哈大笑，"那是因为，你并不知道白继臣是个什么东西！他和我们根本不是一个种类！"他一字一顿地说出最后四个字："他是尼人！"

"尼人？"

"尼安德特人！是你爷爷程文浩复活的尼安德特人，从动物园跑出来的两头禽兽之一。他根本不是智人，和你和我和新大陆里所有的成年人都不是一个种类，所以他天生是一头野兽，屠杀起我们的同胞，丝毫不手软！"

我浑身一冷："尼安德特人……我们……不都是人类吗？"

"你幼稚得让我绝望！非我族类、其心必异！尼人算什么人类，他们是禽兽，是被你我祖先灭绝的一种禽兽罢了！如今，禽兽复活啦，还掌控着几千名智人的命运！"他急促地说道，"尼人对智人的仇恨如海深，你认为白继臣会怎么看待你我？呵，他不过是等待着那群尼人崽子长大罢了，等你们将尼人崽子养大成人，将科学技能、生活技能尽数传授给他们，不出十年，我打赌新大陆不会有一个智人！"

"那群孩子也是尼人？"

"不然呢？白继臣利用自己的权力，背着我们在外面做了多少复兴尼人的事，谁数得清！"

我心中的震撼无法形容，如果真如朴信武所言，白继臣是个尼人不是智人的话，那他的滥杀无辜却又重视孩子的教育与未来，就更为合乎逻辑。

但是尼人就不算人类吗？不会的，我们只是不同的种族罢了，他们也是人类。那群孩子，会说会笑会蹦会跳，他们也有自己的爱恨，疾恶如仇，和我们没什么区别。

朴信武继续道："程成顾念父恩，收留了这个禽兽，让他从军立功，否则现在他恐怕还在蒙古草原上给Ai放羊呢！可将军当初的一念仁慈，竟然造成了现在如此大的恶果，这也绝非是他想看见的！程复，无论是为了你父亲，还是为了我们的同胞，新大陆的稳定，你都必须除掉白继臣！"

我不自觉地长叹一口气："现在的我，根本没有实力！"

"你有！"

我苦笑道："是啊，达尔文才跟我说过，那群半人半机器的老师，愿意支持我……除此之外，我没有其他盟友。"

"你根本不知道，程复两个字，便胜过千兵万马！"

"凭一个名字打败白继臣？你真是个疯子！"

"英雄从天而降，恶龙俯首昆冈。神剑放逐黑夜，毫光照耀八方……"朴信武竟然也会这首预言诗？我更加不解了，那个叫程雪的"妹妹"显然是抱着某个目的接近我、欺骗我，她说出来的话我一句都不该相信。可是，为什么朴信武也会这首诗？却听他继续诵道："绝命即为新生，圣殿崇拜死亡，云上神魔颤抖，海中龙鱼欢唱。"

我连连摇头："根本没用，我不知什么人编了这首诗，但它肯定不是在写我。"

"你怎么认为，根本不重要！关键是，大家怎么想！"朴信武此时逐渐恢复了元气，说起话来仿佛又成了当初挥斥方遒的将军，"所有的囚徒都相信一个叫程复的人会解放他们，会带着人类打败Ai，夺回属于我们的天空和陆地！你是人们心中的希望，是唯一支撑他们战斗、不屈的火苗！你可以萎靡，可以堕落，但这不重要，只要你还活着，人类就不会放弃胜利的希望！"

希望？

我对他们，真的那么重要吗？

我也是个卑微的人，一个无能为力的匹夫，真的有那么重要吗？

"战斗吧，程复！"朴信武重新向我伸出一只右手，大手悬在空中，期待着我的回应。

真的那么重要吗？

我想到了昆仑双子峰之下的那群老兵，他们醉酒，他们放歌，他们与我拥抱，今天之后，大部分人都将为我献出生命。

"还在犹豫什么呀，孩子！"朴信武的大手颤抖着，"你是我们的信仰！"

信仰……

他们能为我献出宝贵的生命，那我为什么要畏缩？他们既然相信我，我又何必软弱？被这么多人相信，是责任，也是荣耀。

他们给我荣耀，为什么我就不能还他们更大的荣耀？

程复，你究竟在想什么？回到祖国是为了逃避吗？

在这种形势之下，人类真的能逃避吗？逃避了二十年，真的有用吗？

根本没有用！我们需要战斗，需要反抗，Ai也不是无敌，他们也有自己的弱点，但当今之世，已经没有谁能让人们鼓起勇气，去战斗、去反抗了！

他们相信我。

我又怎能退缩？

我猛地迎着朴信武伸出的右手拍了上去，啪的一声响彻洞穴："战斗！"

朴信武仰天长啸："你们听见了吗，听见了吗？"

却见湖面上传来哗哗水声，却见几十道白虹整齐地从水面翻出，在空气中划了一道道银色弧线，又重新落入水中。

"那是什么？"

"就是……我刚才提到的，与十二位将军一起下海的秘密军队。"

"为什么，我看到的，似乎是……大鱼？"

"是鱼人。我们的五百名将士为了建设新大陆，甘愿接受基因手术，变异成为鱼人。"他话语之间充满苍凉，"他们相信程成将军，因为将军说过，人类一定会取得胜利，等胜利的那日，就是他们褪去鱼皮，重新做人的日子……"

"我愿意配合你，堂堂正正地和白继臣打一场！"

他却摇了摇头："孩子，在我这局棋中，白继臣死于暗杀。"

"暗杀？"

"囚徒们，只不过是给你接应罢了，你指望这群手无寸铁的家伙和白继臣正面对抗？做梦吧，杀死白继臣的方式只能出奇！"他诡异地一笑，"这就是给你的任务。"

我摇头道："我做不到！"

"你做得到！"

"我认可你出奇制胜，但我反对暗杀白继臣。为了父亲，我愿意夺回新大陆，救更多人；但同样为了父亲，我不能杀他。你们的身上，都有我父亲的影子和记忆，我杀死你们，就等于杀死父亲。"

"你会杀的。"他冷笑了一声。

"不会！"

他向第三人的方向道："把程复杀白继臣的理由带上来吧。"

"好的，主人。"第三人走到湖边，又扑通跳进水里。

朴信武从上衣兜里，拿出了一个挂坠递给我："这东西，你认识吗？"

怎能不认识？这正是赵德义临死前交给我的挂坠，让我找到他妻子孩子，将其转交，但是这挂坠自从我在硅城被捕，就被秦铁的人收了上去。

"这东西，怎么会在你手里？"

"一个姑娘送我的，哈哈哈！"

"姑娘？是谁？"

"叫张……什么玲……哎呀，年纪大了，记不清楚。"

"张颂玲？"

"对，就是张颂玲！看来，碰巧你也认识呐。"

"你什么时候见过她？"

"前几天呐。"

我心中又喜又忧，她还活着！她没有在塔克拉玛干沙漠的风暴之城中丧生，可她又是如何来到的新大陆？这里的危险程度，绝不亚于风暴之城。

不管是不是真的，我内心已经当真，两只颤抖的手控制不住地把住他的肩膀："她究竟在哪儿？"

"你听啊……"他的脸转向湖水方向。

果然，又是一阵水面翻花，几条人鱼在湖面掠过之后，另一个黑色的休眠仓从水面浮了出来。

躺在里面的，正是我朝思暮想的张颂玲。

第三人将休眠仓推到湖面，让我看清了她的模样，却并未抬上来。而是令其浮在水面，在休眠仓的仪表盘上输入了什么，紧接着，张颂玲睡着的脸下方，便出现了一串倒计时。

"你这是做什么？"

朴信武道："如今新大陆能源紧张，我们这群逃犯能源更紧张，你这小情人睡觉也费电，可是也不能永远这么浪费下去。程复，你还有一天时间，如果二十四个小时之内你没能杀死白继臣，夺回新大陆，那么你的小情人，将永远睡下去，睡到地老天荒。"他朝着第三人一摆手，休眠仓倏地沉入水中。

"你……"

"哈哈，对了，我刚才描述有误！"他顺了顺嗓子，"她不会永远睡，至少在断电的那一刻，她大概会醒来吧。死之前，她会看见自己在这幽深的湖底，周围除了鱼就是鳖，她察觉到氧气越来越少，想出去，却又打不开，她只能求救出现奇迹，一声成哥成哥地喊……"

我浑身发冷，可朴信武却越说越开心。

"成哥……成哥救我！救我啊……我好痛苦，成哥……你在哪里……哈哈哈哈！"他模仿完了张颂玲，又换回自己的声音，"程复，这个杀死白继臣的理由，是不是够充分呢？"

"卑鄙！"

"嗬，卑鄙？这算卑鄙吗？为了程成将军的使命，为了人类最后的希望，你因为一个女人，就说我卑鄙！"他指着自己眼眶中的两个血洞，"你纵然失去她，又算什么？为了获得鱼人的帮助，我连眼睛都献祭给了他们，以换取他们的信任和宽恕，你又失去了什么？如果你杀死白继臣，这个女人根本不用死！"

"二十四个小时？我可能连白继臣的面都见不到！"

"放心，这盘棋上，不止你一颗棋子。"

回到地表，白光耀眼，时近中午。

在一架无人机的引导下，我顺利找到了达尔文和关鹏。第三人可以用"意识"熟练地操控无人机，这就是他之所以能从地下了解地表上动静的原因。不过昨夜无人机冲入火堆里引发的动物狂欢，他却坦承不是自己的手笔，而是他那群神秘的盟友。

清点人数之后，有八人在昨夜的动物狂欢中死亡，五人失踪，下落不明，可能真被禽兽们带回了山寨，成了压寨夫人。他们大部分人都遭受过动物的"凌辱"，士气极端低落，骂骂咧咧却又彼此嘲笑。我怀着极端压抑的心情，却装作什么也没有发生，鼓励大家振奋，并预言很快便能寻找到犯人的踪迹，提早返程。

没人在乎我的鼓舞。但谁也没想到，正当我们垂头丧气向前行进了没多久，十七名逃犯突然对我们发动袭击，不到十分钟，犯人就被全部擒获。

关鹏立刻朝我大发阿谀之辞，我则趁机大讲"福兮祸之所倚，祸兮福之所伏"的人生哲学——你们这群年轻人，不要轻易被灾难压倒，倒大霉的时候，就说明有天大的好运即将砸下来。

　　我说这些话的时候，眼前恍惚间不停地闪现着颂玲睡着的脸，和朴信武狞笑的脸。

　　其实，这全在朴信武的安排之中，这十七名"盟友"不过是他引诱我进入草原的棋子，如今他主动弃子，同样是为了更大的胜利。

　　我催促着队伍胜利回返，一路上没有心思去看风景。

第六章
死亡倒数

1

回到保障厅离约定的二十四小时时限就只剩下十个小时，被抓回的十七名慧人却没有任何征兆的集体自焚了。那时候，我正躲在保障厅的一个角落，将一瓶红色的药剂缝入制服的袖口。这是朴信武给我的致命杀器，只要捏碎药瓶，让其中的药剂挥发，不出五分钟，白继臣必死无疑。

一想到杀人，我腹内就一阵作呕。

每缝一针，我似乎都能听见制服被刺痛的呻吟，这针就像扎在我的心上一样。只有杀死白继臣，才能营救张颂玲，这是我唯一的选择。我与白继臣之间，谈不上深仇大恨，只是不悦于他的行事作为，在此之前，从未想过要杀这个人。更何况，他还是我父亲曾经的兄弟。

朴信武，卑鄙！

在保障厅的监狱里，等待关鹏挨个提审的慧人就在此时自燃了。我赶到现场时正好看见十七个慧人紧紧抱在一起，于滚滚黑烟中被烧成了一个红彤彤的铁球，人们将火苗扑灭的时候，仅剩下一堆废铁，与记忆和存储相关的元件全都烧得无法读取。

白继臣很快就传来命令，取消今日的会面，令我严查慧人自燃的问题，看看到底是什么人绕开国防部的最高权限，擅自操纵慧人越狱、自焚。

"他妈的，这群王八蛋！"关鹏咒骂道，"销赃销得还挺利落，咱们辛辛苦苦跑了一趟，合着只带回来一堆废铁。早知如此，还不如去垃圾堆找点废铁交差呢，还免了被那群禽兽糟蹋。"

这想必也是朴信武的一步棋，慧人的行为记录中，必然有他们至关重要的信息。这群疯子，如此劳心劳力地折腾，不过是为了让我和朴信武见上一面，看他如何取信于我，然后胁迫我。

"阿铭呢？"我问道，一回来就看不见他人。他在我眼皮子底下如何作恶，我都不用担心，可一旦他离开，我就知道没什么好事。这次去草原，他说自己的身体不舒服，关鹏烦他，便也没强求。

"听人说，他正在审案。"

"审案？刚才经过几间审问室，怎的没有他的身影？"

关鹏找来平日里表面奉承阿铭实则内心对他怨恨的几人，果然问到了阿铭的去处。他竟然还有自己的私人审问室，就在保障厅后面的山体中，那几间牢房是曾经用来关押政治犯的。

与此同时，我经过关押爱因斯坦的牢房，发现他不见了。

我和关鹏循路而去，尚未进入牢房，就听见鞭声和呻吟声响彻通道，间歇地还传来阿铭野兽般的兴奋号叫。我止住关鹏，自己则从牢门的缝隙里，看着里面的情景。

牢房里氤氲一片，白烟充斥其中，像是混沌未开时的天地。

爱因斯坦和孔丘都被倒吊起来，两人的银色长发如两道瀑布倒着垂下来，孔丘个子高，头发都着了地，更像是一根巨型拖把。阿铭一边挥舞鞭子，一边抽着烟，牢房中乌烟瘴气，香烟的红点在他模糊的脸上一闪一闪。

四个打手围坐在一张木桌上，一边喝酒一边玩弄着手中的棍棒。

我刚要进去，关鹏却拉住我，在我耳边轻声道："成哥，他们人多，我去喊人来你再进。"我拉住了关鹏，却听里面传来了阿铭的声音。

"很简单嘛，"阿铭收住鞭子，胳膊上泛着汗光，他用木柄挠着孔丘的胳肢窝，"你只要回忆出程成密谋造反的细节，我自然就放你回去教书，你这老小子，被吊了一宿竟然还记挂着回去上课。孔老师也真是敬业，不愧是楷模啊。"

孔丘道："哎哟哟，疼死爷爷了……你这娃娃可真好笑，这程成造不造反，我哪儿知道，你如果读过几本书，自然了解我孔丘最痛恨乱臣贼子，有人造反的话，不用铭大哥出面，我早就亲自绑来送给白部长立功嘞……铭大哥轻打，我这老骨头承受不住……"

"编，接着编！平日里就数你跟程成走得近，你若不交代，我就定你个同谋罪。"

"铭大哥讲话理太偏，谁说我孔丘胡乱编……哎哟……"

阿铭一鞭子抽过去："操你大爷，还他妈唱戏！老实交代。"

"铭大哥冤枉好人咯，我老人家挨了一宿打，老骨头都酥了，如果真的有程成造反的情报，早就交代给了铭大哥。我孔丘在棺材里都想升官发财，如果有立功的机会，又怎么不说？你可不知道那牛顿总是顶撞我，我若一日权在手，让他姓牛的爬着走……"

啪的又是一鞭子，孔丘又"哎哟"一声。

"臭骨头真他妈硬！"阿铭又转向爱因斯坦，"我说爱老师，要说这孔丘和程成是一个国的可以互相包庇，而你嘞，你一个大老外跟他们穿一条裤子干吗？对了，有几天没抽烟了吧，我看你一脸艳羡地盯着我嘴里这根烟，说实话嘛，想抽我就给你，但你得交代实情——我接到举报，这程成曾不止一次在学校里密谋反对白部长，你们不举报，我自然可以找其他人，到时候判你们个同党，我想救也救不了你们呀。"

爱因斯坦道："欲加之罪，何患无辞。"

孔丘道："哎，老爱，你记性可真不是一般的好，我说一遍你就……哎哟……呸呸……"

"你丫闭嘴！"阿铭将烟头塞进孔丘的嘴里，"别人说话的时候别插嘴！最基本的礼貌还是要讲的吧？"见孔丘啐着嘴里的灰，阿铭又向爱因斯坦道："他程成算个什么东西？一来新大陆就给了这么大个官，我告诉你们吧，白部长不会轻易对人好，他杀人之前，都先让你饮口蜜，你们这几个老东西贱骨头，想把他当靠山，简直是大错特错！"

爱因斯坦却道："你我之间没有沟通的可能性，不是我有多高级，而是你太过于低级。人类文明数万年，没想到竟然终结在你们这群兔崽子的手中。"

阿铭的鞭子抽上去，爱因斯坦却连喊痛的力气也没有。孔丘急道："老爱，疼就喊呐……"

"不喊！"

"你这不是……喊啊……"

阿铭鞭子又要抽下去，我实在忍无可忍，踹门进去："给我住手！"

阿铭有些愕然，然后放下鞭子笑道："原来是英雄程厅长回来了，有请有请。"

关鹏怒道："少废话，快放人。"

阿铭道："哟呵，主子还没说什么，总是你这条狗先汪汪！你可能忘了，我是国防部的特派员，跟你们保障厅没关系，我听你家主子命令，是给他面子，不听他也是理所当然。全天下，只有白部长才能调动我。"

我向阿铭道："审出什么来了？"

"嗨，小弟接到举报，有人污蔑程厅长有悖逆白部长之心。我心想，这怎么可能？可不能允许这种言论互传诽谤呀，于是就抓来了孔丘，又从牢房调出爱因斯坦，毕竟这两个老先生是你教育厅里的好朋友，他们如果承认，那就八九不离十；如果不承认，说明程厅长仰不愧天，问心无愧。"

厚颜无耻！我问第二遍："审出什么了？"

"嘿嘿，暂时还没有，不过早晚会有的。"阿铭眯着眼，眼角的精光满是挑衅，"程厅长背着白部长做了不少好事呢，比如嫂子大夜里的……嘿嘿……"

我胸口如遭猛击，他说出这话，更像是一种要挟似的暗示。这王八蛋知道姜慧的事了？

"关鹏，放人。"

"好。"关鹏瞪了阿铭一眼，走上前去。

阿铭一把拽住关鹏："慢着！人是我国防部抓的，凭什么你保障厅长说放就放？"牢房里的四名大兵腾地站起身，各自抄着家伙朝我们围拢过来。

我咬着牙，怒视阿铭，一字字地道："我说，放人！"

关鹏撞开阿铭的胳膊，拔出刀子去砍孔丘脚上的绳索，阿铭忽从腰间拔出一把枪，顶在关鹏脑后："给我停下，我奉白部长之命监督你们保障厅，你若违抗我的命令，就是违逆白部长。新大陆宪法规定，违逆白部长者死，别怪我没提醒你小子！"

关鹏停下动作，转头看向我道："成哥……"

我接过刀子，将关鹏推向一边，一边割绳子一边向阿铭道："我倒是想看看你对白部长有多大的忠心。"

"程成，你别逼我……"

刀子割断捆在孔丘左脚的绳子，却听他在下面道："程老师，你的好意老夫心领了，没必要和疯狗较劲，你的生命宝贵，浪费可耻呀！"

我继续割绳子，阿铭转过身来，用枪口顶着我的额头。枪管冰凉，我瞥了他一眼，手中的刀子却不停，我倒要看看，你有多大的本事？你们有多大的本事！

杀戮，无休止的杀戮。威胁，无休止的威胁！暴力，无休止的暴力！

人呐，你们被机器打败是注定的。上天给你们机会反思，这就是反思的下场？白继臣屠杀了和他一起进入海洋的同僚，朴信武以牙还牙誓要杀死白继臣而后已；士兵殴打老师学生，枪管子总是对着手无寸铁的弱者！这就是反思的下场？

解开了孔丘的另一只脚，他的身体顺着重力向下坠去，我将孔丘拦腰抱住，交给关鹏去解开他手上的镣铐，又拎着刀子，拨开烟雾，去切爱因斯坦脚上的绳索。

身后传来阿铭重重的喘息声。"程成！"枪口重新顶过来，比刚才更加用力地戳在我的太阳穴处，"你他妈再动一下，老子真的结果了你！"

我专注于切割绳子："来呀，老子倒要看看你他妈是不是爷们儿！"

砰！砰！砰！砰！

连着四声枪响，全在我耳畔，震得我耳中轰鸣，有那么一刹那，我感觉时间停滞了。事实上，没有一发子弹打中我，阿铭的枪在开出的时候移开了，子弹尽数划过我的头发。

我转了转脖子，揉了揉耳朵，右手握紧刀子，我真想就此了结了这厮的性命。可是，冲动的下场，就是连累颂玲，连累很多人和我一起死。

我空着的左手继续将枪口摆正，对着我的额头，向满头是汗的阿铭道："这就是你的出息？你他妈就这点能耐？"

他急促地喘着气，牙齿打战，手抖得不成样子，脑袋上的汗从脸颊上流了下来。我的额头顶上枪口："来呀！"

"程成……你……别逼我……"

"再来！"我吼道，"开枪啊！你他妈到底开不开枪？"

我似乎听见了关鹏和孔丘的劝解，但此时我的情绪几乎失控，胸腔内多日以来的压抑，希望此刻能够就此发泄。我若死了，便不用去做自己内心不愿意之事，颂玲也会得救，朴信武自然不会为难她。

"你再逼我，我就真杀死你！"

我把右手的刀子丢给关鹏，然后顺手扇了阿铭一个嘴巴，声音清澈响亮。

"来啊！杀啊！"

阿铭肩膀耸动，向后退了两步："你别逼我，别逼我……"

我走上前去，又是一个嘴巴！

"开枪！"

"别逼我……"

"你他妈的本事呢？"

阿铭身体一阵抽搐，他控制不住地弯下了腰，而裤管里却流出一片腥膻，他大吼一声，手枪从他掌中脱落，他双手抱头奔出了牢房。另外那四个人，愣怔怔地左看右看，最后也撂下家伙，跑了出去。

我的左手正握住枪口，心中的愤怒犹未停息，直到关鹏小心翼翼地从我手中拿下枪，我的头脑方清醒过来。爱因斯坦早已经被解开，而孔丘则瘫坐在椅子上，摇着头道："刺激，太刺激，你们年轻人的花样，我们可玩不起！"

关鹏把玩着那把手枪，故作放松地笑道："经成哥这么一吓唬，阿铭的自尊估计崩溃了。哈哈哈，他这次丢的脸，我保准超不过半小时就会传遍整个新大陆，弟兄们没人看得起他！"

我略调整情绪，向孔丘二人道："你们被他拷打了一宿？还走得出去吗？"

孔丘没回答，站起身在原地跳了三下："你看，身体倍儿棒！"

"这是怎么回事？"

孔丘道："这阿铭也是没文化，如果稍微跟老周交流交流，也就不会吊我们一宿，打我们的屁股啦。哈哈，他根本不知道，我们除了脑袋，整个身体都是没有神经系统的，连疼都不疼，还拷问个屁啊。"

爱因斯坦这时候从那群大兵留在桌上的香烟盒里找到一根香烟，迫不及待地点着，猛地嘬了一口："舒坦……程老师啊，你们来得稍晚，如果再早那么半小时，就能看见孔老师高超的演技，那杀猪似的号叫，我可学不出来。"

孔丘道："你还说，演演戏又怎么了？你刚才差点露馅好吗？幸亏程老师及时赶来，否则那小浑蛋就保证打脸拔毛，这一宿受的倒吊之罪，可就白受了。"

2

倒计时三小时，我怀着惴惴的心情回到了家，我只想看她一眼，然后便准备只身前往顶层空间白继臣的府邸。

姜慧的安危我始终挂怀，而阿铭那句没讲完的话，必然另有深意。我离开保障厅的时候，看她的定位在家里，没有去工作。不过我的心并不能安，如果我刺杀白继臣失败，必将连累她，我希望她能逃命。

可是，她又能逃向何处？

我如果刺杀白继臣失败，那受我连累的又何止姜慧一人？孔丘、爱因斯坦、关鹏以及所有与我关系亲密的人，恐怕都难逃厄运。

我是朴信武的一步死棋！

出乎意料，家里竟然来了客人。我进门的时候，那客人正从身后抱着姜慧，手里撕扯着她的衣服，嘴里嘟囔着："让我看看，就看看……"姜慧像是在忍耐着客人的无礼，只是蠕动身子，护着自己的前胸和衣服。

"成哥！"姜慧回头见我进门，一把将那人推到地上，几步便跑了过来，躲在我身后。

地上那个脑瓜顶只剩几根毛的老头此时必然极为尴尬，他颤颤巍巍地站起来，最后犹豫了数秒，还是转身："程厅长，我……"

我不想相信，但他就是周茂才？！

我后背发凉，这个周茂才平日里胆小怕事，内心并不坏，怎的今日却在我家调戏我的妻子？

"成哥，他说来找你，可没坐一会儿，就对我动手动脚！"姜慧带着哭音，"还让我脱衣服……"

"我……"周茂才满脸通红，"这是误会，绝对误会！我……我可以解释！"

我指着沙发让他坐下，拍了拍姜慧的后背，让她冷静。

我坐在了老周对面，姜慧青着脸端上两杯茶，周茂才不敢看姜慧，低着头擦了擦脑门的汗。

"到底怎么了？"对于我出奇的冷静和礼貌，姜慧面露不解，她那眼神，恨不得我此时就把老周的脑袋剁下来

老周没有勇气抬头："我能单独和你谈谈吗？"

姜慧听见这句话，愤怒地跺了跺脚，朝着周茂才翻了个白眼，我则示意她先进卧室。老周听见卧室房门吧嗒一声，他这才抬起头，说道："夫人的梦游……好些了没？"

我摇了摇头，如果老周敢说他刚才是给姜慧看病，那我上去就得给他一拳。

"我……我不知从何说起……"他语气无奈，"对了，先感谢你救了孔丘和爱因斯坦，他们俩可是我的宝贝，我最成功的两个作品。"

老周似乎想回避问题。

"你来我家，不是只为了说声谢谢吧？刚才到底怎么回事？"

"唉，老弟……"他又用衬衫袖口抹了抹脸上的汗，"我想……问你

一件事，又担心你……"

"问吧！"

朴信武的倒计时已经让我心乱如麻，这老周一把年纪，又让我后院起火，足够闹心。

他闭紧了嘴，额头青筋浮现："程成，你这次下到草原，是不是见到了一个人？"

我心中一惊，他虽然回避了和姜慧的事，但这个由头却让我无法不在乎，我故作无事道："自然，不过已经逮了回来，只是全自杀了。"

"不是！我是想问你……哎呀，我就不绕弯子，你是不是见了朴信武？"

我倒抽一口凉气，这老周从何得知我的行踪？他镜片后的眼睛里闪烁着某种亟待肯定的光，难道，他就是朴信武的盟友？还是他想用这个秘密要挟我？

"白继臣都找不到的人，我能一下草原就看见？"

"你不承认也罢，除了朴信武，没人会这么做。"

"到底发生了什么？"

"孩子们集体中毒了！"老周不等我提问，继续解释，"是一种倒计时的基因病毒，此时潜伏于他们体内，用不了多久就会突然爆发，神仙也救不了。"

"他们连教育厅都不会出，是谁下的毒？"

"今天早晨，一辆进入学校收垃圾的清洁车驶入教育厅，那车上掉下来一个铁罐子，罐子冒着红色气体，开始我们谁也没注意，紧接着我在办公室里收到了一封匿名信，上面让我今天必须把你送到白继臣面前，否则孩子们二十四小时内就会毒发身亡。我并不信什么中毒，可是找来几个孩子的血液化验之后，才知道对方没跟我开玩笑。我之所以这么肯定是朴信武所为，因为……这种病毒，对智人的基因无效。"

这是朴信武的另一步棋。他为了把我送到白继臣面前，不惜以五百个孩子的生命为筹码。

我没追问为什么毒药对智人无效，却对孩子有效，不追问就相当于回答了他刚才关于朴信武的提问，对智人无效，那自然只对尼人有效。而且是红色气体，我不自觉地摸了摸制服的袖口，应该是同一种毒药。

老周原来一直知道孩子们是尼人。

"还剩多少时间？"

"三个小时。"

"朴信武为什么找你帮我？我刚才已经求见白部长，可他今天有点不对劲，谁也不见。你能敲开白部长的大门？"

他没回答，径直问道："朴信武是不是让你对白部长……"他做了个抹脖子的手势。

我不置可否："既然白继臣谁也不见，朴信武让你送我上去，也是徒劳。"

"看来，你真的是要去刺杀白部长……"老周摇了摇头，"他之所以选择我，因为教育厅有一条秘密专列是直通顶层空间的，也可以说，这是顶层空间逃生用的一条绿色通道。在新大陆，知道这个秘密的，只有白继臣、朴信武和我三个人。"

"那你打算怎么办？"

"还能怎么办？只能按照他们的要求，把你送上去。那是五百条鲜活的生命，我怎么忍心看他们死在我的面前。"

朴信武最狠毒的，就是他将每个人的弱点都拿捏得无比准确。

我和老周并肩走在居住区的人流之中，来到一个巴士站，乘坐空中巴士来到中心枢纽，换专门通往下层空间的车来到了教育厅，就像是两个无所事事的官员。

但我们都知道，此行凶多吉少，我没有叫关鹏，他也没有找司机，似乎达成了一种多在人间走一走的默契。

直达顶层的专列修建在教育厅的地下，入口是一个极不起眼的地下室，在楼梯的隐蔽处，常年挂着锁。等我走进去，却发现这里还停着一辆轨道电车，只有十几个座位。我们坐定之后，老周启动车子，系好安全带，车子驶出站台，转个弯，斜向上开去，又行了一段，索性就直立起来，成为了一辆直上直下的移动电梯。

"老周？"我们之间很久无语，不知是因为风萧萧兮易水寒的伤感，还是那件事让我们心中彼此隔阂。

"嗯？"

"你和姜慧……"

老周握着安全绳，面部略微扭曲，大概是超重引起的不适。

"到了这个时候，我也没必要隐瞒你什么，"他眯着眼睛，望着眼前迅速而过的黑色虚空，"朴信武一定跟你说过白继臣利用权力，和硅城的间谍一起启动了尼人计划，整个计划的负责人就是我。十几年来，我和学生们在地下复活了一批又一批尼人，直到数月之前，我们接到了来到新大陆的指令……"

"你的记忆？"

"好了程复，这时候，我们也就没必要演了。"他笑了笑，"看到你第一眼的时候，我内心有多么激动，你根本不知道，你和你父亲真是太像了。"

"你也认识我父亲？"

"我和他的关系，哈哈，一言难尽，怎么形容呢？非要用一个词，那就是不分彼此吧。他是我最羡慕的对象，因为，他有一个独一无二的父亲。"他摇了摇头，"来不及讲我们之间的故事，还是说说姜慧吧，否则，你会认为我是个老色鬼，我之所以那么对她，是因为她有着我妻子的记忆。"

"什么？姜慧的记忆，是你的妻子？那么艾丽斯是你的孩子？"

"是的。所以，那次你跟我咨询梦游症，我听到她的人生经历时，就已经猜到了，智人管理局将我妻子的记忆植入了姜慧的大脑。我没有太在意，只当他们是无意为之，可是，我对她还是好奇的，毕竟，她有着我死去妻子的灵魂。于是有一天，我按捺不住内心的思念，想去看看她，看她记忆中是否对我还有点印象，我背着你去了她工作的地方，然后，我看见了她……"

他的眼睛放空，缓缓道："眼前的姜慧，就是我的妻子。"

"你的妻子？怎么可能，智人管理局一般会复制前人的记忆，让后人服刑，姜慧怎么可能是你的妻子？她当你闺女还差不多，你们年纪也太悬殊了。"

"没错，我妻子如果活着，现在也五十多岁了，而这个姜慧，也就三十出头。见到她第一眼我就蒙了，不过我瞬间便推测出一种可能性——她是克隆人。"

"不可思议……"

"坦诚讲，我今天是第一次和她说话，我是带着对她身份的好奇接近她，但是近距离观察之后，我发现，她也并非克隆人，"他咽了口唾沫，"她是慧人。"

一道惊雷忽然照亮我的视野。

姜慧竟然是慧人？

"准确些说，是M型慧人，这种慧人植入的是智人几乎完整的记忆，整个人的思想和行为，就是复制了另外一个人，其实孔丘、爱因斯坦也是一样的原理，你分辨不出他们人造的痕迹，因为记忆的完整性，他们的人生也显得真实。但是慧人还有另外一种，即I型慧人，他们没有记忆，而是通过后天的学习，一点点逐步积累，就像是刚刚出生的孩子，需要重新了解和重建对世界的认识。"

如果她是慧人，那么她半夜和千鹤的联络，以及帮助十七名逃犯越狱就理解得清了。"那么，她梦游又是怎么回事？"

"我当时也产生了这种疑问，所以今天走上前去，想查看她的系统权限是否曾遭过入侵——M型慧人的权限极高，能掌控姜慧权限的人，自然不是小角色。可还没有得到结果，你便回来了，由于当着夫人的面，我没法将话讲明，她若知道自己是个Ai，肯定会崩溃的。"

老周说话的时候，眼神中流露着爱惜，大概是将自己对亡妻的感情牵到了姜慧身上。

"你打算如何杀死白继臣？"

我将缝在袖口中的红色药剂瓶取出来，老周拿在手里："不出所料，果然又是这东西呀，朴信武可真狠毒！"他忽然将药瓶塞进了自己西服的内兜里。

"你这是干什么？"

"我来帮你杀人。"

"胡说什么，你死了学生们怎么办？"

"你又怎知我会死？不就是将瓶子捏碎，让毒气挥发这么简单吗？"

我攥着老周的手，想去掏那红瓶子，可他松开安全绳，以双手掩住胸口："我一把年纪，早就该死了，可你还年轻，你该思考整个种族的命运，而不是将性命白白浪费在此处。"

"你又怎知我会死？"我将原话奉还，重重叹了口气，"让我来！"

眼看着头顶出现一线光明，专列的速度也降了下来，即将到站。老周知道拗不过我，便将小红瓶掏出来，塞进我手中，然后双手攥住我的胳膊："程复，一定要好好活着！"

3

倒计时三十分钟，我和老周从秘密通道的通风口爬向白继臣的卧室。

老周对这里的每一条大路小路都烂熟于胸，领着我在老鼠洞一样的通风道中左转右转。据他说，他刚来新大陆那会儿，曾进入政府的机密档案室，将所有关键资料全翻了一通。而当时顶层空间并不是白继臣专有，所以这些通道并非秘密。

他领路，我跟进，蹭了一身灰之后，终于听见了白继臣的鼾声。

通风道入口就在卧室的墙壁之下，它的位置，巧妙地帮我们绕开了门口的卫兵。

"朴信武知道我认路，所以要挟我送你进来。"他掏出随身的螺丝刀，"你身上那东西，如果走其他路径，恐怕连大门都进不了，就会被检测到。"

他卸掉通风口的百叶遮挡，率先爬了进去，我紧随其后。这间卧室大得足以停进来三辆卡车，白继臣就躺在十米外的金色大床上休息，帷幔低垂，但他那肥壮的身形绝不会错。

"有枪吗？"老周轻声道，"我给你守住门口！"

我从后腰拔出已经加了消声器的手枪递给他，自己则弯着腰慢慢靠近白继臣，一直匍匐至他的床榻一侧。我再次确认，那张戾气和伤疤交错的脸正歪向我，眼睛紧闭，眉头微蹙，胸腔一起一伏，鼾声如雷。

他睡着了都有一股威严。然而事已至此，我没有别的选择。

小红瓶就握在手中，如果此时捏碎，这个生物史上的奇迹就将在睡梦中安然离开。朴信武真会选杀手，是我爷爷给了白继臣生命，而我，程文浩的孙子，几十年后将他的生命收回。

对不起了，白继臣。

对不起了，父亲！

对不起了，爷爷。

如果你们与我泉下相见，必将理解我此时内心的苦楚。

……

老周蹲在门口，指着腕表，催促我立马动手。

我将心一横，拇指和食指稍稍用力，红色的长条玻璃瓶就被掰断了。啪的轻声一响，红色的烟气将我包围，在白继臣的床榻上弥漫。

我后退几步，见着烟气淡淡散去，而白继臣的胸腹不再起伏，鼾声陡息。

但愿他没有痛苦。

我招呼老周撤退，他离开木门，抢在我前面来到通风道口，向我道："时间刚好，可是朴信武怎么知道我们成功了呢？"

这时候，老周刚才守着的那扇门忽然被推开，一个生硬的声音道："由我来通知朴信武。"

门被推开，一个长脸的日本人正站在门口。

"程复，别来无恙。"这人率先跟我打了个招呼。

竟然是硅城的大河原树。

"你怎么会在这里？"

大河原树慢慢走进来，又将门关上："说来话长，在这个时候，你肯定不想听我从头到尾讲故事吧？"

老周急促道："你快点通知朴信武，给我们的孩子解药！"

大河原树道："你想着的是孩子，程复满心想着他的情人能够早点获救，哈哈，看你们这着急的样子，罢了，不再和你们开玩笑。"他转身从白继臣卧室的办公桌上拿起一部电话，拨了几个号，然后递给我："程复，请你以保障厅厅长的名义，释放新大陆所有囚徒。"

难道，朴信武说安插在白继臣身边的棋子，就是他？可大河原树是何时来到新大陆的，又是如何获得白继臣信任的？有太多无法理解之事。

电话里传来接线员的声音，我拿过话筒："我是程成……"

"程厅长，您有什么吩咐？"

"释放新大陆所有囚徒。"

对方愣了一下，又向我确认了一遍身份："您……真的……"

"释放所有囚徒！这是命令。"

"请问，所有囚徒是包括智人囚徒和慧人囚徒吗？"

我略一沉吟："包括所有，立即释放！"

挂了电话，大河原树不禁鼓掌道："干得漂亮。"

"什么时候通知朴信武？"

"你下达释放囚徒命令的时候，他就已经知道了。"大河原树道，"每一个囚徒恢复自由之身，身体内的芯片会收到相应的信息。依靠第三人对新大陆内网的监控，想必他此时已经将消息转告给了朴信武。"

过了一阵，老周给教育厅打了电话，他了解到，就在两分钟之前，有三架无人机飞临操场，又投下几枚散发着臭气的燃烧弹，孩子们本来萎靡不振，闻到臭气之后，身体和精神状况都得到好转。

老周长嘘一口气，然后瘫坐在通风道口："孩子们得救了！"

颂玲呢？

大河原树似乎猜到了我心中的忧虑："朴将军是个重诺之人，你遵守承诺，他自然不会反悔，张颂玲不会有危险。更何况，他并非真心想杀她，不过用她来催促你罢了，哈哈哈……更何况，那里面的，根本不是真正的张颂玲。"

"什么？"

"你从风暴之城被传输到硅城，怎么可能不知道什么叫AIK？"

我眼前一片晦暗，朴信武竟然用和张颂玲一模一样的克隆人欺骗我！

"那颂玲呢？她难道……"

"她自然没死，你大可放心，只是这个姑娘有点调皮，否则，嘿嘿。"

"否则什么？"

"否则你们现在就可以团聚了。"

我察觉到一丝诡异，大河原树一定有什么事情瞒着我。在硅城时，他是一个迫切希望找到祖国之人，并且已经掌握与祖国相关的信息。而此时，他却来到了新大陆。朴信武说，除了自己和白继臣，还有一人知道我、新大陆和祖国之间的关联，莫非就是大河原树？

"颂玲在哪里？"

"唉……我也想知道啊，既然她没去找你，那我猜，她大概有了新欢，忘了旧情人啦。"

他如此调笑，我一点也不生气。从他的话语中，我大概猜到，张颂玲应该来了新大陆，此时并没有落入白继臣之手。她或许已经识破了大河原树的心术不正，在危机爆发之前，率先躲了起来。

我心下稍安，指着床上白继臣的尸体道："事已至此，必须采取善后之策。"

大河原树摆了摆手："不用你费心，朴信武觊觎这张床榻很久了，他可比你着急回来。"

忽听隆隆炮声从下面传来，声音尚远，估计是中层或下层空间。老周道："打起来了？"

大河原树道："看来，政府军已经发现了朴信武的行踪。"

"可以收网了。"瓮声瓮气的一句话自床上传出，绣榻一晃，却见白继臣坐了起来。他伸了个懒腰，披着睡衣，趿着拖鞋，便下了地，说笑似的道："朴信武的毒药可不怎么灵呐。"

"你……"

"你们聊天聊个没完，我想趁机睡个安稳觉，也没有机会。"白继臣走向我们三人，逼得我们同时向后退去。

"他姓朴的会下棋，难道我姓白的就不会落几个子儿？"他歪着脑袋，脸上带着轻笑，"程复，原来你的记忆并未被洗掉，朴信武的这一步棋，我还真是没想到。在来新大陆之前要做的测试，也能被你蒙混过关，我还真的信了你！本以为，你的到来会帮我巩固新大陆以及我们的未来，可是，为什么朴信武几句话，就让你愿意给他卖命？哦……听说，是为了个姑娘？愚蠢呐，一个女人，就能让你牺牲我们的未来，扼杀我们种族重生的希望？我真是错看了你。"

我无言以对，下棋的人一个比一个清醒，而我这颗棋子，犹陷入棋局之中。

"朴信武这一局棋，注定失败，在他眼中，棋子要么黑要么白，而在我的眼中，棋子也可以是灰色的，非黑非白，亦黑亦白。更何况，他低估了一颗重要的棋子……"他看向周茂才，"茂才兄，手枪如果不用的话，便给我吧。"

周茂才便像中了邪一样，二话不说就把手枪双手递过。

"老周，你在干嘛？"

周茂才低着头，却站在了白继臣身后。

"茂才兄是一颗极为关键的棋子，但朴信武根本没有看清这棋子的颜色。要说这世界上，我只能信赖一个人的话，那这人必然是茂才兄。至于为什么？"他拍了拍周茂才的肩膀，"你要不要亲自给程复解释解释？"

周茂才清了清嗓子，挺直了腰板："程复，你一定要理解，我是为你好……"

"老周，你背叛了我？"

"不要用背叛这个字眼嘛，"他推了推鼻梁上的眼镜，"姜慧的事是真，我没有欺骗你；朴信武以孩子们的性命要挟我也是真，我也是逼不得已……唉……如果不将计就计，他肯定会杀死孩子。"

白继臣道："实际上，茂才兄收到威胁的第一时间，便已经知会给我。那时候，我们就猜到你一定见过朴信武，而他给你委派了刺杀我的任务。果不其然，为了救孩子们，我们必须将计就计。"

"程复，朴信武恶毒无比，你根本不知道那药的毒性，他不仅想杀死白继臣，还想杀死你！"老周从怀里又抽出一个红瓶子，"这才是你的药，在路上已经被我调了包。否则，此时房间内肯定是两具死尸。"

"既然你们识破了我，为什么还是要让一切发生？"

白继臣道："如果我不死，你又怎么会释放囚徒，朴信武又怎么会出来呢？"

"所以，你甘冒释放囚徒的风险，只是为了将朴信武钓出来？"

"卧榻之侧，岂容他人鼾睡？他朴信武一日不死，我便一日难眠。"

忽然，身后的大河原树挡在了我的面前："程复，快从通风道逃跑，这里我来应付！"

"你这是找死！"我抓住大河原树，向后拉扯他。

"你是人类的希望，我可以死，但你必须活下来。没有你的话，人类便没有了太阳。"

白继臣却笑道："想走？如今通风道已经被截断，你们逃得出去吗？"

大河原树道："白部长何必拆台？让我再演一会儿，从上场到下台连二十分钟都没有，我演得实在是不过瘾。"说罢，他哈哈大笑，白继臣也跟着笑了起来。

瞬间，我似乎明白了什么。

"你背叛了朴信武？"

大河原树道："背叛？你不要用这个字眼——可以说，我从未效忠过朴信武，但他把我当成了另一个人。"

白继臣道："我和朴信武，在硅城各有联络人。我的联络人便是大河原君，而朴信武的联络人，是另一人。为了在硅城潜伏，他们都有各自的代号，纵然我们联络了十几年，彼此也从未见过面。而聪明的大河原树先生，完全模仿了朴信武联络人的一整套话术，来到新大陆之后便被我派了下去，把朴信武骗得团团转。那家伙竟然又把大河原君安插到我的身边做卧底，这真是天下最好笑的事。朴信武自恃谋局能力胜于我，可他根本不知道，自己到底下了怎样的一盘臭棋！"

这时，一队卫兵持枪械闯了进来。

白继臣大手一挥，四个大兵即刻过来将我押在地上。

第七章
战斗机器

1

隆隆炮声在窗外响了三天，白日里，像是远方的惊雷。夜幕降临后，就如可以摧毁任何人美梦的鼾声。

我无力地在床上辗转，头疼得厉害，索性坐了起来。窗外黑乎乎一团，看不见光的晚上，大概是硝烟无法散去，在窗外郁结，恰如我此时的心情。

姜慧、关鹏还好吗？还有那些学生，爱因斯坦、孔丘的安全也十足令人揪心。老周骗了我，但我可以原谅他，可是他和白继臣联手对朴信武的戏弄，是否会引起这头野兽疯狂的报复？

子弹无眼，炸弹无情，我此时只盼着新大陆的闹剧能够早日结束。如果联合政府知道此时新大陆内部的状况，恐怕已经在开香槟庆祝了。

这就是最后的人类避难所——似乎只要有人活着，就永远会有斗争。

三天里，我大部分时间都坐在小床的边沿，靠着右侧墙壁，闭目凝思，时而用手铐碰手铐，脚镣碰脚镣，制造点声响来打发时间。

曾经吼过，喊过，我想见白继臣，想见老周，还想知道朋友们的消息，可是没人理会我。除了一日三餐会有人送过来，我平时看不见一个人影。

这不就是最好的结局吗？

我不想杀的人并没死，颂玲也没有危险，孩子们安然无恙。我想不出比这更好的结局了。我不过失去了自由，却换来了内心最期望的结局，我还有什么不满足的呢？

地下偶尔传来的震动清晰地告诉我，这也是最差的结局。

我最担心的一幕还是难以避免地发生了，炮火持续了整整三天，比我预想的长很多，这说明朴信武的囚徒大军并不如人们想象中脆弱；而朴信武意图兵不血刃重回上层空间的美梦也已破碎。

"一切就要结束了。"大河原树的轮廓出现在监狱的栅栏门外，他用钥匙打开牢门，信步走了进来，就像进入自己战利品的陈列室。

"程复，我们似乎永远是狱卒和阶下囚的关系，这可真是有趣。"

"让你有趣的点，却令我很无聊。"

"哈哈，这不过是我们曾经的关系。而我们未来的关系，以及你的命运，此刻由你自己掌握。"他慢慢走到我面前，那张瘦削的长脸逐渐在黑夜中显现，他笑起来的样子，比刻薄的女人更让人恶心。

"要么，你一辈子当个囚徒；要么，你将获得自由，回到我们的梦寐之地。"

"不用暗示什么，也别把牛吹得震天响，在新大陆，你不过是白继臣的一条走狗，狗能自主命运吗？据我对他的了解，你也活不了太久。"

他干笑两声，嘴角上挑："鹿死谁手，尚未可知。你不用操心我，还是想想你自己——白继臣杀你的概率很低，但你后半辈子，也别想再走出这间囚室。想想吧，在这幽深的海底，自己的青丝转白，容颜苍老，而心爱的女人就在左近，却永远无法相见。这日子，想必不好受。"

"你冒险来一趟，应该不只是为了奚落我吧？"

"奚落你？我有什么好处。"他弯下腰，脑袋向我靠近，轻声道，"我们，才是一条船上的人。"

"如果我没记错，我们之间，除了欺骗和被欺骗，没有其他关系。你说的船，是你的贼船吗？"

"是诺亚方舟！你想找到祖国，但你不知道它的位置，更不知道如何离开这里！我知道，我知道得比谁都清楚，"他将嘴巴贴到了我的耳朵边，"让我来做你的领航员，好吗？程复船长！"

我诧异地看着他："你说的这些话，就不怕我转告白继臣？"

"你不会，因为你不是那种人。程复性格模板的设定我曾经参与过，我太了解你了，你就是一个道德感极强的家伙，出卖这两个字，不会出现在你的大脑里。"他小眼睛里光芒一闪，"更何况，我是你唯一的救星，仅有的希望。"

"那我便越发不明白，你既然需要我配合你离开新大陆，为什么还要联合白继臣陷害我入狱？"

"与高手过招，自然不能直来直去。白继臣和朴信武都自诩天下最强的棋手，他们左右他人命运，让所有人都成为枰中棋子。可他们难道不可以是别人的棋子吗？比如，我？"

"口气可真不小呐。"

"我口气不小，那是因为你并不了解我，并不了解我脑子里的想法，你看不懂我的棋局！无论是朴信武还是白继臣，他们都是两只坚定的老乌龟，新大陆就是他们的龟壳。别看朴信武站在了白继臣的对立面，但他对你父亲程成的命令，恐怕要比白继臣更忠诚。所以，无论是谁掌控新大陆，你都甭想回到祖国，无论谁坐上了金塔神殿中的那把椅子，你都注定会被永远囚禁于此。"

"既然知道，你还来新大陆掺和什么？"

"因为，能够回到祖国的飞船，就在新大陆！若想找到那神秘的国度，新大陆是必经的一站，"他站起身子，"这就是我送你来这里的原因。"

"你？是你把我送到了新大陆？"我想到了在硅城，我陷入昏迷之前听到的那个男人的声音，"我妻子的生日，是你告诉我的？"

"没有人在你耳边说什么，那只是一段记忆罢了，"他淡淡一笑，"就像我无数次对你做过的那样，清空你的大脑，为你编写新的人生经历，轻车熟路。"

我攥紧了拳头，重重地捶在床头："你……你说什么？我现在脑子里的一切，又是你修改的记忆？"

"不然呢？"

"硅城的经历、樱子、花姐、草原的老屋、酋长……都是……你编写的？"

他轻快地点着头："怎样，这段经历很有趣儿吧？"

"颂玲也是……记忆？假的？"

"不然呢？"

"假的……"

"很抱歉，程复船长，哈哈哈哈！"他心情真的不错，"你不过是一具一直躺在硅城的活尸罢了，你没有过去，所有你认为的记忆，都是我给你写的故事，丁琳、程雪、张颂玲、樱子……对于我编的剧本，怎样，还满意吗？"

我跳了起来，向他扑去。可是他轻盈地一闪，便躲开了我的攻击，而我则重重地摔在地上。手铐和脚镣限制了我的活动范围。

他又是一阵狂笑："程复，你就像是一条被拴住的笨狗！"

"王八蛋……"一切都是假的吗？"你为什么要这样对我？"

"为什么？"他扬起下巴，"那要先问你爹为什么要扔核弹！他害死了我的孩子，如今，我只不过开开你的玩笑，连你命都没要，你竟然还要问我为什么？"

"真的都是假的吗？"

颂玲红彤彤的脸颊，是假的吗？

我们彼此倾诉的爱意，也是假的吗？

我夜夜对她的思念，难道还是假的吗？

……

"哈哈哈哈！"他蹲下身子，拍了拍我的后脑勺，"玩得我都不忍心了，程复啊，你最大的弱点，就是太容易相信别人。"

哥，你最大的弱点，就是太容易相信别人。

这是程雪和我说过的话，从大河原树嘴里说出来，一字不差。

难道，这一切真的是他编写的剧本？

大河原树站了起来，我听到牢门重新上锁的声音："唉，真没意思，这么好骗的人，我活了四十多年，也是第一次碰见。"

我陡然抓住一线希望："什么意思？"

"蠢货！跟你开个玩笑罢了，你竟然这么容易当真。"

"浑蛋！"我颤抖着，竟然是因为喜悦。

"看把你吓的，我在智人管理局给人编写过多少故事，连自己都记不清。"他站在牢门之外，拍了拍手上的铁锈，"可所有的故事，都比不上我给自己编写的剧本——这出戏的高潮，终于要开始了。拯救世界的英雄，是时候撕掉身上的伪装，让你们看看他的真面目了。"

又是一阵狂笑，大河原树的脚步声渐渐远去。

这个疯子！

第四个夜晚降临，枪炮声渐远，渐轻，渐不得闻。牢房里迎来了前所未有的宁静。

忽然，嗡的一声自上空响起，远远传来人们的尖叫声，但是那巨响渐渐隐没了人们的声音。

是风吗？

一股清凉钻进了监狱。

这股风持续了很长的时间，渐渐我嗅到了水汽，窗外起了一团模糊的水雾。

巨大的轰鸣自底层空间传出来。乍一听，我以为是炮弹，可轰鸣未止，变成了持续的颤动，就像电锯匀速切割一块没有边际的钢板。

本已是晚饭时间，可今天有些怪，送饭的人迟迟不来，其他牢房也没有任何声响。我盘腿在床上闭目凝思，心中反而更为烦躁。

战争结束了？这场战争无论谁是获胜一方，都只是再一次证明了人类的失败。

我触摸着镣铐之下的皮肤，真实又温暖，是否过一段时间，会有个人告诉我：程复，你根本没去过什么新大陆，你记忆里的一切，不过是我们编写的剧本。

对于我来说，最痛苦的事莫过于被剥夺记忆，哪怕是最痛苦的记忆。

忽然之间，急促的脚步声远远传来，我听到一个人在监狱的走廊里奔跑。

"成哥！成哥！"

是关鹏的声音。

"我在这儿！"我从床上跳了下去，关鹏很快便找到了我。

"成哥，出事了！"关鹏衣衫褴褛，裸露的肌肤上，显出一道道血痕，衣服已经湿透。

"你这是怎么了？"其实不用问，我心中已猜出大概。

"我这几天就关在小黑屋，离你也不远，可他们完全隔绝了我的对外联系，想见你一面也是难。阿铭那几个浑蛋朋友整天拿我发泄……唉，不说了——他现在绑架了孔丘和爱因斯坦，说今天必须让你颜面扫地，否则必定大开杀戒！他让我带你去焦土酒吧彻底来个了结！"

他一边说着，一边用血糊糊的手哆嗦了半天才打开牢门，又一瘸一拐地走到我面前，颤抖着打开手铐，然后慢慢蹲下身子，准备去开脚镣。我拦住他，抢过钥匙自己开了锁。

"我知道他不会善罢甘休！好啊，这样也痛快！折磨我，总比折磨我关心的人要好。"

关鹏哑着嗓子道："成哥，那天他在牢房里被你吓得尿了裤子，我很快就让这事传遍了新大陆，阿铭脸丢大了，对你……对我们的怨恨，就更深了一层！都怪我，怪我！"

"你不用自责，我和他早晚会有这一天。"

"他已经疯了，由于白部长将你特殊关照起来，他一直没机会报复！可不知今天怎么的，他竟然逾越了白部长，擅自闯入教育厅，打死了好多职工和学生，就连达·芬奇……"

我惊道："芬奇老师怎样？"

"很危险，一个女学生替他挡了子弹！"牢房寂静，半晌，关鹏补充道，"就是那个爱慕达·芬奇，天天趴在窗口看他画画的姑娘。"

我心中感叹命运的不公，更是完全不敢相信，我和阿铭的仇恨，竟然会引得他如此疯狂的报复！

　　尔雅，蒙娜丽莎……那女孩子可爱的脸庞浮在我的心中，甚至我都能想象到，她死在达·芬奇怀里的样子。

　　她一定微笑着吧。

　　为救至爱而死，这世上还有什么比这更荣耀、更幸福的事？

　　却听关鹏道："最后，这群疯狗只抓了孔丘和爱因斯坦，还让我亲自来提你！"关鹏解开了脚镣，"成哥，我预感他不会轻易了结你们的恩怨，所以你赶紧跑吧。如今正值新大陆动乱，短期内没人会注意到你失踪，阿铭也找不到你……对了，你去找朴信武，听说这次动乱就是他挑起来的，目前他率领的叛军和政府军旗鼓相当！"

　　"没用的，阿铭比你更了解我，他抓了孔丘和老爱，便拿定了我不会自己逃命。"

　　"成哥，都什么时候了，那两个老家伙不过是人造人，你为他们犯险，值得吗？"

　　值得吗？为什么会有这种问题？在做事之前，为什么总有人去衡量值得不值得的问题？

　　"他们需要我！"

　　关鹏丧气道："可你现在过去，无外乎是送死——他或许不会杀你，但肯定会让你比死还难看！成哥，要不，你就给阿铭道个歉？让他有个面子，他心情一好，没准能网开一面……"

　　"认尿如果有用，你也就不会想报复他了！"

　　"有用！"关鹏道，"我刚来时，也是个刺儿头，最后还不是认尿了？您不知道，在那之前，我连尿都喝过，连他们的粪都吃过，甚至还……唉……不提了，跟我们这些新兵受过的侮辱相比，你们这些当官的，可算是占了大便宜！"

　　我盯着关鹏，头一次在他脸上看到了作呕的表情："他们还对你做什么了？"

　　关鹏局促地晃了晃身子，像是要呕吐一样闭紧了嘴巴，紧紧皱着眉头，仿佛不愿意去回忆过去，调整了半晌，才说："太恶心……别问了……"

"到底怎么了？"

"他们不把我当男人！"

"他们不把你当男人，你也不把自己当男人？"

关鹏默然地低下头，右手压在颤抖的右腿上。"成哥……我……我试过，可最后我发现，我无能为力！"他眼圈红了，"在你没来之前，整个新大陆所有军人，没一个人正眼看我，他们都看不起我，管我叫小绵羊、小母狗……后来是成哥给了我尊严，让我腰板硬起来……可我们，最后还是敌不过阿铭，我又软了……"

我眼前忽然闪现出酋长那张长相怪异的脸："人可弃我，但我们不可自弃！"

"成哥！我们只有两个人，他们……很多人！"

"你走吧！"我拍了拍他的肩膀，"我自己去。"

"不！"他忽然抓住我的胳膊，"成哥，你别看不起我。"

"就是把你当兄弟，才让你离远点，别跟我冒险！"

"成哥，求你别赶我走，哪怕是死，让我和你一起战斗！"

2

新大陆迎来了真正意义上的黑夜，中层空间大部分的光源都已经熄灭，只有一团光芒附在石壁上，像是深秋树干上最后一只萤火虫。

轰鸣的噪声自下而上传来，关鹏驾着一辆被子弹击穿挡风玻璃的车子，沿着石壁，向巴贝卓乐土飞驰，新大陆内部空气骤然变潮，车子每前进二十秒，就得擦一遍水雾。

"本来白继臣已经掌握了战争主动权……"

"你说什么？"

关鹏一路上都在不厌其烦地给我分享他从阿铭口中获得的情报，只是车窗外噪声太大，不认真的话很难听清他讲了什么。

"我说……"他一边开车，一边将脑袋探到我的耳畔，"白继臣昨天就把朴信武的主力包围，但不知到底发生了什么，今天忽然宣布撤兵，给了朴信武重整旗鼓的机会。"

"朴信武的囚徒军队怎么能和白继臣的正规军抗衡？"

"他在政府军里安插了太多眼线，所有军事行动都了解得清清楚楚，战争开始那天，白继臣的军事行动连连失败，最后杀了一百多名军官才止住失利。然而，这也导致有五个连的队伍，临阵倒戈进入朴信武的阵营！"

"难道朴信武已经掌控了局面？"

"即便没有控制局面，至少也和白继臣进入对峙阶段，未来谁胜谁负，很难说。"

"可是为什么现在全休战了？"

"因为……"关鹏忽然打了个寒战，"我听说……"

"发生了什么？"

"有神秘的第三方势力加入。而那个势力声称，如果再不停战，他们将……掀掉……"后面又没听清。

"将什么？"

"将掀掉新大陆的盖子！"

这时候，车子经过了一道急转弯，大灯一晃，前方出现一道白色的帘幕。

"那是……"

帘幕从天而降，始于青冥，归于幽冥。

关鹏猛地一踩刹车，我打开车门，跳下座位，一股强烈的潮湿气流呼啸而过，我身上的衣服顷刻便湿透了。

关鹏走下车来，他向我说着什么，可在这狂风和冷水的咆哮之下已经听不清楚。

瀑布。

新大陆的中层空间，陡然多了一道从天而降的瀑布。

他们……

将掀掉……

新大陆的盖子……

我仰头望去，暴雨般密集的水滴向我砸来。

又疼又涩，又咸又苦，是海水。

是从天上而降的海水。

新大陆的天空本是一顶支撑巨大水压的圆形穹顶。

而如今，海水飞流直下，只有一种可能——

天漏了。

巴贝卓乐土依峭壁而建，而焦土酒吧却在大路一旁，前面还有一片不大不小的广场。我们将车子停在焦土酒吧门前，尽管新大陆中层空间的军用公路被炸出一个大坑，其他地方也被一团团吉凶未卜的黑暗笼罩，可巴贝卓乐土的一条街上依然霓虹闪烁，穿着军装的大兵或端着啤酒，或拥着穿着暴露的女人，伴随着狂躁的音乐推搡着，搂抱着，拥吻着，完全不受战争影响。

甚至都没人在乎那从天而降的白帘。

这只是表象罢了，我从他们一些人的笑脸上看到了泪痕。再往人群中走，才发现已经有不少人选择在街上自杀。甚至一个大兵就在我们面前饮弹身亡，只是拥挤的人群挡住了他将枪口塞进嘴里的瞬间，他右手握着枪，左手还端着半杯啤酒。

在他死之前，没有人注意到他。可他自杀之后，人群便围拢而来，围着他的尸体发出一阵阵欢呼，男男女女在尸体与尸体的缝隙间舞动着，还有的人性欲勃发，索性将酒杯摔碎在地，直接扒光了慧人妓女的衣裳，拖到路边便开始宣泄欲望。

此时我知道了，他们不是不在乎，而是知道即便在乎也无法摆脱已经注定的结局。

大海之下的新大陆，用不了多久，就会被海水吞噬。

在关鹏的引领下，我们挤进了焦土酒吧，酒吧内一桌桌的军官和士兵正在拼酒和互相殴打，还有的在角落里和妓女做爱，关鹏在忽明忽暗的灯光下寻找着阿铭。

"在那儿！"

关鹏指向的，是位于酒吧大堂中心的一个六人桌，阿铭正被两名妓女簇拥着，坐在靠近吧台的方向，与对面的三个大兵喝着啤酒，玩着纸牌游戏。

关鹏指向他的时候，阿铭也看见了我。他将桌上的纸牌扫到地上，向对面的三人一仰头，那三人就离开了，中间的一人，是个站起来足有一米九的强壮黑人，他一见关鹏便凑了过来，绕到他耳边不知说了句什么，右手还在关鹏臀部抓了一把。

我瞪了那人一眼，他则一脸坏笑地与另外几名大兵又绕到了阿铭的背后。

我坐在阿铭的对面，他旁边的妓女为他点了支烟，他则一脸不屑地斜着眼等着我说话。

"人呢？"

"哟？什么？丢人啦？哈哈哈哈……"阿铭仰头朝着身后的人笑道，"咱们保障厅的程厅长丢人啦！你们看见没？看见的话，帮他找找。"酒吧内一片哄笑。

我冷眼看着他："适可而止。"

"嘀！"阿铭猛嘬了两口烟，大声说道，"大家静静啊！程成将军让咱们适可而止，你们听见没，咱若不听话，我看马上就要扔核弹炸来咯！"

场内又是一片哄笑，周围桌子的士兵也都面带嘲笑地朝我们这桌围了过来。关鹏拉了拉我的袖子提醒我，我察觉到他的胳膊颤抖着："成哥，我们……"

我按住关鹏的胳膊，眼睛瞪视着阿铭："人呢？"

阿铭冷笑着拍了拍桌子，身后四个人转身进入了酒吧的一间包房，过了一会儿，就拉着两个被绑住双手的人来到了大堂，正是孔丘和爱因斯坦。

孔丘见到我，脸上大喜："哎呀，程老师，你身上带钱没有？你说我在这酒吧坐了半日，竟然没沾到一滴酒，大概是我没有一文钱的缘故。你若有钱，请我来喝一杯如何？"

爱因斯坦则撇着嘴看着孔丘，然后朝我耸了耸肩："无所谓咯，反正我早死了，你看着办，可别跟法西斯同流。"

孔丘道："是啊是啊。程老师啊，我徒孙孟轲有一句话说得颇妙，生，我所欲也，义，亦我所欲也，二者不可得兼，舍生而取义者也。我和老爱的脑细胞样本只要还在周茂才手上，纵然再死几次，也不怕，但你可千万别屈服于这群不仁不义之徒。"

阿铭喝了一口啤酒："两个老家伙，既然不怕死，那就直接毙了。"

"慢着！"我喝止道，"阿铭，我警告你，事情不要做得太过分。"

"怎么，给老子上课？"

我重重一拍桌子，酒吧里安静下来："你到底想怎样才能放人？"

阿铭将一杯啤酒一口气干掉，把杯子摔在地上，之后左手搂着身旁的妓女，右臂压在桌子上，食指和中指敲击着桌子，眼神在我和关鹏之间游移。最后，脸上的坏笑越来越明显，最终把视线停了关鹏脸上。

"那就陪爷们儿乐呵乐呵，小浪蹄子，你不是玩过吗？要不要教教你成哥？"

关鹏卑躬屈膝："阿铭哥，让我替成哥吧！"

"你他妈以为你是谁啊？老子对他的恨，你就是给我喝一万年尿汤，也不解气！"阿铭的视线转到我的脸上，"程成，你他妈不是趺么？老子今天就让你彻底成为一个笑话，反正谁也活不成，老子就让你带着生生世世无法泯灭的屈辱陪着爷们儿一起下地狱！"

我依然冷眼瞪着他："那你说说看。"

"哈哈哈哈！"他狞笑着，向周围的士兵们喊道，"弟兄们，若是有新兵不懂规矩，该当如何？"

士兵们彼此对视着，脸上露出狰狞的惊喜。

"阿铭哥！这也行？"

阿铭一拍桌子："行！我说行，就行！"

身后的黑人给阿铭递来一支雪茄。"阿铭哥，不要忘了我哦。"

"黑鬼，你打先锋！哈哈哈哈。"

酒吧中所有男人一阵狂笑，反倒是孔丘一脸好奇，向爱因斯坦询问，爱因斯坦摇了摇头："非礼勿听。"

孔丘嘿了一声："你这脑袋记性真不是一般的强，什么话一说就能记住。"

关鹏身体猛地一阵颤抖，向阿铭哀求道："阿铭哥，成哥是我们的上级，您不能这样……"

"上级？那岂不更刺激！"阿铭吼道。

酒吧里男人们回应着："刺激！"

"程成算个屁，就算是白继臣来了，爷们儿照玩不误！"

"牛逼！"

阿铭一拍桌子，从座位上站了起来，他晃了晃，把雪茄插进酒杯里："弟兄们，今天，战斗英雄程成，曾经的保障厅厅长程成，那群囚徒心中的英雄程成，还他妈的救世主……我呸！今天，就要在焦土酒吧，献出他宝贵的第一次。谁想上，来我这报名，一次五十，账都他妈的记在我阿铭头上，老子让你们爽完，我给他钱……"

爱因斯坦又喃喃一句："是可忍，孰不可忍。"

关鹏哆嗦着小声道："成哥，你快跑吧……"

阿铭却催促道："程成，你难道还要等老子亲自动手脱你底裤？"他转身来到孔丘身旁，从后腰拔出一把手枪，抵在孔丘脑袋一侧，"脱啊！"

酒吧里其他人一起起哄，拍着桌子跺着脚，整齐划一地喊道："脱！脱！脱！脱！脱……"

身后的黑人凑了上来，用手枪抵着我的后脑勺："程成将军，让我来帮你如何？"

"别介，大黑！你若帮忙，焉能体现出程成将军为朋友两肋插刀的诚意呢？"

"阿铭哥，这可不是插刀啊，哈哈哈！"

又是一阵哄笑。

伴随着笑声，身后的黑人手枪的枪口沿着我的脊椎逐渐向下，最终停下："阿铭哥，我可等不及了！"

手枪又向下移动！

人群中发出一阵阵呜吼的声响，爱因斯坦已经闭上眼睛。

电光石火之间，我反手握住那黑人持枪的右手，挥拳击在他的太阳穴，瞬间夺枪在手，顺势将关鹏往地上一推。

阿铭笑声未歇，眉心便多了一点胭脂红。

枪声极小。一开始并没有引起人们的慌乱，直到子弹打入阿铭头颅五秒之后，他的身体软绵绵地向后栽倒，他旁边的两名妓女才开始尖叫。酒吧里大约二十名士兵听到妓女的叫声，才明白怎么回事，赶忙各自拔枪。我迅速射杀了对面和身后包括高大黑人在内的三名士兵，然后迅速越过餐桌，踩着黑人的尸体翻身进入吧台之内，而爱因斯坦一拉孔丘，也迅速伏倒在地。

子弹朝着我隐藏的吧台方向射来，我伺机还击，又放倒了酒吧角落里的两人。外面的人呼喝着想要包围吧台，酒吧里枪声变得越来越稀疏，我没有还击，他们也陷入短暂的安静。

"包围！"一人吼道，"先扔个手雷进去！"

我登时提高了注意力，迅速探头，射中了一名士兵的左腿。

"愣着干什么，手雷扔啊！"

"快扔！他妈的，我就不相信咱们二十条枪，还干不死他！"

忽听吧台一侧的门口里一阵枪响，子弹射向灯箱，酒吧内所有灯逐渐熄灭，一盏接着一盏，室内随之陷入黑暗，然后才传来灯箱玻璃哗啦啦落地的声音。

"1点钟方向！又有敌……"话还没说完，这人已经被射杀了。

一阵耀眼的蓝光从我的头顶上空闪过，只是一瞬，像是有人从我所在的吧台上空翻过。

蓝光掩在吧台的一侧，随着一声清脆的皮鞋跟着地，枪声再次响起，随后声音移动到大概是孔丘和爱因斯坦刚才站立的位置，我仔细倾听，却是两支枪在有节奏地交替射击，每一声枪响都伴随着屋内的士兵一声声的闷哼。

对面的枪声从稠密到稀疏，直到再也没人还击。

我不知道帮我的两个人是谁，但他们能在黑夜之中向敌人反击以少胜多，弹无虚发地迅速消灭了十倍于他们的敌人，这枪法确实令人佩服。

忽听孔丘的声音道："老爱，你没事吧？我屁股上中了一枪。"

爱因斯坦答道："你又没有神经系统，中枪就中枪呗，倒是我烟斗不见了，刚摔倒的时候从上衣兜掉了出来，你快帮我找找。"

三声高跟鞋与地板嗒嗒声之后，一个清脆女声答道："是这个吗？"

爱因斯坦道："没错，谢谢你啊小姑娘。"

她的声音令我心潮澎湃，我从吧台之后站起身来，望向了吧台之外一团模糊的白色，她穿着白色短裙，腰间还系着一条金色腰带。

那团白色倏地转身，脑袋微微歪着看向我，两条洁白的手臂把两把手枪熟练地转了两圈，彼此交叉着插入细腰两侧的枪夹。她一步步地朝我走来，到吧台之外的椅子上坐下，右手端起吧台上仅存的尚有半杯的血腥玛丽，朝我一举。

"程复，又见面了。"

3

她放下酒杯，透明的杯壁上，留着她的红色唇印。我不可思议地摇着头，不敢相信眼前的一切都是真的，血液沸腾着直击心房。

"樱子？是你？"

黑暗之中，樱子浅笑道："自然是我。"

"你的脸怎么……"

樱子左眼周围的"皮肤"裂开，金属骨骼裸露在外，一团蓝色的圆光取代了眼睛，光芒中有一圈圈间断闪烁的符号，包裹着中间像是一个中国太极标志的"准星"。

"在硅城的一点小改变，一个人为我添加了战斗功能，它能帮助我迅速锁定掩体后敌人的位置，并进行穿透性射击。"她说话间，左眼的光芒逐渐消失，两三秒间皮肤便再生出来，恢复了之前的眼睛。

我内心的惊喜远大于她这功能带给我的震惊："你竟然还活着……天呐，我到底在说什么……你怎会在这里？也被流放了？"

樱子像是开玩笑似的说了一句："你在哪里，我便在哪里。"

"那你为什么不来找我？"说完这句，我也觉得有点不对，我和樱子失散之后，就被秦铁抓走了，樱子纵然想找我，也不能硬闯。

"我每天都去找你。"

樱子的话令我一头雾水，这时候孔丘晃晃悠悠靠了过来，盯着樱子的白色短裙道："原来是一家人。小姑娘啊，这是要干嘛？小小年纪，裙子未免也太短了！"

"我是陪酒女郎。"

"哦？巾帼竟也有如此雅兴，老夫与你共饮一杯。"孔丘显然不懂陪酒女郎的意思，他拎起吧台上的酒瓶，往玻璃杯里倒了满满一杯红酒，"葡萄美酒夜光杯，我活着那时候还没有，后人真是有福！姑娘年纪不大，枪法可谓出神入化，老夫先干为敬，多谢救我们于危难之中。"

孔丘喉咙蠕动，咚咚咚将高脚杯中的葡萄酒喝了个干净，然后向樱子一揖。樱子举杯，红唇在葡萄酒上微微一抿。

孔丘佯装不悦："才喝一口，不厚道嘛。"

爱因斯坦走了过来："中国人劝酒的陋习，就是你传下来的！注意形象，可别忘了你是一代宗师。"

"就许你州官在学生面前抽烟，不许我这小老百姓在姑娘面前饮酒？"

"我是说你一个大宗师跟小姑娘计较什么。再说了，葡萄酒哪有你这种喝法？你这么喝，有失身份。"爱因斯坦往烟斗里蓄了一缕烟丝，我递给他一个打火机。

"我想怎么喝就怎么喝，要你这西戎教我？"

樱子道："西方葡萄酒的喝法与中国不同，酒倒入杯子只需要三分之一即可，喝酒的时候，以舌尖轻抿一小口，含在口中，让红酒在口中与舌头和口腔接触，让舌头上的味蕾充分感受一下红酒的味道，再小口咽下去。"

爱因斯坦的烟斗忽明忽暗，黑暗中传来嘿嘿两声。

他们斗嘴的时候，我去地上众人中找到了关鹏，他身上无伤，只是被刚才的阵仗吓得晕了过去。

孔丘颔首向樱子一揖，然后向爱因斯坦道："三人行必有我师，你们搞物理的又怎能理解华夏民族的心胸？"

爱因斯坦耸耸肩，转头向樱子道："你管程成叫程复？"

樱子道："这才是他真正的名字。"

他意味深长地点了点头。

樱子又向我道："浩劫将至，只有你才能终止这一切。"

"你……说什么？"

"我看见了，滔天洪水来临之际，是你驾驶方舟，带领这里的人逃离险地。"

我不明所以："你……看见了？"

"看见了。"

樱子没有详细解释，我一头雾水，也不知道她言语中的深意。这时候，忽听发动机的声响碾过酒吧门口，透过酒吧玻璃，两队士兵正从一辆装甲车上跳下来，排成两列，枪口一致对着酒吧。"

关鹏悠悠地从地上爬了起来："成哥，这下完了，我们被包围了。"

樱子道："若凭这几个人，还是拦不住我们的，不过后面的电磁脉冲炮着实有些难对付。"她话音刚落，外面一个黑人上尉就朝着里面喊话，对方已经知道了我的名字，声称若不投降，他们即将发动全面进攻。

关鹏伏在窗口的一边，向外望了望："酒吧三面被围，后面是石壁，也是逃不掉的，这是国防部常驻巴贝卓乐土附近的快速反应部队，是新大陆最为优秀的一支部队。"

"小姑娘，你打算怎么办？"爱因斯坦问道。

樱子道："我听程复的，你问他。"

我摇了摇头："对阿铭动杀心的时候，我就已经想好了结果——我自己投降认罪，事由我起，与关鹏无关，更与孔丘和爱因斯坦无关，只要找到老周，我认为白继臣不会惩罚你们……但我实在没想到，樱子竟然在这里。"

孔丘道："你们这群现代人，做事情总是如此冲动，缺乏谋略。"

爱因斯坦道："难不成你还懂谋略？"

"这你就孤陋寡闻了吧，世人只知我孔丘的文治，却鲜有知我武功者。"

"你好赖也是儒学之祖，注意形象啊。君子耻其言而过其行，这可是你说的原话。"爱因斯坦扫了一眼樱子和我，"在你们中国人面前，可别为老不尊。"

孔丘清了清嗓子："你们这些西戎之后，简直是目无华夏，我生活的春秋时代，诸侯征伐之战虽不如二战庞大，却比近现代的战争更为讲究。其中产生的军事思想，一直沿用到当今之世——你和孙武平时多聊聊天，自然就会收起你们物理学家的傲慢了。对了，孙武根据当今的战争又写了新兵法十三篇，你以后可以看看。"

爱因斯坦撇了撇嘴："我看你是言过其实，不如讲点实际的，面对现在这样一个复杂的公式，你如何用春秋之时的军事知识求解？"

樱子仿佛听得颇有兴致："程复若听你的，我也听你的。"

孔丘微微一笑："所谓置之死地而后生。"言罢，抿了一小口红酒，体验樱子教他的品酒方法，然后摇头晃脑地沉醉其中。

爱因斯坦一口烟在嘴里含了十几秒，就等着孔丘说出下文："没了？"

"没了。"

爱因斯坦咳出一大口烟："我呸，你这算什么谋略。"

孔丘胸有成竹地点了点头："天之未丧斯文也，匡人其如予何！"

"大言不惭！"

"谋事在人，成事在天。"

"这和赌博有什么区别？"爱因斯坦摇了摇头，向着樱子道，"别听他胡说了，还是赶紧想办法，别耽误你们一辈子。"

孔丘故弄玄虚地向我道："不可与言而与之言，失言。"

爱因斯坦道："都这时候了，你竟然还信天命？"

孔丘道："时然后言。"

爱因斯坦无奈地喷出一大口烟。

樱子听得一头雾水，看向我："他在说什么？"

"大概就是说，他相信老天会让我们化险为夷。"

孔丘道："程成，你不是有一支奇兵吗？"

"我都山穷水尽了！就有一个关鹏还跟着我，算什么奇？"

"我听老周说，你和慧人之间有着某种微妙的联系。"

樱子忽接道："然后呢？你的指令下达得非常模糊。如果有了慧人奇兵，你将如何拯救程复？"

孔丘把高脚杯在两根手指中摩挲："知之为知之，不知为不知。"

"所以……"樱子追问。

"他不知道！"爱因斯坦抢道，"如果慧人真的出手，最好的方法，无非炸掉一个关键所在，制造更大的麻烦，以调虎离山之计吸引他们的兵力，让他们无暇顾及我们方为上策。不过，我只是担心他们此时贸然行动，会过度暴露。"

樱子摇头："炸哪里？"

孔丘道："小姑娘敏而好学，上下求索，可以谓之文也。不过老爱刚才只是举例。"

"你们智人老头子真是啰唆！"樱子向我道，"程复，你说炸哪里可以调走部队？"

我还未回答，爱因斯坦却道："军需库。"

樱子转头问我："你确认吗？"

我点了点头："军需库是军队最重要的所在，也是头顶上的一柄悬剑。一旦军需库遭到破坏，就有可能造成山体爆炸脱落，将巴贝卓乐土砸在五行山下。"

孔丘道："你真够狠，你老小子诺贝尔、奥斯卡、格莱美奖的拿够了，风风光光，这几个年轻娃娃还没享受过美好人生嘞！"

樱子催促道："是否确认指令？"

我看着樱子，樱子的眼睛平静而笃定，樱子就是慧人，这是爱因斯坦和孔丘不知道的。那么樱子向我寻求确认指令，难道因为她……

"是否确认指令？"

"那……确认。"

酒吧里陷入了片刻的安静，我看着樱子，樱子看着爱因斯坦，爱因斯坦看着面前升腾的白烟，孔丘正一边喝着酒，一边挥手荡开香烟，喃喃道："战士双脚走天下，四渡赤水出奇兵……"

"军队有动静了，看来要进攻！"关鹏忽道。

孔丘闭上眼睛，继续念叨："贼众我寡，必出奇兵，方可取胜……"

话音刚落，却听到一声巨大的响声从斜上方传来，门前包围的军队全都望向了爆炸的位置。孔丘一拍桌子，大喜道："老爱，奇兵来了！"

关鹏道："是军需库的位置发生了爆炸。"

爱因斯坦和我都看着樱子，樱子淡淡说道："完成爆破。"

"是你做的？"

"你如何做到的？"

樱子道："只是把你的指令转发给隐藏在军需库山坡上的慧人罢了。"

孔丘惊喜道："什么情况？你就是我的奇兵！怎的不早说？"

爱因斯坦道："跟你有什么关系！"

我更迷惑："这又是怎么回事？樱子，你怎么能在此地指挥其他慧人？"抬眼一看，外面的军队乱作一团，两个指挥官正通过电话和什么人急切地沟通着。

樱子答道："在来新大陆之前，我曾和几位智人僧侣有过多次深入交流，他们让我明白，无论智人还是慧人，体内都有一个关于权限的机制，智人的权限机制是基于经验、道德、学识而塑造的人格原则，而慧人的权限机制是基于二进制的数据安全程序。只要找到适当的方法，人类的原则可以改变，慧人的权限也可以改变，有一个人本想帮我修改最高权限，给我自由……"樱子抬眼看着我，"但我没有同意……不过他们的话却启发了我，如果慧人权限可以修改，那么我是否可以修改其他慧人的权限，并掌握他们的最高权限？"

爱因斯坦将烟斗放在桌上轻轻敲了敲："妙啊！所以你修改了这里其他慧人的权限？"

樱子点了点头："那个人教我修改权限的方法，我试过之后，发现自己能够轻易掌握I型慧人的权限，但是针对M型慧人，我不能完全掌控。"

"I型？M型？"

"我就是I型慧人，因为我们本身没有记忆；M型慧人，则是拥有智人记忆的慧人，他们看起来更像一个人类。我一直想购买记忆成为M型慧人，但是程复却不建议我这么做。"

"可这里如此多的慧人，而你不可能一个个地去修改啊？"

"让一个智人改变自身的原则底线，只要有一次沟通就可以了，要么是当面谈话，要么是上一次课，要么是足够的利益诱惑。我们慧人也是同样的，只要能够形成沟通，我就能轻易掌控他们的行为……"

"沟通？入侵系统？病毒？"

樱子朝着爱因斯坦点了点头："其原理的确类似于一个木马程序，如果是在硅城，我这种行为肯定会被'琴纳盾'发现，会遭到联合政府的惩处。可在海底大陆，完全就是一个独立于外界的局域网，我用这里的军用通信设备制造了一个又一个信号基站，打通了空间的联络，实现了和这里所有慧人同时沟通的能力。"

孔丘把杯座在吧台上敲得叮叮响："妙啊！"

爱因斯坦道："你懂吗？文科生凑什么热闹。"

"这有什么不懂，我的儒家学派，不就是这么回事？我修改了三千弟子的权限，然后他们又修改了他们弟子的权限，渐渐的这种权限扩展到华夏民族。"

我向樱子道："所以，你现在可以控制其他慧人？"

樱子点了点头，又摇了摇头。

"系统不稳定？"

"不是！"樱子微微皱眉，"只是用控制这个字眼不是很准确，我和他们的关系，不能称之为控制、掌控……"

"那又是怎么回事？"

"我是初，我是终，我，就是他们，"樱子脸色平静，"打破每个I型慧人的权限，我们彼此分享了自己的经验和经历，我们除了形体不同，其他已经完全共通。就像我之所以能够在这里陪酒，其实是调用了另一个陪酒女郎慧人的经验，程复你知道，我的本职工作可不是做这行……"

爱因斯坦和孔丘共同道了一声："妙啊！"

窗外的两队士兵没有攻打进来，反而是在我们聊天的工夫，调走了一半的兵力，不过留下的人也有四十名左右，人群之后还有重型武器，如果开火，可能几炮之后焦土酒吧就真的成为焦土，我们依然不占优势。外面的人显然也没了耐心，他们将一个倒数五分钟的牌子立在外面，说五分钟之内若不投降，则立刻开火。

我们这五个人中，只有关鹏的求生欲望最强。另外的三人，两个老家伙早就死了，一个樱子根本没有生死的概念，三个人交流得不亦乐乎。

"樱子，你是否可以让其他慧人组成一支部队，分成两批，各自从后面包抄外面人的两翼？"

樱子摇了摇头："慧人被分散于新大陆各地，等他们集中，时间上不允许。不过，在巴贝卓乐土，还有十三名陪酒女郎和妓女，她们可以帮忙。"

我摇了摇头："实力悬殊，只能是白白牺牲。"

樱子浅浅一笑："我已经分析过了，其实我们完全占优势，你们看好戏吧。"说罢，她走进吧台之内，拧开音响开关，节奏感极强的音乐震得吧台上的玻璃碴子也跳起舞来，樱子又打开了红酒和香槟，取出冰块，开始熟练地调制鸡尾酒，让我们全都坐在吧台上看戏。

等樱子为我们调好鸡尾酒，倒计时只有不到两分钟了，这时候街上却有三名穿着暴露的妓女忽然出现，一名金发，两名棕发，她们三人就像是T台走秀一样，伴随着酒吧音乐的节奏，大大方方地走向了军队，士兵们的注意力很快就被她们吸引了过去。

"离远点！"黑人指挥官显然意识到了问题，"这里危险！"

三名妓女咯咯轻笑，每人的容貌都是天姿国色，这一笑就把士兵迷惑得五迷三道，就连黑人指挥官也咽了咽口水。三人中的金发女郎走到了指挥官面前，妖媚一笑，朝着黑人的胸脯贴了上去。

"你难道不动心吗？"女人的身体黏着黑人，像是一条蛇蠕动着。

"离我远点。"

"这么久了，还没人讨厌过我呢！你这么说话，我可不高兴了。"

女人的手在黑人的胸膛和小腹上下游走，黑人深吸了几口气让自己冷静下来："我……再跟你说一遍……离我……远点……"

士兵们一阵哄笑，另外两名妓女也走进了士兵群中，如两只蝴蝶，在一个个血气方刚的年轻人中摘花拂柳，年轻士兵们哪里还有心思执行任务？

金发女郎的右手按在黑人左侧的胸膛上："你的心跳得很快嘛，你明明想和我做，为什么要掩饰自己的欲望，既然你的心已经属于我了，何不与我同去……"

黑人指挥官忽然一把将面前的金发女郎推开，拿枪指着女郎的头颅吼道："滚开，再靠近一步，格杀勿论！"

金发女郎被吓得蹲在了地上。黑人拍了拍衣服，仿佛这样可以帮他驱散脂粉之气，恢复冷静，他瞪了女郎一眼，见她没有举动，于是转头向士兵们下达命令："把这两个女人轰出去，谁若分心，军法处置！"

军人们见指挥官以身作则，一双双手只能从两个棕发女郎的身体上抽回来。黑人指挥官哼了一声，侧目看到倒计时已经结束，便下令道："既然里面的人不投降，准备……"

黑人指挥官话还没说完便愣住了，金发女郎不知何时已经从身后贴上了他，伸出舌头挑逗着指挥官的耳朵。

"我说过，你的心已经属于我了……"

指挥官眼睛一直，谁都没看清发生了什么，却见他左侧胸口的衣服已经撑起来一块拳头大小的"帐篷"，帐篷还在规律地跳动，然后迅速被血液染红。

"你……"黑人不可思议地转头看着身后的金发妓女，"杀……"

士兵们还没反应过来，里面就有三四人被身边的棕发女郎杀死。金发女郎将左手从指挥官身后抽出，于平地跃起翻身进了人群，一只殷红的手臂迅速拧断了一名士兵的脖子。人群中枪声四起，士兵们一边朝着身后的装甲车逃跑一边射杀着妓女，很快就把三人的身体打成了筛子，她们体内的电线和机器元件暴露出来。

爱因斯坦看着樱子："慧人？你们都是慧人？慧人原来是机器人？难怪能……我还以为你们是另一种新新人类。"

樱子道："我们是慧人，不是机器人。"

孔丘埋汰道："早就让老爱过来长长见识，可他偏不来。"

爱因斯坦道："来了又能怎样，我们的身体……"

孔丘道："你还想怎样？学习而已，你脑子里想什么呢！"

三个被打烂的慧人仿佛没有受到子弹的影响，她们四肢伏地，移动速度反而更快，追上一人便杀一人，四十余名士兵很快就被杀掉了一半。一名棕发女郎见很多人逃进了装甲车，她也纵身一跳，进入了装甲车，紧接着就是一声爆炸，装甲车就被炸烂了。

我还在等待那女人是否能爬出来的时候，其他的两名妓女同时扑进了两团士兵之中，又是两声爆炸，慧人妓女的身体四分五裂，同时也把周围的士兵炸死一片。

"自毁？"我看着樱子，"她们自毁了？"

孔丘长出一口气："真烈士也！"

樱子却笑道："自毁和烈士都是你们智人的说法，她们三个只是舍弃了身体罢了，但她们的数据却保存在我这里，如果需要的时候，再给她们找身体，让她们'复活'……嗯，说'复活'也不恰当，你们智人单行线一样的语言总是不够我去描述我真正想表达的内容，真希望你们能理解这种'感受'。"

爱因斯坦从嘴上摘下烟斗，刚要说话，却被孔丘抢了个先："我懂。"

"你怎么可能懂？"爱因斯坦笑道，"自从我嘲笑你们文科生之后，你最近总是跟我较劲，我跟你说，这样不好，你是一代宗师，儒学之祖，华夏民族的大圣人，至于跟我一个小小的诺贝尔奖得主置气？"

孔丘一本正经地缓缓说道："我是真懂，这叫附体！"

"子不语怪力乱神。"

孔丘无奈地一叹："老爱啊，你又提我的千古奇冤，我那帮徒子徒孙，真是脑壳秀逗嘞！尽信书不如无书，早知道他们要整理我的话出一本《论语》，那我说话肯定就很谨慎了。'子不语怪力乱神'这句话翻译过来，就是子不语数学物理化学生物，我不语，并不是不让说，不让学生们去了解，而是我有自己的专业专攻，可我那群徒子徒孙呢？就认为我不让他们去了解这方面的知识，于是近现代很多人，都把中国的科技落后归罪于我孔丘……冤啊，我比窦娥还冤，冤得我想骂人！"

关鹏喊道："几位大师，你们别总是闲聊好吗？我们马上就要大难临头了。"

窗外，仅剩下的十名士兵从硝烟中爬起，他们中的几人迅速朝着电磁炮跑去，已经有人开始调试角度，眼看就要发射。

"逃！"我喊道，然而时间已经不多，樱子机警地翻身跃到酒吧门口，而孔丘和爱因斯坦慢悠悠地从座位上站起来，丝毫没感觉到情况的紧迫。

"哎呀，你们跑吧，我们的身体结构和你们不同，跑不动！"孔丘道，"只要老周还活着，我们就有可能再度重生。"

嗞……电磁炮三秒蓄能开始了。

"掩护！"

嗡！电磁炮发射。

关鹏扑倒了爱因斯坦和孔丘，而樱子则迅速将我按在地上，一股热气拂过我的脸颊。酒吧玻璃瞬间裂开，我只觉耳膜一阵尖鸣，胸口万分发闷，可数秒之后，竟然发现自己还活着。焦土酒吧也只是玻璃碎了，没有受到伤害。

原因很快就明白了，等我站起身来，却见酒吧和电磁炮之间，已经有十几个不同穿着的侍女、妓女、陪酒女慧人手足相连，组成了一个金字形的"掩体"，挡住了电磁脉冲的首次攻击。

金字塔顶一人，脑袋被震得歪向后方，竟是桥底壹号的千鹤姑娘，她的半张脸已经被烤得焦煳。我看不到她们前面受到了怎样的创伤，但是仅从身后看去，也能知道她们的皮肤已经荡然无存。

樱子道："她们扛不住两拨攻击，大家迅速撤离！"

爱因斯坦道："我和孔丘实在无法逃离，你们若非要带着我们，不如就把我们的脑袋拧下来，这样未来还好修一些。"

"不可以，我必须把你们完好地带出去！"

樱子道："程复，时间不多……"

嗞……嗡！

我和樱子被脉冲震倒，等我着地的时候，酒吧的玻璃窗里摔进来两名仅剩下金属骨架的慧人。脉冲完全破坏了她们的系统，她们摔进来之后，已经一动不动。

樱子爬到我的身旁，见我还活着："程复！为了你的使命，你必须做出取舍，否则我们将全军覆没。"

"樱子你先跑，他们捉不到你的。"

"不可以，拯救新大陆的人是你，不是我。"

"我只有投降，才能救孔丘和爱因斯坦……"我撑着身子爬起来，"这就是最佳选择！"

"程复，我要带你出去，我不能让我的最高权限持有者受到任何伤害。"

"樱子……"我摇摇晃晃地朝着门口走去，"你的最高权限我还给你，你现在拥有自己命运的掌控权，你自由了……"

"我不接受！"

"这是命令……"

又是嗡的一声，樱子迅速将我压倒在地，酒吧的前壁已经裂开，负责掩护爱因斯坦和孔丘的关鹏已经被震得撞到了对面墙壁，外面的慧人掩体已经被烧成了一堆暗红的废铁，酒吧正在直面电磁炮的冲击。

我想推开樱子，樱子却固执地将我压住："程复，我不能再看你去送死，我必须对你的安全负责！跟我走！"

嗞……

我用力去推樱子，可是樱子听到电磁炮蓄能的声音，又将我压在身下。我实在想不到她的力气竟然如此巨大，在这个慧人女孩面前，智人男性在力量上竟然没有任何优势。

"老爱，咱山高水长，后会有期，若能复活，咱还做朋友……"

"这时候就别贫了，拜拜了孔老头！脑子炸烂，咱这段时间的记忆就全没了，下次重新开始吧……"

时间一分一秒地流逝，或许过去了将近半分钟的时间，樱子才将压着的我放出来。

孔丘道："怎么回事？莫非停电了？"

两个人的脚步声从外面传来，皮靴在焦土酒吧外的石头地板上传来吧嗒吧嗒的清脆声响。他们靠近酒吧，脚步开始放缓，似乎还在提防着什么，但最终还是有一个人率先登上了木制台阶。

咯吱一声，来人身体的重量引得门口上方的碎木屑哗啦啦地直掉，樱子抽出手枪在手，面部蓝光一闪，左眼迅速变成她战时状态才会出现的太极准星，目不转睛地盯着被震歪了的摇摇欲坠的酒吧木门。

"两个人！"她冷静地说道，"是否射杀？"

我尚未回答，却听一声闷响，好像是金属物体戳入了木制台阶上的声音，紧接着，一双手握住了木板门的两端，微微用力，就将木门扯了下来。

樱子又道："检测到危险性武器，准备射击！"

"慢着……"

门口，是一个女人的剪影，外面的光照着她的后背，我只能看出她是个身高一米七左右的长发女人。她看见了地上的我，从身后拔起来一支钢铁长矛，长矛的尖端还染着血液，她对着旁边一个同样身材和发型的女人说了一句我听不懂的语言。

后面那女人便弯腰进了焦土酒吧，走到我的面前，操着蹩脚的中国话说道："程成，程复，跟走，我走。"

我惊呆了，微弱的光芒下，我看到了她长着和张颂玲一样的脸。

孔丘忽道："老爱，快看嘿，双胞胎姐妹花。"爱因斯坦丝毫不惊讶："激动什么？来者不善。"

第八章
空中返航

1

竟然是两名嗜血的Ai Killer!

我知道她们就是用来对抗Ai的，于是迅速将樱子拦在身后："你们怎么会在这里？"两个AIK又彼此聊了几句，刚才说话的那人道："不懂，母亲，找你。"

"找我？"

"母亲，姐姐，"那人将长矛一挥，"走！"

爱因斯坦道："如何，我没说错吧！程成惨了，才出龙穴，又落虎坑。"

孔丘道："还是母老虎坑。"

我将樱子向后推去，对着她们说道："带我走就行了，不许伤害其他人。"

那女人点头道："带你。"

樱子在我身后淡淡一笑，站起身来："不带我怎么行？"她的眼睛早已经恢复原状。

我对她道："你和孔丘、关鹏他们尽快离开这里，她们不是好惹的。"

樱子道："我知道，AIK，塔克拉玛干的Ai杀手——最后的通天塔之战，少不了她们的牺牲。"

我完全不知道樱子在说什么，只是催促道："那你还不快跑。"

樱子微微一笑，却向着两名AIK道："你们虽然迟到，却来得恰到好处。"

还没来得及听樱子解释，炮火就在焦土酒吧附近爆炸，一名AIK迅速翻身到酒吧之外，仅用了十几秒就开来了一辆反重力喷射车。我抱着关鹏，樱子和另一个AIK搭着孔丘和爱因斯坦，全都上车坐定。车子迅速起飞，身后的炮火也就追了过来，我和樱子以手枪还击，打掉了追击的十几个士兵，从更大的炮火圈中逃离。新大陆上层空间警报连鸣，迅速进入戒备状态。

我们的车子绕着白色的瀑布，每人身上都被浇得湿透。也正是借助了瀑布的干扰，下面的炮火才跟不上来，水珠飞溅严重影响了射击的准度。

AIK开着车子一直朝着金字塔飞去。

我警惕道："去那里干什么！"

"知不道。"

"不知道你去干什么？那里太危险，去底层空间！"

那AIK一脸茫然："听不懂。"

我反复向她解释说金字塔是海底大陆的军队总部，一定会有强大火力保护，可是我无论怎么表达，她们都是用一句"听不懂"回复我。车子最终还是驶入了金字塔防御系统的火力范围，但是出乎意料的是，我们竟然没有遭到任何形式的攻击。

车子在金字塔门口停住，站岗的哨兵走到车子之前敬礼，然后伸手向内一指："程成将军，总司令有情。"

白继臣是国防部长，总司令又是什么官？我既然成了阶下囚，为什么他们还对我如此恭敬？AIK又和他们有什么联系？怎么可以直接进入金字塔？

两名士兵引路，我们跟在身后，沿着我经常参加会议的路向金字塔顶部走去，我发现在金字塔内部巷道的墙壁上多了不少弹孔，而接近会议室的地方地上的血迹更让我确定，在不久之前，金字塔里发生了枪战。

两名士兵没有领我们去神殿，而是来到白继臣的国防部长办公室外，其中一名士兵向我们道："总司令只要求与程成将军见面，其他人请在此等候。"樱子执意要和我一起进去，被我劝下，我已经死里逃生了，既然AIK带我来此处，一定有深意在其中。

枣红色的木门被推开，我进入之后木门缓缓关闭。办公室呈半圆形，十分宽敞，从窗口向下望去，还能见到刚才追击我的军队此时正悬停在金字塔底座附近，呈现出待命的状态。

办公室里只有一个人，一个死人。

白继臣的尸体坐在厚重的办公桌之内，仰靠在椅子上，眼睛微微睁着，表情惊讶无比。他硕大的头颅架在红木椅上，血液染红了他后脑勺的头发，显然，致命的伤口在他的后脑。

这次真的死了。

"成哥。"

办公室左侧的秘书室前，张颂玲含泪站在门口，她比上次相别，已经清瘦了许多，身着一身松垮的迷彩装，脸色有些苍白。

她跑过来扎进我怀里，我抱着她的秀发，仿佛这一切就是梦境。

"我想你！"她的胳膊越来越紧。

我恨不得将她塞入我的胸膛："我以为再也见不到你了。"

情绪过后，我的眼前又被一团迷雾遮挡，也可以说是理智恢复，之前的问题又浮现出来。

她到底是谁？白继臣歪着头看着我们，眼睛里仿佛满是嘲讽，嘲讽我的无知，我的虚伪。

我忽然推开张颂玲，仔细地看着她："你……到底是谁？"

"我是颂玲啊。"

我摇了摇头："据我所知，张颂玲是一个起码五十岁的科学家，是AIK项目的总负责人。那么，你到底是谁？"

"成哥，我的记忆里，我的名字就是张颂玲，我也不知自己的真实姓名。"她的手在上衣兜中翻着什么，"直到我见到那段虚拟影像，我才知道，我不是那个张颂玲，我是张颂玲的女儿。"

"女儿？"

"从基因测序来看，我的确是张颂玲的女儿，"她从上衣兜中翻出来半张照片，递给我说道，"这张照片，想必你见过了。"

我接过这被撕扯掉的半张照片，正是我们曾在张颂玲办公室发现的那半张，上面是张颂玲。

"这是我的妈妈，张颂玲。"她说，"你可知被撕掉的半张照片是谁？"

我自然不知道。她又递过来另外半张照片，我看着上面的人，颤抖地接过来，将两张照片对在了一起，严丝合缝。

我惊呆了："怎么可能？"

这是一张程雪和张颂玲的合影。

"她……"

"没错，她是程雪，照片拍摄在AIK计划刚刚启动之时。"

"不可能……绝不可能是她本人！"我心念一闪，"她是克隆人？"

张颂玲摇了摇头："是她本人！"

她的眼神不容置疑，我浑身控制不住地发冷，这消息比我得知自己没有这个妹妹，还要震惊。

"那几乎是二十年前的照片了，她怎么还这么年轻……更何况，她就算是专业演员，也不可能把一个少女扮演得如此惟妙惟肖吧？"

"但她做到了！"张颂玲解开了最终答案，"据我调查，她是吉尔伽美什计划的永生人，AIK计划政府方面负责人，是我妈妈的朋友。"

我心中又一个疑问："据我了解，当日我们赶到你母亲的办公室时，照片就已经被撕掉了，可为什么，这半张却在你的手中？"

"萨德李！这照片是我在萨德李手中找到的！"

"怎么会是他？他进去之后没多久便消失了，这也是我不解之处，你又从哪里碰见的他？"

"我找到他的时候，他已经死了，死在了母亲办公室一侧的秘密通道内。"张颂玲微微叹息，"如果我没有猜错，他应该是被程雪杀死的。"

"何以见得？程雪为什么要杀死萨德李？"

"这我还要跟你确认几个问题，如果我的推测是准确的，那程雪肯定就是杀死他的凶手！"

"你有什么推测？"

"第一，程雪肯定抢先一步进入了妈妈的办公室，所以，她和你们在之前就分开了，是不是？"

我点头。

"你们进入办公室之后，肯定发现了这半张撕掉的照片，而此时，萨德李失踪了？"

我继续点头。

"你们找不到萨德李的踪影，程雪却平安无事地与你们会合，经过她的引导，你们最终发现了书架暗门的秘密，是不是？"

看着我第三次点头，张颂玲道："那没错了……在一个需要输入密码，极为隐蔽的秘密通道中，我找到了萨德李的尸体，和一具干尸，他们的死法一模一样，都是脖子被人扭断，手法都一样。"

"干尸？"

她从脖子上取下一条铂金挂坠项链。"直到我从干尸的脖子上发现了这个，我才知道干尸是谁……"她指向照片上的张颂玲。

张颂玲的脖子上，挂着一个相同的铂金挂坠。

"我的母亲，肯定就是被程雪害死的。"张颂玲泣道，"她为什么要杀死妈妈？为什么要害我成为一个孤儿？害我无依无靠，就连自己是谁都不知道……成哥，在这世界上，你是唯一关心我的人，也是我唯一惦记的人，如果连你也不相信我、不理我，那我就真的没有任何活下去的意义了……"

她忽然开始放声大哭，像是要把人生中所有的委屈和痛苦，全都倾泻而出。之后，她才将分别之后的经过，向我娓娓道来。

那天她被一个AIK掳走，才进入城堡就被打晕，醒来的时候是在一个骷髅头码成的座位之上，十几个和她模样相同的女人在座下朝她跪拜。张颂玲哭着闹着想要离开，可是她们却限制了她的自由，只是每天找来一些干肉给她吃。

"我开始害怕她们，可她们的模样却令我十分好奇，她们各自之间虽然充满了矛盾，可对我却异常恭敬，后来我才知道，她们是把我当成了母亲。"相处了几天，AIK们才同意张颂玲走出关闭她的房间，但是她们却一直与她形影不离。

"我见到了士兵的尸体，见到了另外一拨AIK，也见识到了她们进化出来的文明，甚至读懂了她们一部分文字，直到来到母亲曾经工作的地方，翻阅了大量的数据资料，才彻底明白她们是怎么回事。"

我说道："程雪……那个女人曾说，这些AIK身体的各项能力都比我们常人强七倍。"

"她说得没错……这正能看出她本来对这个项目的了解。"张颂玲微微凝眉，"但是恐怕连她都不知道，她当年撤离之时虽然破坏了一部分设备，但是依然有一些AIK孵化出来，并且一直活到了现在。"张颂玲解释，AIK们没有完成城堡里的自主教学计划，但是由于智商上有一定的优势，所以产生了另一种交流方式。

"她们的语言你能懂？"

"不是语言！她们的语言，只是她们交流方式的一种补充而已。"

"那又是什么？"

"是信息素！她们能够通过对方发出的信息素迅速了解对方的意图，所以你对她们是善意还是恶意，她们很快就能明白，并做出相应的反应。"

"这一点和野兽很像。"

"是的……所以她们天生就是野兽，基因技术改变了她们的大脑结构，强化了她们的动物性，剥夺了她们一部分逻辑分析能力。尽管这样，她们还是发展出了自己的文明，虽然是残酷嗜血的，但也能看出，她们在关于杀戮和打斗方面，变得极具创造力。"

"幸好她们并未伤害你。"

"也幸好这个部落是崇拜母亲雕像的，如果换作另一个部落，或许没这么幸运。"张颂玲眼中闪出一丝恐惧，"另外的一拨人，一直想夺取我，为了我，她们两拨人杀得死去活来……"

很难想象，她如此脆弱的一个人，是如何独自在这个地狱般的环境里坚持下来的。

"你也一定发现了量子传输装置。"

张颂玲点了点头，两个部落的战争愈演愈烈，张颂玲所在的部落最后仅剩下四个人，张颂玲带着她们进入量子传输装置，来到了樱花大陆。

"但我们没敢和任何人取得联系，只是打听到你母亲的所在，于是想救下你母亲之后，获取你的消息。"张颂玲摇了摇头，"但我们没能成功，还没救出人就损失惨重，可是，据一位AIK反映，她们见到了你……"

我想起那天的迷雾里，老阮开着车子，送我、程雪与樱子去草原上遇见的一幕。

我再次将张颂玲紧紧抱住："原来我们曾经擦肩而过！"

"后来是在花姐的帮助下，我们才逃出生天，借助樱花阵线的力量，侥幸生存下来。可是，花姐的身份随之暴露，樱花大陆被炸成废墟……"

"花姐？她还好吗？"

张颂玲摇了摇头："在我们撤离之前，已经收不到她和樱花阵线的任何消息，我怀疑她们已经在大屠杀中全军覆没。"

我心中一阵疼痛，我再也不能将樱子当面交给她了。

"花姐曾经嘱咐我，让我务必找到樱子。"

"你后来找到了？"

"我在清涧站的监狱里找到了樱子，那时候她身体的运动系统遭到了破坏，但是思维能力并未受到影响。我本要将樱子救走，但是，一个男人却阻拦了我，他的左臂是钢铁的，你一定知道他是谁。"

"秦铁！"

张颂玲点头："我本以为他要抓捕我们，但没想到他却说是来帮我的。"

"秦铁为什么要帮你？"

"我不知道，但是他告诉我，如果想要救程复，就不能救樱子，因为樱子未来的作用，就是保护程复。"

秦铁的身份越来越令人好奇了："你知道他是什么人吗？"

"我猜，他和花姐是一类人。"

"纯种人的卧底？"

张颂玲点点头："我开始虽然怀疑他，但最后还是决定相信他，而且，他用了三个月的时间证实了他是个好人。"

"三个月？"

"成哥，你恐怕不知道，你冬眠了一百天才被唤醒，执行前往新大陆的任务。"

原来夸父农场N33上的执勤108天是和真实时间相同的，如果不是张颂玲，我还以为我离开硅城只是一个月的时间，一百多天过去了，陆地上一定发生了很多事。

却听张颂玲继续说道："我看到了联合政府在清理世界上剩下的纯种人……"

"什么叫清理？"

"屠杀！"

我惊道："为什么？人和Ai构成的政府不是很稳固吗，为什么要清理人类？"

"联合政府的理由是说，纯种人毫无底线，严重破坏了社会稳定，议会决定清理拒绝脑机改造的纯种人，即便是体机融合的合成人，若想活下去，也得接受脑机改造。"

"他们是想把人类彻底变为机器。"

张颂玲道："从这方面来讲，秦铁真的帮了我们。他先把你送入夸父农场N33，让你避开了脑机改造，后来又努力把我送入大洋底部，但是几次尝试都失败了，直到他被改造之前，我才登上了最后一艘夸父农场，来到了这里。"

"秦铁也被改造了？脑机改造之后，他……还是他吗？"

"我很难定义他们这种合成人为人类，因为他们失去了身体，而大脑的任何活动都被监控着，他们的每个念头都能被国安部同步捕捉。只要合成人产生了反政府、反慧人的想法，就是有罪的，国安部会统计这人的罪责，给予相应的惩罚，并通过记忆编辑，修改人类大脑记忆，让每一位反动公民，都成为Ai的忠诚拥护者。"

我倒吸一口凉气："人类……已经灭绝了吗？"

"新大陆，成为仅剩下的纯种人避难之地了。"

"还有我们的祖国！"

张颂玲神色黯然，她刚才讲述经历的时候，眼睛里已经涌满了泪水，几度欲垂，直到我提到祖国，她的眼泪才真正掉下来："成哥……我们的祖国，真的存在吗？"

"存在！我知道它存在。"我想到了阿历克斯，如果祖国不存在，他又是从哪里来的？

"可是，为什么人类遭受了如此的噩运，祖国却不来救我们呢？"张颂玲擦下了眼下的泪珠，"Ai杀死了所有16岁以下的孩子，祖国的军队为什么不救他们……"

"连孩子都不放过……"

张颂玲哭成了泪人："都是孩子，有的还在襁褓之中，最大的也不过16岁。我眼看着他们被抓到了街上，一些不愿意放弃孩子的人类母亲，也被一起抓走了……"

"抓去哪里？"

"被当成能源，全部……"张颂玲哽咽，"所有不愿意接受改造的人类，孩子，母亲……城市上空飘着的都是尸体的气味。"

"残暴！"

"他们要灭绝人类！人类的繁育能力对他们来说，已经没有价值了，而16岁以下的孩子，只能浪费社会资源，即便脑机结合，他们还在成长的大脑也存在着诸多突变的可能性，为了降低社会的不稳定性，孩子们都被杀了！"

2

"人类在Ai面前一败涂地，不是吗？"

一个尖锐的男声从我身后传来，我转过身去，大河原树已经换上了一身笔挺的军装，正端着一杯冒着热气的红茶站在我身后，右眼的钢铁眼球眨了眨："见了新政府警备总司令，程复将军，还不敬礼吗？"

我觉得他无比滑稽。

"看来，白继臣是你杀死的了。"

"哟哟哟，虽然我也在联合政府工作过，可也没必要把我想得那么残忍。"他一脚将白继臣的尸体从椅子上蹬了下去，自己坐在了那张椅子上，"这头禽兽，我本打算留下来当战利品，呵呵，智人的军队里竟然隐藏着一个尼人畜生，程成知情却刻意隐瞒，居心何在？这消息若带回去，必定天下哗然……哦，我差点忘了告诉你，白继臣后脑这一枪，是阿铭开的。"

"他背叛了白继臣，阿附了你？"

"是啊，让这个蠢货变节，我只用了一句话。"他微笑着喝了一口茶，像是卖了个关子，"我说，白继臣永远也不会让你伤害程成的，虽然你是他的干儿子，可程成胜过他的亲儿子！"

白继臣死在这两人手中，当真不值得。"你和阿铭凑一对儿，就是两个臭虫。"

"程复，你未免太看不起我了，就像其他人一样！"他冷冷一笑，"但我很快，很快就会让历史永远铭记我的功业！"

"你做事简直毫无底线，有什么功业可言？"

"底线？呵呵，底线有什么用？"他站了起来，走到我的面前，"条条框框，拖拖拉拉。一个人留给历史的，不是他的底线，而是他的功业！看呐，是我制止了新大陆的内战，是我替你们惩处了新大陆的魔头，是我扼杀了尼人畜生的复仇，还是我，将引领你们回归祖国！我才是英雄。"

我看向了颂玲："你是怎么和这疯子混在一起的……"

张颂玲道："我们乘坐的是最后一艘前往新大陆的农场，客观来讲，是大河原君救了我们——但我知道，他救我们的目的，是为了要挟和控制你，所以等我们抵达新大陆，便发生了争斗。他想要囚禁我们，最后只有我们三个逃了出来，其他的姐妹全被他和朴信武杀死了。"

大河原树冷笑道："但最后，你又不得不和我合作，因为只有我，才能拯救你，拯救你们的未来。"

"可你几乎杀死了所有帮过你的人！"

"不，姑娘，我必须纠正你。他们对我来说，只是工具罢了！工具没用了，扔了便是，有必要背一箩筐吗？"

"所以你毫无底线地欺骗、利用，完全不考虑他人的死活。"

"你这个女人，跟程复一样，都不会顾全大局！"他悠闲地啜了一口茶，"如果不是我之前那一套被你视作无耻伎俩的手段，你们又怎么能回到祖国呢？对于你们评价我的人品，我丝毫不介意。名声这种东西，说改变就改变，今天骂我的人，只要塞给他块糖吃，明天就能成为我的奴仆！哼，人性你们根本不懂，我耻于做人，耻于和你这群低级的家伙为伍，所以我要成为你们的神。一个神根本不会在乎你们这些愚蠢的小民如何评价，因为早晚有一天，你们会在我脚下焚香跪拜——比如今天，很多人就会哀求我：大河原君，水漫金山啦，没有你的话，我们全都得死！救命，救命，求你发发慈悲啦……哈哈哈哈。"

"是你炸开了穹顶！是你给他们制造了灾难，你又……"

"对啊，如果不炸开穹顶放水，你们会害怕吗？朴信武和白继臣又会惊惶吗？坚定的老乌龟们，会想到逃离这肮脏的龟壳吗？"

"你……"张颂玲气得满脸通红，"无耻！"

大河原树又是一阵狂笑。

我揽住张颂玲，向大河原树道："你根本不是神，你是个恶魔。"

"神魔本就是一体，给你们救度与惩罚，不过是维护世间秩序的手段罢了。"他的下巴扬了扬，"程复，我们不用浪费时间，既然你我都在这金字塔之中，现在可以启动方舟，返回我们的祖国了，你是否准备好了呢？"

"你？我？"

"我还让你带上你的女人，你的几个朋友，已经对你网开一面了。"

"新大陆有四五千人，你只打算自己走？"

"他们的死活，我并不关心，不过很走运的是，新大陆的设计者似乎考虑到这种残忍的可能性，所以，你只能感谢他们的仁慈，否则我才不会被那群渣滓拖累——对了，这也难免落下那些在山洞里打游击的，我可来不及召唤他们。在这乱世之中，早死也是一种福气呐。"

"孩子们呢？教员们呢？各部门的职员也有数百人，还有朴信武和他们的囚徒军队……你就打算让他们喂鱼？"

"自古成大事者，如果事无巨细地去照顾每个人的感受，那能做成什么事业？他们生死有命，而我，就是决定他们死生的天命！我就是要让他们死，你又奈我何？新大陆的重组，如果没有这群孩子和老师的空间，你就认命吧！"

我扑上前，隔着桌子揪着大河原树的领口："我不同意！"

"来人！"

红木门被推开，四个持枪士兵闯了进来，将枪口对准我。

张颂玲挡在我面前，向大河原树道："大河原树，我们之前已经达成协议，你说不会伤害成哥，我才让姐妹去找他回来的。"

大河原树道："我们的协议前提是程复配合我的所有行动，如今他敬酒不吃吃罚酒，我只能采用非常手段！"

"你……"张颂玲满脸愤懑，"你怎么可以说变就变！"她向门口喊道："过来！过来！"

大河原树煞有介事地看着张颂玲，脸上浮漾着恶心的微笑："找你的姐妹？哈哈哈，早料到你会有这招，她们醒来的话，还得一小时呢！"

"狼心狗肺！是她们帮你一路闯来，你怎么可以伤害她们？"

"难不成我还要坐以待毙？"大河原树向门口的士兵一招手，一名士兵出去，不一会儿几支枪就押着樱子、孔丘、爱因斯坦和关鹏进来了。接着又来了两人，用步枪抵在了张颂玲的脑后。

樱子的左眼周围，闪烁着淡淡蓝光。

大河原树道："程复，我只要求你做一件事，如果做到了，我可以承诺不杀你的朋友，不杀你的女人。否则，我将让他们一个个死在你面前！尤其是那个臭机器，可别耍什么花样！"他特意指着樱子交代："如果你敢开启你那武器，纵然杀死我，程复也活不成。"

樱子眼眶上的光芒消失，眼神平静如水地看着大河原树："我不是机器，我是慧人。"

孔丘道："老爱啊，咱们今日可真是龙潭虎穴一日游，这些当兵的，怎么动不动就要杀人！"一名士兵从孔丘身后踹了他一脚："老实点，不许多嘴！"

孔丘道："哎，年轻人，你哪里懂我们这些死了好几千年的人，突然活过来忍不住想多说几句话的心理呀！"

一声枪响，孔丘额头上多了一个红点，一秒之后，脑浆便流了出来，恰似我在阿铭头上开的那枪。

孔丘再也说不出话来。

大河原树杀死了孔丘，又将枪口对准了爱因斯坦，爱因斯坦眼睛里满是麻木："法西斯，打死我吧！"

大河原树转头向我冷冷道："程复！"

我看着孔丘的身体慢慢向后倒去，吼道："你到底要我做什么？"

"广播！"他指着办公室一侧的话筒道，"向新大陆全员广播！快！"

爱因斯坦道："程复，你不能听他的，老周告诉我，坚决不能离开新大陆，否则会害死所有人！"

大河原树怒道："老头子，你再多嘴，我保证不留情面！你这祸害，若不是你，广岛和长崎，也不会成为我们大和民族永远的痛！"

他即将扣动扳机。

"大河原树，你若再滥杀一人，我绝对和你拼命！"

大河原树恶狠狠地将食指从扳机上收回。"你快广播！我就不杀他们，"他丢给我一张写满汉字的纸，"照着它念！"

我走到话筒前面，拿起白纸，打开了广播键，看着白纸上的字不禁苦笑。

"我是程成，新大陆的警备总司令，白继臣因妄图灭绝人类，已经被我枪决！我奉纯种人政府之命，接管新政府，新大陆的所有军队，我们的祖国并没有毁灭，它就在我们的上空，如果你们希望回到祖国，一切听我调遣，我可以承诺带所有人回去，不用在这暗无天日的海底生活……"

爱因斯坦喊道："程复，你不可以再念下去……"大河原树做了个挥手的动作，一名士兵用枪托砸在了爱因斯坦头上，爱因斯坦晕倒在地。大河原树道："我没有杀他，但是你若不配合，那我可就不再留情面了！继续！"

我压抑着胸中的怒火，继续读道："朴信武，请命令你的军队放弃抵抗，否则将以叛国罪论处！缴械之后可以来到上层空间投降。新大陆各厅各部门的所有幸存者，请迅速回归工作和生活驻地，我将在广播之后三十分钟，启动回归计划，开始新大陆的重组，正式回归祖国！"

我将讲稿丢在桌子上："读完了，放了他们！"

大河原树笑道："读得很好，不过你的任务还未完成，请静候三十分钟。"然后他缓步走到办公室窗口，看着窗外蜂拥而至的军队车辆。半小时很快过去，大河原树饶有兴致地看着下面从匆忙一片回归宁静。"秩序之美！"

他转过头，走到了白继臣身旁，从腰间拔出一把利刃，挥刀斩断了白继臣的一只右手。他攥住右手的手腕，从办公桌之后按了一个键，办公桌上浮起了一道虚拟的屏幕，他将白继臣的右手按在屏幕上，蓝光一闪，办公桌内部传出几声机械响声，桌子从中心裂开，一块透明的水晶屏幕便浮出了桌面。

水晶的中心，有一个圆形凹槽，大河原树向我道："程复，这基因锁，你想必见过，那就不用废话了，滴血进来吧。"他把利刃按在了桌上，自己退开三步，举起枪对着张颂玲的太阳穴，"别耍花样，你玩不起！"

我走到基因锁之前，拿起利刃，在指尖划了一道伤口，殷红的血液滴进了玻璃上方的凹槽，凹槽里一阵沸腾，蓝光闪过，血液被吸了个干净。十秒之后，一阵急促的蜂鸣响起，基因锁进入桌内，木桌忽然将外壳剥落，收入地下，一个类似于夸父农场N33的操作台展现在我面前。

虚拟屏幕上出现了一个声纹图像，一个机械男声说道："欢迎你，程复先生，请问是否确认执行MU计划第三阶段？"我面对着这一切不知所措，为什么白继臣的办公室是一个操作台？为什么我的基因锁可以通过权限？

大河原树将手枪向张颂玲的太阳穴抵进了几公分。

"确认！"我答道。

"收到，MU计划第三阶段已经启动，新大陆将进入重组模式！"话音刚落，我忽觉金字塔地下一阵震动，紧接着就传来了大河原树的狂笑。

"哈哈哈哈，程复，简直是太感谢你了！"他挥舞着手枪，绕过张颂玲，来到我的两米远之外，"谢谢你成就我的不世之功！"

我只感觉一阵晃动和一阵令人作呕的失重，窗外的景色开始移动，它们迅速地朝着金字塔上方飞去，几秒之后我才明白，不是它们上去了，而是金字塔在向下飞落。

白色的瀑布砸在金字塔的顶部，而海水已经淹没了整个底层空间，并以一种极快的速度向上漫延。

教育厅呢？

教育厅已经被淹没了。

整个学校都被淹没了。

我完全想不到，这场天降洪水会有这么大的规模，但是孩子们是否已经安全撤离了呢？

"你究竟要做什么？"

我扶住桌子站定，可大河原树丝毫不管失重和晃动，兀自晃晃悠悠地在办公室内游荡。

"回去我就是英雄，我带回了一群纯种人，带着一群Ai渣滓俘虏，带着一群尼安德特异种，我是英雄，我破解了程成这个骗子的神话……"

金字塔一直向着中层空间下落，已经接近海水，我忽然发现，大陆中心的海水里，升起了一个夸父农场大小的方形平台，缓缓来到中层空间曾经是交通枢纽的位置，如今的交通枢纽已经化作了一道道包裹方形平台的"篱笆"，而金字塔稳稳地落在了方形平台的中央。紧接着，一条条方形和圆形的"飞船"逐一在金字塔下方下降，排列组合，这都是曾经固定在新大陆山体内壁的各个政府和职能部门、人类生活区。我看见了教育厅也从水里升起，两个"贝壳"建筑外仿佛笼罩着一层珍珠膜，保护着教育厅破水而出，孩子们趴在窗口看着外面发生的一切，好奇又紧张。

几十个职能部门在几分钟内有序降落在金字塔四周，从窗口望下去，下面俨然组成了一座小型城市。方形平台上，还趴着几只浑身湿透的猛犸象、大角鹿，他们应该算是拼图大陆唯一的幸存者了吧。

大陆很快恢复了平静。这时候，那个机械声音说道："报告程复船长，新大陆重组完毕，是否回归，请指示。"

哗哗的水越落越猛。水面的上涨速度也超出想象，刚才还差十余米，此时已经只剩下了两三米。

大河原树狞笑着，朝我做出"确认"的口型，说完了，又拿枪在张颂玲后脑比画了一个开枪的手势。

"确认回归……"我此时别无选择，纵然重组后的新大陆飞向硅城，也总比被海水淹掉强。

"收到！已经开启回归计划，准备升空——开始升空——"

又是一阵震动，眼前的虚拟屏幕上出现了夸父农场的机械构成图，我看到新大陆下部喷出烈焰，紧接着，重组后的新大陆就被向上推去。

又是一艘诺亚方舟啊。

夸父农场越升越高，飞过了所有曾经是政府职能部门的所在之处，飞过了金字塔的山地，直到"子弹"结构的顶端才静止悬浮。

海水倒灌入农场平台的每一个角落，又从夸父农场的边沿流下去。

终于，夸父农场超越了被大河原树炸毁的天漏之处，子弹顶端忽然出现了一圈钢铁平面将夸父农场的外沿箍住，让新大陆与下方的世界完全隔绝，紧接着，只觉头顶天空一晃，"子弹"顶端裂开分成两半，却不见海水倒灌进来，却是一个巨大的透明穹顶隔绝了海水。

　　新大陆继续上浮，与穹顶完美合成一体，交通枢纽化作的"篱笆"此时撑起了整个穹顶，在一阵巨大的推力下，我脚下超重，新大陆向着海面缓缓升去。

第九章
回到祖国

1

新大陆缓缓上升，从幽深的大洋之底，去往蓝色的梦幻星空。上万只水母泛着淡蓝色的光芒，被新大陆的穹顶托了上去，星星点点地镶嵌在"天顶"之上，组成了一簇簇一丛丛的神秘星云。

这片重组的诺亚方舟，像一只庞然巨兽，就连海中的蓝鲸也对它敬畏三分，远远地绕开，却又好奇地追逐着。数以亿计的游鱼在新大陆的微光照耀下，映出银色的光，一条鱼一闪而逝，其他鱼却又填补了逝去的空间。新大陆仿佛被一圈银色的丝绸所包裹，又像是正在经历着一场地球上最大的冰雪风暴。

上升，上升，从太平洋海底，夸父农场飞向了浩渺无尽的夜空。

孔丘和白继臣的尸体被搬了出去，爱因斯坦和关鹏被另行关押到其他房间，樱子、张颂玲和我被大河原树留在办公室的房间内"盛情款待"，每个人的身上都多了几捆绑绳，六名士兵持枪站在我们的椅子后面"作陪"。这个日本人表现得像一位好客的主人，热情洋溢地向我们描绘着回到祖国之后，将会受到如何的礼遇和迎接。

新大陆的上升令他尤其亢奋，他脚步轻快得像个滑稽的孩子，手中的枪成了他的玩具，我知道他没有杀人的意思，不过这支冰冷的铁器总是在我们眼前比画，也令人极为不适，不知道这个疯子何时会突然放出一枪，就如他轻易杀死孔丘一般。

这时候，一名士兵推门而入："报告总司令，朴信武将军要求与您进行谈判。"

"哦？！"大河原树似笑非笑，轻松地朝着宽大的座椅上一靠，右手食指摩挲着唇上胡须，眼睛里光芒闪烁不定，"谈判？他有什么资格和我谈判！你回复朴信武，谈判是需要有讨价还价的余地的，我如今占有这一局棋的绝对主动权，每个人都受制于我，他又有何条件和我谈判？"

"是！"

士兵刚要退出，大河原树忽然喝止了他："慢着……"他闭眼凝思数秒，嘴角的小胡子微微一颤，"谈判可以，不过，要他来我这里，不许带其他人——那个第三人也不可以，不许带任何武器——哦，我忘了，瞎子用得着什么武器呢！"

士兵领命退出，大河原树哈哈笑了起来，他看着张颂玲道："姑娘，多亏了你的帮忙，否则我又怎能如此顺利地就控制了新大陆，带你们回家呢！"

张颂玲气愤道："你……你这个坏蛋！如果知道你会如此对待成哥，我是不可能帮你的。"

大河原树却轻叹一声："坏蛋？阴谋家？背信弃义？还有什么恶心的词汇全丢过来吧，我根本不介意。这些肮脏的词汇对于我来说不算什么，我受过的误解，远比这些深重得多。为了祖国，为了人类的命运，我被剥夺了成为一位合格丈夫、优秀父亲的机会，我抛弃了幸福的家庭，我成了人们眼中的败类，成了一个人类所不齿的叛徒。我没有朋友，孤身一人忍辱负重，但这个时代已经过去了，今日我将荣归故里，成为人人敬仰的英雄，我是神……"

我说道："你在战后背叛了纯种人，现在回去，恐怕也没什么好下场吧。"

"背叛？算不上！我只是在错误的时机，做了对的事。"

"给Ai当走狗，也算做了对的事？"

"活下来，就是最正确的选择！"他冷笑一声，随即收起了嘴角的笑，忽然坐直身子，"我忍辱偷生，只为等待着人类的胜利！"他这句话倒是大大出乎我的意料。"等待祖国收复大地，等待着胜利到来的一天，直到……"他脸上挂着凄然的苦笑，"祖国没有任何消息，就仿佛消失在了地球上一样，我实在忍受不了了，只能自己向世界宣战，我相信自己的力量。"大河原树从座位上站起来，走到窗口。"我利用智人管理局的工作，了解到很多尘封的秘密，也通过各种渠道知道了一些联合政府都不清楚的信息，就比如大洋之下的劳改监狱，其实不过是一片新大陆，一片联合政府都不熟悉的新大陆，一个与世隔绝没有任何检测设备能够发现的新大陆！他们让慧人的犯人生活在这与世隔绝之地，却没想到，人类的私心已经将这片大陆着手改造成一个崭新的重生之地……"

他笑了。

"我杀死一个潜伏者，并以他的身份联系新大陆，并了解其他潜伏者的真实身份，直到危机降临之际，我杀死了那些潜伏者，化身成为他们，成功获得了白继臣、朴信武这群傻瓜的信任。我又从一个手无寸铁的说客，摇身一变成了新大陆真正的掌控者，这虽然是几天的戏码，但我为这一天的到来，付出了人生最宝贵的时光。"

"你是为了自己能生存下来，不择手段而已！"

"随你怎么看待我！但我现在捉了程成的儿子，捉了一群尼安德特人，又捉了人类最痛恨的Ai……"他慢慢走到樱子身后，"秦铁那个傻瓜，竟然救了你这台恶心机器，真是让我无法理解。"

"我不是机器，我是慧人。"

"闭嘴！"

"妈妈让我告诉你，她最讨厌你的地方，就是你的自以为是。"

"妈妈两个字，根本不是你叫的！"

"她是我的妈妈！我是妈妈的女儿。"

"你这肮脏邪恶的机器，根本不是我和花姐的女儿，樱子这名字，你根本不配拥有！"

我见大河原树又开始摩挲着手枪的把柄，便提醒樱子道："樱子，不要招惹一个疯子。"

大河原树反而笑道："程复啊程复，你可真是没救了！一台臭机器都能博取你的同情关心？唉……难怪白继臣会死得这么惨，他都不知道自己保护了一个怎样的蠢蛋呐。"

大河原树离开樱子，转动着手枪，信步走到房间角落里一架老式唱片机前，拿起一圈黑胶唱片。"一百年前的老古董了，没想到白继臣一个尼人，竟然还有如此雅兴。"他将唱片放入唱片机，几秒嗞嗞的胶片摩擦声之后，一阵雄壮威武的音乐自唱片机里传来，圆号小号大提琴小提琴彼此交织，我眼前仿佛出现了一片恢宏的莽莽山河……

大河原树完全沉浸在音乐中，他闭上眼，手上打着拍子，仿佛眼前就是他的乐团。直到主歌结束，他才说道："《From The New World》，你们听过吗？"

张颂玲接道："德沃夏克的《自新大陆》第四乐章。"

大河原树不无欣赏地朝着张颂玲点了点头："准确的翻译应为《来自新世界》。"

樱子接道："中国人的翻译是《自新大陆》，她说得没错。"

"再多嘴，我毙了你！"大河原树的表情忽地转为狰狞，拔出枪指着樱子的头，"忘恩负义的无耻慧人，你侮辱了这张人脸！"

樱子再没说什么，脸上平静淡然，大河原树收回手枪，转了转发酸的脖子，伴随着音乐的节奏，闭上眼睛，缓缓说道："德沃夏克初到美国，轮船靠岸之时，有三百人的合唱团与八十人组成的管弦乐队一起迎接他，为他奉上了史上最令人向往的一次欢迎仪式。而我，作为二十年后重返祖国的唯一英雄，必将受到更大的礼遇。你们听到了吗……"新大陆的推进器的震动，始终会让这个庞然大物发出一种嗡嗡声，但是看着大河原树如痴如醉的脸，他指的显然不是这种声音，"你们听，是欢呼声，是掌声，你们看到了吗？是欢迎的阵仗，一支更大的管弦乐团，在祖国为我奏响了《From The New World》，触手可及的荣耀，甚至还有人提出要为我加冕……但这些，与那至高无上的荣耀相比，又算什么呢？"

在四名士兵的拥挟之下，瞎了眼的朴信武一身戎装，几乎是被架着来到了金字塔顶层的办公室。不过他并非一人，身后还跟着一名女子，我见到她便是一阵揪心，竟然是姜慧！

"成哥！"姜慧看见我，立刻流着泪扑了过来，抱着我被捆住的身子，"他们没伤害你吧？"

她真的是慧人吗？这番动情，是机器能够模拟得出来的？

我安慰姜慧道："我没受任何的伤，只是，你为什么也来了呢？这里多危险……"

"我担心你！"姜慧说，"听到你的广播，我就知道出事了，你不可能说出那些话。"

张颂玲诧异地看着我，我只能回以一个尴尬的笑。不过她还是问了一句："她是谁？"

"我的……"我若说姜慧是我在这里的妻子，她肯定会误会；但我若说实话，姜慧不过是被灌输了记忆的慧人，正在扮演我的妻子，姜慧一定无法接受事实。我一时不知该照顾谁的情绪。

樱子见我没说话，却替我回答道："她是程复的妻子。"

"妻子？成哥，你已经……"果不其然，张颂玲不可思议地苦笑一声，"这次你没有被换掉记忆，而你又有了妻子，所以这就意味着，你已经忘了我……才几个月而已……"

"是记忆，"我连忙解释，"我没有忘记你！"

"这几个月以来，你都是和她一起生活？"张颂玲失落地闭上眼睛，"我知道……你不用解释……可我心里还是很难过……"

姜慧回头看了一眼张颂玲："你是谁？"

樱子也替张颂玲答道："她是他的恋人。"

"樱子！"

姜慧一把抹掉眼角的泪水："我已经竭力在修复我们的感情了，可你为什么还有其他女人？"

"我……"

"我真的不想再提艾丽斯，可是你太让我失望了，艾丽斯永远也不会原谅你……"

看了看愤懑的张颂玲，又看了看伤心的姜慧，樱子在一旁却笑了："你们智人的感情模块真是无可救药，它毫无疑问地拖了你们进化的后腿。"

大河原树和朴信武可没心情理会我们这边的"家务事"，他们开始交谈了什么我没留意，我只知道他们一直像是两个敌人一样怒视着，却听朴信武说道："你这是将人类带向毁灭。"

"你才是把人类带向毁灭。"大河原树冷笑着回复。

朴信武摇了摇头，眉间的皱纹和他的眼窝一样深邃。

"你不理解我们所做的事情，你只是对'祖国'二字一厢情愿，大河原君，我们是幸存者！祖国伴随着Ai的进攻自身难保！不要再做梦了，你以为的祖国，并不会给你荣耀，你的归附，只会自取灭亡！"

"朴信武，我看你是被程成洗脑洗傻了吧！"大河原树又坐回座椅之中，把玩着手中的枪，"当乌龟有这么过瘾吗？二十年了，祖国比我们想象的强大，Ai根本奈何它不得，我带着对联合政府的重要情报回归，带着你们这群叛徒回归，这是多么大的胜利！而取得胜利的军队，只有我。"

朴信武说道："我知道的远比你了解的要多。二十年前我来到大洋之下，在姆大陆遗址之上构建新大陆时，就已经知道，新大陆是我们最后的希望！你现在的所作所为，不是英雄，而是一头名利熏心的狗熊。"

"你这个瞎子，竟然还说我是狗熊！谈判只是来说这些事吗？"

朴信武摇了摇头："你必须断掉新大陆的自主返航模式，驾驶着飞船避开既定航线！如果你还想活着的话。"

"我为什么要听你的？你不过是迷信程成罢了，程成都死了这么多年，他还有什么威信！他根本不知道现在的情势，而你们却盲目地相信他的命令，愚蠢！"

朴信武向大河原树厉声道："我最后劝你一句，不要走自毁之路！你根本不了解你的祖国！"

大河原树摊手道："恐怕，你劝不动我，就如你坚定地做了二十年乌龟，我也坚定地考虑了二十年的回归。"

　　"我这不是跟你商量和谈判，我是在救你，是在救新大陆的所有人。"朴信武急切道，"一旦新大陆离开海底，即便还没回到那个未知的祖国，就有可能被联合政府侦测到，那时候我们同样必死无疑！"

　　"不用你操心，我已经知道了祖国的运行轨迹，凭借着新大陆强大的推进系统，很快就能抵达我们的国家！"

　　"你已经和他们断绝联系二十年了，根本不知道里面发生了什么，如果祖国还是当年我们人类的国家，为什么二十年没有丝毫动静，为什么不向联合政府发动哪怕一次的小规模反击？"

　　"因为实力悬殊！"

　　"我看未必！"朴信武凛然道，"祖国已经不存在了，即便存在，也一定是Ai制造的又一个陷阱。我们是最后的人类，大河原树，醒醒吧！"

　　大河原树哈哈大笑："朴信武，你恐怕不知道新大陆的操控系统，本就是为了回归而设的吧！"

　　"什么？"显然朴信武并不完全了解新大陆。

　　"新大陆的程序启动系统，是根据程成的基因制成的基因锁，这你自然是了解的，可你根本不了解，新大陆的原始程序，就是要程成以及其直系后代，驾着新大陆回归祖国！"

　　朴信武摇了摇头："程成将军最后的方舟计划，只是为新大陆如果遭遇毁灭打击，留下的逃生之法罢了！当年留下的重组和回归两个指令，在不确定接收方安全的情况下，不能启动！程成司令策划新大陆时，并不知道人类的命运会如此悲哀。此一时彼一时，如果他了解现在的情况，一定会取消返程计划。"

　　"愚蠢！"大河原树惯有的轻蔑又回到了脸上，"程成又怎么会设计新大陆，新大陆的设计者与利莫里亚的缔造者是同一人！你作为主管工程的部长，竟然也不知道，哈哈——利莫里亚，一片庞大的飞行大陆，就是我们的祖国！这些情报，恐怕你们无从得知吧？"

　　"利莫里亚？"

"利莫里亚是传说中沉没于印度洋的远古大陆，因为祖国运行的轨道就在印度洋上空，所以便以利莫里亚来命名这片大陆！"他端着茶杯来到张颂玲面前，话锋一转，"之前，我曾承诺，你若帮我忙，我便告诉你，你的真正身世……"

"你这个骗子！"

大河原树摇了摇头："我一直言而有信，你难道不想知道，你真正的身世？"

"我……"张颂玲低下头去。

"你的母亲，是张颂玲，一点没错！"

"不用你说，我也知道！"

"可你父亲是谁？你的名字又是什么？你为什么会被联合政府抓到？难道你也知道这些？"

"我……"张颂玲看着大河原树转身，急道，"请你告诉我！"

他煞有介事地看着张颂玲："我忽然又不想说了。"看着他那张得意的嘴脸，我恨不得将这个浑蛋撕碎！

"我……求求你！"

大河原树非常享受别人哀求他的状态，他放声大笑："不用着急，用不了多长时间，你就能知道答案了！"

2

新大陆穹顶之上出现了光芒，大河原树"啊哈"一声奔到了窗口，紧接着，穹顶的顶部先冒出海面，穹顶周围就像被一圈银色的鳗鱼捆住了，鳗鱼的直径越来越大，一直消失在窗户之下的位置。

新大陆微微晃动，它已经浮上了海面。我无法闻到空气的味道，但只是看一眼大海和灰色的天空，心中就为之一爽。

导航台上的光束一闪，机械声音道："新大陆回归第一阶段已经完成，正在准备第二阶段……信号源位置已经确认……自动巡航系统开启……能源动力操控系统已经切换完毕，准备起飞……新大陆起飞完毕……"

朴信武喝道："大河原树！我最后一次警告你，如果你再不关闭返回程序，你将害死这里所有生命！"

"懦夫！"大河原树冷笑一声，指挥两名士兵把朴信武押到了话筒前方，"告诉你的军队，一会儿回到祖国的话，听从程成将军的指挥，不要做无谓的反抗，否则谁也别想活！"

朴信武哼了一声："我若说出这句话，难保我的兄弟们不会做出一些冲动的举措！"

大河原树走到我面前，用手枪抵着我的额头："朴信武，你愿不愿意赌一把，我是否敢杀了程复呢？"

"浑蛋！你若杀了他，就没人能够控制新大陆。"

"无所谓咯，反正新大陆已经自动巡航至利莫里亚，程复已经完成了他的使命。"

"无耻……"朴信武咬着牙狠狠骂道。

"你这纯种人的渣滓和叛徒，也配骂我无耻？"大河原树又把枪口在我太阳穴上顶了一顶，"愿意赌一把是吗？那我就陪你玩玩儿，3——2……"

张颂玲嘶吼道："不要伤害成哥！"

但是大河原树只是微微一笑，挑起的嘴角瞬间恢复平直，他喊出了："1……"

姜慧忽然疯了似的朝着大河原树扑了过去，大河原树一躲，姜慧扑了个空，他顺手用左肘击在姜慧的后颈，她身体一阵痉挛似的颤抖后，便伏在地上不动了。

我怒道："你太过分了！你最好杀了我，否则我不会饶过你……"

大河原树熟练地把手枪在右手上转了一圈，这个动作樱子也曾玩过，不过她要的却是双枪。他笑道："程复有福气，总有人会护着他。张颂玲，你也有福气，毕竟有个程复会护着你。"他把枪口对着樱子："你这女慧人，不需要人爱，也不需要人关心，自然没用了，留下你也是个祸害，今日便公仇私仇，一起报了！"

我吼道："大河原树！你若伤害樱子，我便……"

樱子冷静说道："程复，不用说什么话，因为你没有他的权限，所以你下的指令，对于他是无效的。"她抬起头，一双眼睛单纯且无辜地看着大河原树，"我只是有一个问题。"

"满足你最后一个要求。"

"你们智人的仇恨，我虽然没有这种拖后腿的感情，不过也了解一些，那只是一种无所谓的情绪罢了，但却能轻易操纵你们的逻辑。不过我好奇的是，你刚才为什么说公仇私仇一起报呢？公仇我理解的是，你们智人对我们慧人的恐惧。但是私仇呢？我从没伤害过你。"

"既然你问到了，那我就让你死得明白……"

"死亡是你们智人的词汇。"她对着枪口微微一笑，"其实你们智人的很多词汇对于慧人并不适用，如果你认为朝我这些零件上开上几枪，就能化解你内心的仇恨，那就说明，你的仇恨廉价得还不如我的零件昂贵。而你被这种廉价的仇恨驱使着，也足见你这种智人，属于一种低级的生命形态。"

我见到了大河原树的左拳攥了又攥，脖子上的青筋被汗水浸得透亮，他听樱子说完，惨笑了三声："无耻慧人！我和你的私仇，就是你，替代了我女儿的地位！"

"你的女儿？"

"我与花姐的女儿！"

"我是妈妈的女儿，但我不是你和妈妈生的那个女儿，我也没有替代她的地位，因为她已经死了。"

"就是你的存在，她才忘记了女儿死去的仇恨和伤痛，是你让她有了家，而这家里没有我！是你挑拨了我和她的可能性，如果没有你的出现，在这艘船上，一定是我和她一起。"

"我真的不懂你为什么会因为妈妈和已经死去的女儿，对我如此仇恨。尽管你解释了，我还是听不懂。"

"你不需要听懂！"

樱子却道："我明白了！原来是这样，这个阶段……"

砰的一枪，樱子不说话了，一张稚气可爱的脸蛋，定格在最后那一刹那充满好奇的表情上。

"樱子！"我喊了一声，樱子没有丝毫反应。子弹从她的额头打了进去，她没有流血，我终于意识到她真的只是一具机器，一具停止运行的机器。

人又何尝不是呢？

"大河原树！"张颂玲吼道，"她是你女儿的模样啊！"

"我只是杀死了一个盗用我女儿身份的妖怪。"

张颂玲眼角挂着泪："花姐特意交代我，要我找到樱子，保护好樱子。她说，在她眼里，樱子就是你们的女儿！"

"她这是胡闹！"

"可她一直像是对待亲生女儿一样对待樱子。"张颂玲道，"无论你怎么看，樱子始终是她心中最重要的人，可是，你却杀了她！你杀了你妻子最为珍重的女儿……"

大河原树大口地喘着气："你不要说了，否则我也杀了你！"

我吼道："你这个杀人恶魔，醒醒吧，到底什么时候才算完？"

大河原树抓着头发："花姐也是糊涂，这妖怪不过是她感情的寄托，愚蠢，真是愚蠢！"

"我不是妖怪，我是妈妈的女儿。"一个声音从地下传来，姜慧忽然扶着地面站了起来，她晃晃脑袋，"你这个坏人，又怎么配得上妈妈……这次花了些时间，陀螺仪有点偏，右侧肌体站不稳……"

"姜慧？"我见她行为诡异，关切地喊了一声。

姜慧摇了摇头。"程复，我是樱子。"姜慧脸还是那张脸，可她的表情，却是十足的樱子一样的无辜。

"你怎么会……姜慧，你别跟我开玩笑……"

"我为什么要开玩笑，我终于完全掌控了M型慧人的语言系统！"这个自称樱子的姜慧忽然转身，从大河原树的手中夺下手枪，并迅速朝着房间里的十名士兵开出了十枪，伴随着身后一声声人体倒地的声音，樱子继续说道："每天晚上，我都要去看看你呢……"她反手扣住大河原树的手腕，向上一挑，朝下一压，大河原树便跪倒在地被制伏，她淡淡一笑，接着刚才的话说，"可你……还以为我是梦游……"

"梦游……姜慧的梦游是被你控制的？"

樱子点了点头："我得保证我最高权限的持有者安全，可我的身体又没法来到你旁边，只能入侵了她的系统。"

"你为什么不和我说话？"

"M型慧人和我们I型慧人不一样，他们的权限并未完全开放，我只能趁她睡着，才能暂时控制她一部分视觉以及移动的权限，语言我尝试过了，由于她之前的记忆编码过于复杂，我没能解开，所以就无法和你对话。"

樱子在捆大河原树的时候，朴信武却朝着我们这方向吼道："程复，快让新大陆停止！"

"不可以！程复……"伏在地上的大河原树嘶吼道，"祖国，程复，不要放弃唯一的机会……"

朴信武的鞋子就像长了眼，一脚踢在大河原树的嘴上，后者立刻疼得哇哇叫，尽管如此，还是一边扭动着身子，一边重申着刚才的态度："不要撤销……一旦……撤销……你一辈子就……就只能成为乌龟……"

两名士兵踢开了门，樱子连身体都没转，只是朝着后背放了两枪，那两人便倒地不起。我朝着门外喊道："我是程成，大河原树已经伏法，你们不用再做无谓的抵抗了。"

门外嘈杂几声，便见一把把枪支被丢在了门口地上，一个男声在走廊里喊道："我们听从指挥，只希望程长官能够善待我们！"

"你们也被他利用了，我不会追究！"

"不，我们指的是……"那男声略微停顿，外面一片哄哄之声，像是在给那喊话的士兵出主意，"我们都想回到祖国！程成长官，你一定要带我们回去……"

朴信武道："程复，你还考虑什么？快取消返航，把新大陆沉入海底！"

外面的声音又嘈杂起来："将军，我们想回家，我们受够了在海底一直忍下去了！带我们回去吧！"

张颂玲眼中噙着泪："成哥，我也想回去。"

朴信武不可思议地摇头："这件事由不得你们，必须听我的，程复，返程！"

门口挤了十几个脑袋，还不断有人涌进来，他们有人挂着泪，有人抿着唇，颂玲也攥住我的手。

"成哥，你答应过我，要带我回家……"

朴信武吼道："都疯了吗？你们连命也不要了吗？程复，你给他们下命令……"

"朴将军，我们……回国吧！"我终于讲了出来，门外的士兵一片欢呼。

"你胡说什么？"

"我没胡说！我也不是听了大河原树那番话才心动的，回家，是我的愿望。"我举起张颂玲的手，"这是我对她的一个承诺，也是我对很多人的承诺……尽管，他们有一部分，已经不在了……"

朴信武气得浑身颤抖："你根本不知道那个所谓的祖国，那个叫利莫里亚的地方，是祖国还是陷阱，如果那真的是Ai布置诓骗剩余人类的陷阱怎么办？"

樱子道："你们的祖国，利莫里亚，是真实存在的。"

"你怎么知道？"

"我看到了。"

"你又如何看到？"

"我在另一座金字塔中看到，那座金字塔，就在西藏一座神山之下，是新大陆金字塔那一时期的人建造的。"

我完全不知樱子的话与回归祖国有什么关系。

"那是一个可以预测未来的机器。我看到最后返航的船上有姜慧，而长成樱子模样的慧人却躺在地上。所以我刚刚明白，那机器是对的。"

张颂玲忽然有了兴趣："你说的那机器，到底是什么东西，怎么可能预测未来？"

"那是你们智人之前文明留下的超级计算机，他们的先知看到了这一代智人的劫难，就把那机器封存在山下的金字塔中。而我是几万年来第一个走进去的，我看到了，我便知道你们的未来命运，也知道了慧人的使命。"

我们听得一头雾水，一个Ai竟然在讲自己看见了能够预测智人命运的机器？

张颂玲继续追问："那你……还看见了什么？"

"你们回到了利莫里亚。"

"然后呢？"

"程复死了。"

"怎么可能？"

"程复的确死了。"

"不！"张颂玲惊道，"你胡说。"

"这就是我看到的情景。"樱子脑袋一歪，"但智人最后会回到陆地——只有程复死，你们才能重回陆地，重建智人文明。"

"不可能！"张颂玲摇着头，"这不是真的……"

我抱住颂玲："不管真假，我们都会取得胜利，不是吗？"

"不，我不要胜利，我只要和成哥在一起！"张颂玲忽然哭道，"取消吧，你听我的，取消……我不想去什么祖国！"

朴信武也道："程复，你想想，如果你们回去了，那这群尼人孩子怎么办？你的慧人朋友怎么办？你难道愿意他们和你一起去冒险？"

长着一副姜慧样子的樱子道："程复在哪里，我就在哪里。"

朴信武担心的不无道理，其实我并不是很担心教育厅的尼人孩子，因为只要这间屋子的人保守秘密，我相信祖国不会发现这些孩子有什么问题，即便这机密泄露，难道智人会屠杀这群孩子？不可能的，我相信人性中慈悲和善良的一面。而且，这些孩子只要通过合理的引导和教育，将来就会和智人一起对抗联合政府，帮助我们一起收复云下的陆地，那是我们共同的家乡。

但是以樱子为代表的这些慧人怎么办？

"你在哪里，我就在哪里。"她看出了我的犹豫，于是再次强调。

我还没有回复她，新大陆就驶入了一片黑夜。

是云层！

张颂玲跑到金字塔的窗口："成哥，我们即将进入平流层！快取消……"

我也走到窗口："你太单纯了，我相信人定胜天，命运都是自己决定的，我们马上就能见到太阳。似乎很久，都没有被日光沐浴过了，多想想未来的美好，别被一句还没发生的话左右情绪……"

"这几个月，恍若隔世……我不想再和你分开，哪怕一天。"她握住我的手，"答应我，成哥，不要死，再也别离开我……"

"我答应你！我们会白头偕老，会生一群娃娃，会有一个巨大的农场……在地上！"

一千九百米的云层距离显得无比漫长，漫长到我的眼前浮现出一张又一张的面孔——程雪、赵德义、萨德李、花姐、酋长、秦铁……还有母亲。我仿佛做了一场大梦，尚未梦醒，他们就已经一个个离我而去。

我紧紧地攥住张颂玲的手："幸好你是真实的。"

张颂玲抱住我的腰，将脸贴在我的胸口，右手从我的腰间放了下去，几秒之后拿着一张照片，举在我们的右侧窗户方向。照片上，是张颂玲穿着白色婚纱，依偎在我怀里。

"我娶你！"

张颂玲朝我伸出右手："那你有求婚戒指吗？"

我愕然。她却甜美一笑，将手背转了过来，手心中却有一枚铂金戒指。戒指上，有一朵镂空的樱花。

"我有。"她说着，将戒指戴在了我的左手无名指第二指节。戒指一紧，契约就此建立。

就在此刻，新大陆的穹顶穿破云层，一束光线照耀而下，随着新大陆的上升，穹顶的圆形光环恰似一枚戒指，太阳似乎要给我们一个意外的惊喜，在戒指上镶了长达一秒的时间，恰似一枚金色的宝石。

张颂玲托着我的手，让戒指上的樱花对准那颗宝石，回首一吻。

天空，我们回来了。

祖国，我们回来了。

忽听樱子喊道："程复，你过来看！"她指着导航台的光束屏幕，"雷达显示，新大陆正在进入一条轨道。"

张颂玲小跑上前，在屏幕上点了几下，屏幕的地图拉远，一个圆形的地球出现在空中，而樱子发现的这条轨道，正是北纬30°纬线。

"这是祖国的轨道？"她喃喃说道。

"是否能和祖国取得通信呢？"

张颂玲点了点头，在屏幕上又输入了一行代码，不过发出去之后，三十秒过去，也并未获得任何回复。忽见光束一闪，声纹图像再次出现："程复你好，新大陆已经进入既定轨道，并将在十五分钟之后与利莫里亚对接，请问是否确认？"

我望着新大陆前进的方向，又扫了一眼雷达图，并未看到任何目标，所谓的利莫里亚根本不存在："十五分钟对接……可是，我为什么无法发现利莫里亚呢？"

那声音又道："新大陆将在十五分钟之后与利莫里亚对接，请问是否确认？"

樱子淡淡一笑："你不用问它了，这只是一台腐朽落后的机器，根本没有智能分析程序。"

朴信武喃喃道："真的不存在了……"我却从他的语气中，听到了一股悲凉。

他纵然坚持潜伏于海底，难道他内心没想过有一天，会重新回到祖国吗？

怎么可能没想过！

那声音又重复了一遍刚才的话，不过对接时间变成了十三分钟。我犹

AI迷航2：复活爱因斯坦　211

豫片刻，张颂玲的眼睛里流露出的殷切肯定，门口一群士兵挤在一起，都盼着我能说出那两个字。

"确认！"

"新大陆即将在十二分钟之后与利莫里亚对接，现在开始减速……"新大陆的速度放缓，沿着北纬30°的纬线向东而去。阳光透过穹顶，照耀在夸父农场被海水洗过的平台上，尼人的孩子们对着太阳和蓝天指指点点，几个老师在耐心地回应着他们的提问。

距离对接还剩五分钟，在过去的这段时间里，我们没有人说话，全都凝神静气地等待着眼前出现一个空中的祖国，然而，直到现在，前方的天空还是一片空无，目力所及，也没有任何目标物体。

"祖国……真的不存在了吗？"张颂玲喃喃说道，她摇了摇头，紧紧抱住了我的胳膊。地上的大河原树尽力地抬着头，想透过窗户看一看外面的世界，樱子见到他这幅滑稽的样子，便告诉他："不用看了，谁也看不见。"

他摇着头："不会的……怎么可能……祖国一定存在！"

朴信武叹了口气："程复，既然它并不存在，那我们还是返航吧，毕竟在天空之上，很容易被联合政府发现。为了人类种族的延续，我们不要冒险——我们是最后的人类。"我忘记了自己当时是点头还是摇头，我只知道我的眼睛模糊了远方的云天一线。

"新大陆即将在一分钟之后与利莫里亚对接……"新大陆的速度更为缓慢，仿佛眼前真的有一个可以随时撞到的透明玻璃墙似的。

门口的士兵有人哭了起来，张颂玲也伏在我的右肩流着眼泪，大河原树听见哭声，痛苦地在地上抽搐："怎么可能……它怎么可能不存在……"

对接倒计时十秒倒数开始了，我长叹一口气，为他们打气道："没关系，我们可以重新建立一个国家！只要我们人还活着，人类文明就不会灭绝，在不久的将来，必然还会在地球上繁衍开来。"

我听到的是一片啜泣。

"4——3——2——1——新大陆与利莫里亚对接成功。"新大陆悬停在了空中，底部确实传出了一些钢铁摩擦的声音，但终究归于平寂。云从新大陆之下匆匆流过，但新大陆却像是静止了一样。

忽然间，两架红色的战斗机出现在新大陆右舷的玻璃之外，然后飞过穹顶，隐没在左侧的云海之中。

第十章
人类公敌

1

两架红色的战斗机隐没在云海之中，就像是两尾海豚跃出海面，留下两道优美的弧线便转瞬即逝。我没有听到欢呼声，但是年轻的士兵们已经情难自抑地奔跑到窗户之下，翘首以盼，期待着它们的再次现身。

每个人都不敢相信自己的眼睛，甚至也不敢相信其他人的眼睛。如果不能再次确认战斗机的存在，谁又敢确定，刚才出现的不是集体幻觉？

云海归于平静，新大陆上根本看不到云层是否在翻腾，我们就像是一群被狂风骤雨折磨了一个月依然毫无收获的捕鱼船水手，静静地等待着收网的最后一捞。

"是……是敌人吗？"一个白人男孩声音颤抖，但是这种颤抖绝非来自恐惧，他期待着别人来否定他，他期待着事实去否定他！

"是战斗机吗？红色的？"朴信武忽然问道。

"是！"

"是朱雀Z13……"朴信武左手缓缓摘下头上的军帽，"我记得它的鸣叫……祖国……她……还是曾经的模样吗？"

话音刚落，十余架朱雀Z13冲上云霄，像是鸟群一样翱翔在新大陆的穹顶上方，喷气轰鸣，恰似雷霆。

这一刻，所有人都沸腾了，士兵们摘掉帽子，脱掉上衣，向天上的飞机挥舞着手臂和衣服，有些人还奔跑出去，高声呼喝着。金字塔里瞬间热闹起来，塔下的广场上，聚集了很多年轻士兵，他们拥抱着，哭泣着，纵情号叫着。

我和张颂玲拥抱在一起，此时此刻，任何言语也无法形容这种激动的心情，历经如此多的磨难和艰险，我们终于找到了祖国，找到了人类。就连被捆在地上的大河原树也把脖颈挺得僵硬，像一只刚下锅的大虾一样挣扎着，口中哀求："让我看看……扶我起来，让我看看……"

只有樱子眼神平静地看了他一眼。

无线电中一阵沙沙声，紧接着，一个高昂的男声清晰传来："我们是利莫里亚空军第四飞行大队，请说出你们的身份验证信息！"

朴信武摸索着，握住话筒，缓缓回复道："我是东北亚防区工程部副部长朴信武！船上的人大部分都是纯种人，小部分是Ai，但并不危险，局势已经被人类控制。"

那声音静了数秒："身份识别无效，东北亚防区工程部早已被取缔，请提供准确的身份验证信息，否则我们将发起攻击。"

"我们是流亡的人类！"

"流亡人类不是你们的身份验证信息！"

我从朴信武手中抢过话筒："我们是从联合政府逃回祖国的人类，我们的船上有几千人……"

对方却冷笑一声："图灵测试在三十年前就已经对你们这些家伙无效了。如今战事胶着，我们不相信这些鬼话，能回到利莫里亚的人，必须有身份验证信息，否则我有十足的理由相信你们是Ai或者敌人的间谍！你们还有最后15秒的时间，我再问你们一遍：身份验证信息是什么？"

在我们通过无线电与那个人对话的时候，有更多的战斗机从云海中飞出，像是一群苍蝇围着腐臭的尸体，从各个角度封锁了新大陆可能逃脱的方向。只需要一个命令，新大陆的穹顶再坚固，也撑不住它们同时发动的火力进攻。

我低头看了一眼大河原树，他嘴角流着血，可眼睛里依然流露出不解的恐惧："什么信息……并没有验证信息……"

他的话令我的大脑一片空白，我又看向了张颂玲，看向了朴信武，看向了房间内每一个刚才还喜极而泣的士兵。如今，每个人的眼睛里都是一种灵魂被抽干的空洞。

无言，但心中却全是同一个疑问。

"请说出你们的验证信息，"他的声音陡然冷酷，"这是你们最后的机会！"

"我申请谈判！"我向话筒吼道，"我们真的是人类，请相信我们！"

"你们已经没有机会了！为了利莫里亚大陆，为了人类的种族，我们不能冒险，不接受任何形式的接触，我们只相信验证信息！"他停了几秒，"准备……"

"最后的晚餐。"一个声音冷静地说道。

无线电安静了几秒："请再次确认。"

"最后的晚餐。"樱子又重复了一次，见我正回头看着她，朝我淡淡一笑。

时间仿佛被樱子的语言冻结了。每个人都一动不动地站在原地，保持着樱子说话前的动作，看向樱子的眼睛里全是怀疑，而望向天空的眼睛又皆是恐惧。

十几秒的时间仿佛过了十几年，当无线电里的男声回复"验证通过"四个字的时候，我们恰似经历了一次轮回重生，张颂玲的手已经完全被我手心的汗浸湿了，空气中弥漫着一股汗蒸的潮气。

士兵们自然不知道姜慧相貌的樱子是什么身份，但是了解樱子的人却没有因为"验证通过"而兴奋。张颂玲看着我，我看着樱子，还没等我问出心中的疑问，无线电里的男声接着道："欢迎回到利莫里亚，机动队即将接管你们的母舰，请不要做任何抵抗。"

红色的战斗机从穹顶中心分别向两侧飞去，像是一群红色的海燕扑通扑通地扎入了云海之中再也不见。金字塔下的广场上忽然打开一个二三十米宽度的通道，两队全副武装的士兵持着枪械列队进入新大陆，先头部队已经进入了金字塔，后续部队则有组织地逐一封锁了保障厅、财务厅、交通厅、教育厅等各个部门。

没用五分钟，一队身着灰色迷彩军装的士兵来到了金字塔顶端，当先一人相貌英俊，看起来不过二十岁，一脸的机警，他确定我们身上没有武器之后，才下令身后的士兵将枪支放下。

"我是利莫里亚203机动部队队长赵仲明，现在奉命带你们的负责人进入利莫里亚了解情况。"他浓密眉毛下的大眼睛从我们身上逐一扫过，目光在大河原树的身上略作驻留，又看见了地上躺着的樱子身体，似乎对刚才发生了什么猜出了个大概。"你们这里谁是管事的？"

朴信武道："我是前东北亚防区工程部副部长朴信武，白继臣死后，这里我做主。"

"很好！"赵仲明点了点头，向身后微微一挥手，"暂时委屈了。"两名士兵拿着手铐走上前，迅速将朴信武铐住。

我虽然不喜欢朴信武，但他们如此对待我们这群回归者的态度令我反感："你们这是做什么？"

赵仲明盯着我看了又看："你是……程复？"

"你认识我？"

"程成司令的儿子，我们又怎能不认得？"他说话的时候，又朝身后一招手，两名士兵又把我铐了起来，"三年前，就是因为你，利莫里亚大陆差一点暴露在敌人面前！"

"你凭什么抓我们？"

"这是程序！"赵仲明绕到我身后，"先配合我们的调查，弄清楚你们的动机之后，新大陆上的人方能进入利莫里亚。在没弄清楚具体情况之前，你们每个人，都有可能是Ai派来的间谍。"

忽然，赵仲明胸口发出刺耳的蜂鸣声，那是一个纽扣大小的圆形仪器，伴随着蜂鸣，还有一个红灯连续闪烁。听到蜂鸣，所有士兵同时举起枪，对着我，对着房间内每一个人。

"你们这里有Ai？"赵仲明用手枪抵着我的后脑，向其他人吼道，"到底是谁？"

樱子微微一笑："是我！"

子弹山呼海啸般地朝着姜慧的身体打去，吓得所有人抱头伏在了地上。很快，她的身体被子弹打烂，体内的电子元件和银色的金属支架暴露出来，毫无保留地展现在我们面前。

枪声骤然开始，又骤然停止，恰似疾风骤雨。

赵仲明谨慎地在办公室内所有人身边都走了一遍，身前的Ai感应装置再也没有亮起来，这才将手枪别回腰间。

樱子一天内"死"了两次。我想起了她曾说，慧人不会真的死亡，可我心里依然会有感伤，她现在应该又控制了新大陆上另一位慧人的躯体了吧？但愿如此。可是，人类如此地仇恨Ai，若将新大陆所有的慧人全部杀死，她还能活下来吗？

樱子在二十分钟之前救了新大陆所有的生命，可她为什么会知道利莫里亚的验证信息？

"笨蛋！"赵仲明吼道，"你们带个慧人在身边，是想出卖利莫里亚吗？"他的脚在姜慧裂开的金属头颅上狠狠地踢了一脚。"这些家伙，随时都有可能暴露我们的位置，让Ai军队突然出现杀死我们！而你们这群浑蛋，就是害死全人类的罪人……这房间里的人全部带走，一个不留，挨个审查！"

我和朴信武被当先推出金字塔，押上了一辆装饰着灰色条纹的装甲车。上车之前，我回望了一眼金字塔黑洞洞的入口，张颂玲还没出来。

我们被六个人挤在中心，车内昏暗，没有窗口，仅有两盏黄灯发着微弱的光芒。我看不到驾驶室的人，但是根据车子的颤抖和失重感，我推测车子一直在向下开。大约过了四十分钟，车子的速度放缓，然后便是几个转弯，直至停下。

没有人说话，只有朴信武不停地摇头。

我忽然想到了大河原树在回归的途中，听着《自新大陆》所做出的那番畅想，不禁冷笑了几声。我和朴信武如此，他也好不了多少，不知道他是否有一种刚刚体验完黑色幽默的荒谬感——迎接他的没有《自新大陆》和管弦乐团，只有冷冰冰的枪口和大兵。

不管他是否感受到了荒谬，反正我感受到了。

我和大河原树不同，他想要成为英雄，而我只想回到祖国，活在人类当中。我曾想过，祖国即便再残破，也是我的家，也是所有人类的家。我不图富贵，只愿谋一份能糊口的差事，有一间能和张颂玲一起生活的房子。开始的生活肯定总是艰难的，但我相信，凭着自己的努力和坚持，一定能够让她过上温饱的日子。过几年，我们再生个孩子，如果人类不和Ai发生战争，我们无论躲在哪里，山上也好，林中也好，天上也好，海里也好，这一辈子便如此过去吧。

如果政府需要我上阵杀敌，收复人类失去的陆地和海洋，那我也义不容辞。父亲的荣耀，母亲的呼唤，朋友对我的信任，人类对于生存的渴望……都能成为我去改变这一现状的理由和动力。虽然我的力量有限，但我愿意为我所爱的一切，奉献生命，直至死亡。

对祖国的热爱，应该是每一个人都会有的共同感情。这种热爱，是一种渴望得到保护，渴望得到认同的感情，外面的世界危险肮脏，残暴无情，而祖国对我们的意义，是船的港湾，是鸟的巢穴，是雪的冰原，是梦的归处……所以无数人，为了祖国的安全奉献了青春，为了证明祖国的存在献出了生命，此时此刻，多少想要回到祖国的人，都已经化作白骨，变成孤魂野鬼，但他们肯定也不会后悔。祖国是一个崇高的信仰，是我们永恒的信念，是我们生存的意义。

然而现在，我却觉得眼前这一幕如此荒谬。

但是荒谬终究会过去，噩梦终究会醒来，不是吗？

2

"程复，你认罪吗？"

幽闭的斗室，昏暗的灯光，年轻的女孩，可笑的问题。

我十根指头都在颤抖，左手的无名指和中指，右手的中指与食指，还有血在滴，我知道用不了多久，它们就会像其他兄弟一样，在指头上结一层厚厚的痂。

舌头上，有一层茶沫的苦涩味道，我眼前桌子上，摆着一个透明的玻璃杯，杯中盛有300毫升的清水。女孩把水端上来，放在我眼前，却又不为我打开固定在椅子上的手铐。

"程复，你认罪吗？"

"我想喝水。"我用喉咙说道。

"喝呀，"她听懂了，右手向前让了让，"我又没拦着你。"

我打量着茶杯和我嘴巴的距离，如果俯身下去，应该可以触到茶杯的沿壁，如果我的上唇稍稍用力，就能把茶杯朝我的方向挪动几公分，这样，我就能用牙齿咬住茶杯，将里面的水灌进喉咙。

我试着去做，慢慢地俯下身子，尽量慢，只要稍微快一点，我背后被抽打的鞭痕就会无比疼痛。人类的科技比一百多年前先进了一百多倍，但是刑讯逼供的手段，却和第二次世界大战时期的日本、德国没什么区别。

我的嘴唇越接近茶杯，后背的伤口就越疼，但我知道只要能喝到杯中的清水，就算伤口裂开，再流一天血也值得，还有一公分，一公分之后，我就能尝到水的味道了……他们已经三天没让我喝上一口水了，但他们却又不会让我渴死，我体内的水分含量他们通过注射的方式把控着，既不多，也不少，始终让我保持着一种口干舌燥的状态。

她将茶杯又向后撤了一公分。茶杯边沿，多了一个血红色的唇印。

"你认罪的话，我让你喝个够。"她说话的时候，我努力向前蹿了上去，然而，她的手更快，这次索性将茶杯拉到了桌上那台摄像机之后。

"看着镜头，交代你的所有罪行！"

我颓然叹了一口气："你问吧。"

她冷笑一声，仿佛打了一场胜仗。"别耍滑头，如果再浪费我的时间……"她翻着文件袋里的一摞纸，"对你来说，只是自找麻烦，我可不会像他们那么仁慈。"

她翘起的嘴角像是一把红色利刃，又在我的后背上刮了几刀。我相信她所言非虚，这十根流着血的指头，就是证明她言出必践的有力证据。

"你因为什么来到利莫里亚？"

"这里是我的祖国。"

"是谁派你来的？"

"我想回家。"

"我们的士兵在外浴血奋战，你为什么说谎，骗我们没有什么战争硝烟？"

"我没有欺骗任何人，我只说我看到的。"连续说五句话，我的喉咙就会火燎似的疼，"我没有看到战争。"

"低级的谎言！"她冷笑一声，不愿继续和我就这个问题浪费时间，她的眼神和之前十几个年轻审讯官是一样的，一种不屑的眼神。

"你说，硅城里还有纯种人？"

"我在的时候，还是有的，不过现在可能已经没了。"

"是一直就没有吧！"她拍着一摞文件道，"Ai和人类共同建立的政府？简直是荒谬！残酷无情的机器，能和人类去分享他们的政权？"

"我说的，都是我看到的。"

"我要你说实话！"

"这就是实话。"我无力地垂下头，"你们所谓的事实，对我来说，才是谎言。"

"简直是顽固不化！"她按下了面前的一个方盒子，盒子上部立刻出现了一张全息影像屏幕，"他们为了收复陆地所献出的青春和生命，你是不是也想掩盖？"

影像的拍摄角度，是一个朱雀战斗机的驾驶员的头盔，他的飞机内部被黑烟弥漫着，透过黑烟能够看到飞机下方是一座黑色的钢铁都市。强大的火力从城市中射出来，打穿了朱雀战机右侧的机翼，镜头开始天旋地转，呼呼的风声传来，夹杂着飞行员急切的汇报声。

飞行员想要驾驶着飞机迫降在城市一侧的海面上，可是飞机下降到距离地面1500米的时候着起了大火，他这时候才认识到无能为力的事实，被迫选择跳伞，可是按下了跳伞键之后，座位纹丝不动……

火焰蔓延到了他身体，他嘶吼着，下坠着，旋转着……一声爆炸，屏幕黑了。

我惊呆了，简直惨烈，可是这场战争到底发生在什么时候？

"在硅城，这是半年前的录像！"看得出，她在极力克制自己的情绪，关掉了全息影像后她质问道："你还想掩盖吗？我们的英雄牺牲了，然而你却用一句你没看见，轻易地抹杀了他们的牺牲？"

半年前的硅城？祖国的军队竟然也杀到了硅城！硅城……不对！

"你确定这是硅城？"

她怒视我，眼睛仿佛就要爆炸了："那一战，牺牲了我们两千多名空军战士，我难道能够记错？"

"不对……"我摇着头，"这不是硅城！我见到的硅城不是这样的。"

"你还想狡辩？"

"我不是狡辩！硅城周围，被一层浓厚的灰白色雾霾包裹着，这里没有丝毫的雾霾，所以根本不是硅城！"

"那你的意思是……"她右手五根手指在资料袋上抓出了五道褶皱，"我的未婚夫，用自己的死亡，去制造了一个谎言？！"

"他是你的……"

她眼睛的泪水终于冲垮堤防。"无耻之徒！"她按下了右手边一个红色按键，一股强烈的电流自我的脚下直贯头顶。

醒来的时候，是在牢房的床上，这是一间更为幽暗封闭的狭窄房间，墙上没有窗，门上也没有窗，甚至房间里连一盏灯都没有，我只能在床周围一米的范围内移动，手铐和脚镣限制了我的自由。每次审讯完毕，他们都会把我关进来，关到我已经难以分辨白天黑夜。

被电击之后，我不知道昏睡了多久，一阵剧烈的头疼逼得我想要从床上坐起来，可真的尝试去坐起来的时候，又意识到这真是个错误，我挂着床板的十指钻心地疼，疼得我在床上翻滚，紧接着就是后背的伤疤……

我剧烈地喘息着，直到再次晕了过去。

眩晕，是造物主的善良。

"你的同伙已经招认了所有罪行！"还是那个女孩，被关押了这么多天，我第一回两次见到同一个人。

"谁？"灯光不强，照得我抬不起头，只能眯着眼看着她。

"你就别管谁了，还是好好考虑考虑自己的安危吧，"她冷冷说道，"你的谎言，真是令你父亲蒙羞！"

"我告诉你们的……"我重重地强调，"都是我看到的！"

她叹了口气，念着文件上的文字："你和那个叫樱子的女机器人，是什么时候认识的？"

"很久了，四五个月之前。"

"据我了解，你和她曾经去过黄石公园附近，那段时间，你们都做了什么？"

"这些，我来的第一天就讲过，你可以翻阅之前的资料。"

"所以，你承认你和那个女机器人，合作密切咯？"

"这也有罪吗？"

"这难道不是罪？"她用钢笔在纸上写了几个字，"这不是通敌又是什么？"

"欲加之罪，何患无辞。"

她又接着念道："期间，你曾经帮助敌人，击落了我们的一架飞机，这个罪行你应该不否认吧？"

"敌人？印第安人，怎么又成了敌人？"

"根本没有什么印第安人！"她又写了几个字，"资敌罪。"

我笑了，我只是觉得她很可笑："到底是谁想置我于死地？"

"没人置你于死地！"她放下钢笔，"是你一再编造谣言，美化敌人，动摇军心！"

"她还好吗？张颂玲。"

"无可奉告——你拥有那个女机器人的最高权限。而据我们了解，她曾经在新大陆上，指挥其他机器人对抗人类军队，屠杀了五十条人命，这是你指挥的吧！"

"我若说不是，恐怕你也不信。"

她写完了最后几个字，将文件整理到文件夹中，然后站起身走到门口，离开前又回头道："忘了告诉你，明天是法庭审判，如果你不想给你父亲程成司令丢脸的话，劝你还是说实话。否则……很多人都会因为你，而对程成司令产生更为恶劣的看法。"

我坐在牢房的床上，笑了很久，是控制不住地想发笑，腹部抽搐着，带动着浑身的疼痛，可是我还想笑。

我或许是世界上最可笑的人。祖国……祖国……我整天念叨着回到祖国，然而真的回到了祖国，却成为一名阶下囚。想见的人见不到，说了实话竟然没人信，稀里糊涂就要走上法庭接受审判，罪名不言自明——我和樱子的接触，无论说过什么做过什么，在这群敏感的同胞眼中，就全是罪过。

是我傻了，还是他们疯了？人类对于Ai的恐惧，竟然已经到了这种地步？难道人类的命运，注定只有失败一条路可走？

牢门啪嗒一声，打开了一道细缝。微弱的光，从门缝的顶部和底部照了进来，显然有一个人挡住了中间的光。

"施云目前还活着。"他说道。

"施云是谁？"

他哼了一声："他们给她的名字，是张颂玲。"

我心中稍微宽慰，这个人难道是来帮我的？"你是谁，你为什么告诉我这些？"

他并没有回答我的问题，而是接着上一句话说道："可是明天审判结束之后，就不一定了。"

"你什么意思？"

"这取决于你。"

我从他的言语中听不到善意，反而听出了要挟："说吧……"

"你是个Ai的间谍，"他的语气冰冷，"如果你想让施云活命的话，就记住这句话。并让所有人都认识到，你是个骗子，程成的儿子，是个骗子。"

我怒道："你到底是什么人，为什么要这么做？"

"一边是你的女人，一边是你个人的名誉，程复，你应该知道如何抉择。"

牢门缓缓关闭了，我仿佛坠入了无间地狱，天旋地转。

他们，为什么要逼着我做一个骗子？究竟为什么？

3

第二日，我被强迫着洗了澡，有人拿着一件崭新的囚服逼我换上。脸上和身上的外伤经过简单的修复，让人看不出我曾下过地狱。我被两名年轻的狱警架上了一辆车，上车之后脑袋就被套上了黑色头套，车子摇摇晃晃地开了三十分钟，下车后我被拖到了法庭之外的候审区。

耳朵里传来一阵阵山呼海啸似的吼叫和掌声，仿佛附近是有个球场在比赛。听着他们的喊叫频率如此之高，我猜可能是篮球或者橄榄球之类的运动。可当我的头套摘下，穿过两道走廊，距离那声音越来越近时，我才意识到，那声音正是法庭听审观众的欢呼声。

我在门口没等多久，就被法警押了进去。进去之后我有点惊讶，这是法庭？还是剧场、演唱会，抑或大型晚会的演播大厅？数千人分坐在三层，把法庭的三面围了个严严实实，有人穿着奇装异服，有人高举着写着"无耻败类"的纸牌，有人朝着我挥舞着拳头，有人将饮料瓶子朝着我丢了过来……

很快，我发现了他们的共性。

一群年轻人，全是年轻人，看年纪应该全是高中生和大学生。他们见我进来，争相喊着骗子、无耻、丢脸等等侮辱性的话语，还有几百人穿着清一色的白色T恤，T恤上面，印着一个巨大的中指手势，中指两旁各有三个字，连起来读就是：人类叛徒程复。

"肃静！肃静！"我被推上被告席时，审判长敲着法槌。他是个六十来岁的老头，也是全场唯一一位老人。他面前坐着的十二位陪审员，也是清一色的年轻人。我感觉自己不像走进了法庭，更像走进了一所大学的学生会选举现场。

一位公诉员念了在监狱内我的供词，无非说我勾结Ai，出卖国家，背叛人类，对于这种"罪行"，我供认不讳。

"那么，你对于捏造和平假象，玷污英雄的罪行，是否承认？"

"我承认！我有罪。"我忙不迭地回答。

公诉人点了点头，刚要向审判长和陪审员说什么，却听我身后的年轻观众们群情激奋："敷衍！让他口述自己的罪行，要他当面忏悔！"

审判长点了点头："程复，我们需要你真诚地，向烈士、英雄们承认自己的罪行。"

"我承认！"我尽量表现得真诚，"我不该制造假象，我……我对不起死去的战士。"

"你为什么要这么做？"后面有人喊道。

审判长重复了身后那孩子的话："你为什么要这么做？难道不知道，这样会伤害很多人吗？"

"我没想这么多，我是一个说话不负责的人。"

"可你为什么要这么做？是不是Ai叛军指使你这么做的？"

"是……"

"让他下跪！"

"下跪！"

……

我被法警拉出了被告席那道狭窄的天地，走到了观众席下，转身面对着三层楼数千观众。

"下跪！"

他们像是疯了一样，朝着我咆哮着，做着侮辱性的手势，喊着难听的脏话。"下跪，败类！"很多人手里，都举着官兵的黑白遗像，最前排一人，甚至还举着我父亲的照片。

"下跪！下跪！下跪！"声浪一潮高过一潮。法警在我耳边说道："还要我帮你吗？垃圾！"

父亲在朝我微笑，他笑得那么从容，他笑的时候肯定没想过，他会微笑地看着他保护过的人类，正逼着他的儿子点头承认：他生了一个背叛人类满嘴谎言的无耻之徒。

小腿一疼，我不知道被哪个法警踹了一脚，扑通就跪在了观众席下，后背又是一阵剧痛。

"磕头！让他磕头！"依旧是一浪高过一浪的呼喊，他们疾恶如仇，个个恨不得将我生吞活剥了。于是我又被两名狱警硬按着，朝着观众以及观众手中的战士遗像，磕了四个头。

这时候，不知道谁喊了一句："打死这个叛徒！"就见人群蠕动，几个二十岁出头的年轻男孩，就跳着来到了观众席下，推开阻拦的法警，争先恐后地奔向我。我的右眼先挨了一拳，紧接着左脸又着了一脚，我顾不得身体的疼痛，立刻伏在了地面上，可能被打了将近一分钟，审判长也着急了，终于下令法警把我保护起来，中止审判。

我又被架着站了起来，看着法警为我拨开人群。临出门之前，我又挣扎着回头看了他们一眼，这群可怜的孩子、愚蠢的孩子，我为什么会和你们成为同胞……

出门的刹那，我看到一个女人，她披着红色的披风，站在一楼的人群中，面无表情地看着我。虽然她将长发盘了起来，打扮得像是一位妙龄少妇，但我还是一眼就认出了她。

"快走！"法警从身后踹了我一脚。

我一直强忍着的泪水，终于在我出门的刹那倾泻而出。

程雪，你到底是谁？

我瑟缩在禁闭室的一角，四肢发麻，即便没被镣铐锁住，也难以动弹。右侧的耳朵嗡嗡直响，黏糊糊的血液灌入了脖颈一侧——刚才人太多了，不知道是谁，妄图用利器在我的脑袋上开一个洞，却仅割破了我右耳之后的静脉组织。

　　禁闭室仅有的一张椅子，如今正躺在我对面的地板上。方才的法警将我从愤怒的人群中捞出来，我内心感激他救我一命，他拎着我如同拎着一只待宰的公鸡，一把操入这禁闭室内，然后一脚踹倒了那把无辜的椅子，第二脚就将我踹倒在地。

　　地板虽凉，可房间的空气并不寒冷，屋顶的通风扇呜呜地吹着暖风，地板上消毒剂的味道还弥漫在空气中，看守我的两名法警似乎受不了与我同屋，各自瞪了我一眼后走出门外，走廊里的空气至少要比这间十几平方米的房间内清新许多。

　　我对面的墙壁上，挂着一块显示屏，正直播着法庭内的动静。尽管我这个十恶不赦的恶人已经离开，但法庭的审判依然在继续。

　　陪审员和审判长经过简单的讨论，一份决定我命运的文件便草拟完成。白色的纸张，盖着代表法律权威的红色印记，被递到了审判长面前，法庭群众也到了最安静的时刻，全部屏息等待着最终的宣判。

　　尽管我知道自己凶多吉少，可审判长的嘴里说出"绞刑"二字时，我依然难以接受。

　　绞刑？绞刑！为什么是绞刑？

　　屏幕里，年轻的男孩和女孩们挥舞着条幅和拳头，乍一看，还以为是他们对我判决不公的抗议，不过若细细听来，才知道令他们不满的是，为什么不对我的死刑判决立即执行。三天的时间，他们都已难以忍受，他们对我的恨，竟然到了食肉寝皮的程度。

　　隔着屏幕，我都能感觉到他们拳头的力量，唾沫的温度。我似乎看到他们的拳头砸裂屏幕，朝我的眼眶击来，看到唾沫一口口地吐在我的眉心、发间、领口，仿佛有人将我的头重重摁在一摊摊的肮脏秽物中，任我溺死在这恶心的臭水坑里。

身体止不住地颤抖，刚才被人殴打引发的身体疼痛，却已经被我内心生起的寒冷掩盖，这令人作呕的寒冷。

我还看到不少人三三两两地搂抱在一起痛哭流涕，不少男孩子仰天长啸，我听不清他们哭什么，喊什么，但是那种感情我仿佛能感觉到，像是数十年的杀父大仇得报般的快意。还有人展开了一面两米长的白布旗帜，用力挥舞着，在观众席中尤为显眼，那面白旗上写着八个红色大字："英雄安息，战魂不灭。"八个字好像是用血写上去的，挥舞着白旗的那个男孩，右臂还缠着已经被血洇红的纱布。

他们是疯子？

或者，我就是个傻子。

面对着他们的狂热，我已经难以分辨，孰真孰假，孰对孰错。我真的是个十恶不赦的浑蛋吗？我真的和他们结下了累生累劫都难以消解的仇恨吗？我真的曾经带着一群无恶不作的暴徒，抱着冰冷黑黢的武器，对着他们至亲的人，扣下过扳机吗？

我并没有做。

我和这里几乎所有的人都是初次相识，他们对我的恨，全是因为那一场二十年都未结束的战争。战争埋下了仇恨的种子，仇恨绽放出疯狂之花，又结出了罪恶之果，这仇恨、这疯狂、这罪恶，为什么如今全要算到我的头上？

我什么也没做！

我没有背叛我的祖国，更没和Ai联合政府暗通款曲！然而，就算我真的是个叛徒，真的是个间谍，就真的值得他们如此仇恨吗？

我和樱子密切合作过，我曾经帮助印第安人击落了一架祖国的飞机，我羞辱了一个名为阿历克斯的同胞，这些，就值得他们如此仇恨？

抑或，他们恨我是个骗子，恨我抹杀了他们心中英雄的伟业，恨我没有看到他们眼中的战争，恨我没有和他们一样愤怒？仅仅这些，就值得他们如此仇恨？

我不知道自己如何回到了牢房，等我稍微清醒，就已经坐在床上了，恰似刚刚醒来，只是做了一场噩梦。做噩梦可不会流血。右耳之后的血液已经和头发凝结在一起，抠不下来，揪不下去。

自听到"绞刑"二字后，我的大脑里就仿佛填充进了某种硬物，涨得难以进行深度、复杂的思考。我不想承认，可它偏偏发生了，我一个不到三十岁的人，一个日日想着回到祖国的人，一个冲破艰难险阻终于找到我的应许之地的人，如今，却被我的同胞，以根本不存在的罪名，判了绞刑……

牢房的空气潮湿，霉味和血腥味互相渗透着，黑漆漆的环境激发了我体内本属于动物的本能，我开始紧张地分析着，我想了很多求生的方法，可在这里根本行不通。我想去拍那一扇可望而不可即的铁门，可在此之前，我早就已经尝试过无数次了，就算我趴在地上，伸出的手臂也得不到它冰冷的回应。

我只能在牢房内喊叫，我喊着"放我出去"，一遍又一遍，终于喊来了两个狱警，我能感知到他们在铁门之外的不屑，他们站着听了几句，唯留下几声冷笑，便招摇而去，连一句话也懒得说。

我继续喊叫，我不能死，我想见张颂玲，我想见朴信武，我想知道船上其他人的状态如何，我哀求，我大哭，一直哭喊到我的嗓子发声都像是有刀子割过喉咙一般的疼痛，我才真正闭嘴。

没有人会理会一个罪人，一个三天后就会被送上绞刑架的叛徒。

到底是谁，一定要置我于死地？到底是谁，无私、慷慨地为我奉上了这一切苦厄？

程雪。除了她，在这里我想不出还有谁会如此害我。我忘不了我被推出法庭大门时她冷漠的眼神，我也忘不了她曾经眼含关切地告诫我：哥，你的缺点，就是太容易相信别人。

言犹在耳，可骗了我的，却是她。

她真是一位演技绝佳的戏子，喊出的哥哥，声声情真意切。如今，声声回味，声声皆成讽刺。

她和我一起去过硅城，知道樱子和我经历的一切，在群鼠围困中脱险，在印第安营地中战斗，她了解我所有的冤屈，可她偏偏没有为我站出来说话，眼看着我被千夫所指、万人唾骂，仿佛就是理所应当。她没有帮我讲一句话，没有澄清根本不存在的罪名，她就是要看着我去死。

我到底做错了什么？值得她如此怨恨，如此处心积虑，甚至冒着生命危险也要欺骗我。

这到底是为什么？

4

一个影子遮住了门缝中心的光，我认得这个影子，但我却不知道它的主人真正的身份。就是他，在法庭开庭之前找到我，要我说谎来保全张颂玲。

"你做得很好。"他声音低沉，头部的光恍惚地一闪，我知道他左右看了看，又对我说道："因为你的自我牺牲，你喜欢的女人如今安全了，你也可以安息了。"

"安息，你以为我可以瞑目……"

"还有什么放不下？"

我没有回答，只想笑，我控制自己不笑出声，可是胸中的火焰燃烧着，伴随着一声声的闷笑和咳嗽。

"你为什么害我？"我厉声问道。

他头部的光影再度恍惚一闪，摇了摇头。"我并没有害你，相反，我一直在帮你！"他顿了顿，"救下你所爱之人，不是帮你，又算什么？"

"她真的……安全？"

"我既然敢牺牲你，自然有把握救下她。她现在很安全，关于这一点，你遵守了承诺，我没有必要欺骗你。"

"她在哪儿？"

"你无须知道，反正你也没有机会再去找她了。"

"那你告诉我，到底是谁在害我？"

铁门外传来他低沉冰冷的笑声："没有人害你，是你自己在害自己。"

"什么意思？你既然知道我是无罪的，为什么不帮我申辩？"

"我自然知道你是无辜的。"他声音陡然变大，意识到这样会引起狱警的注意，于是将头颅贴近门缝，再度压低了声音，"还有不少人，都知道你是无辜的，包括给你念判决书的人。"

"荒谬！"

"当荒谬成为主流，荒谬就是真理。"

"你跟我说这些有什么用？你若不想害我，便能救我！"

"抱歉，我很想救你，可我真的做不到，就连我两次出现在你的门外，也是付出了很大的努力，如果被他们知道，我罪名可不小。"他叹了很长一口气，余音意味深长，颇显苍凉老态，"程复，你若在夸父农场当一个傀儡船长，该有多好？为什么偏要回来呢？你太傻了，你本拥有人生中最好的选择，可你根本不知道珍惜。"

"当一个囚犯，谈什么最好的选择，又有什么可珍惜的？"

"那你现在又是什么？以前不过是个终生监禁的囚犯，可如今却是个三天后就要被执行绞刑的半死人，天差地别。"

"我想知道真相，我想要自由！"

"说得好听！代价却无比惨痛，不是吗？"他把声音压得更低，"苟且偷生，总比死了强过百倍——别给自己强加那么多没用的意义，英雄啊，自由啊，反抗啊，追寻啊，可结果还不是一样，都是死路一条。人死灯灭，人走茶凉，就算你是个英雄，也没人记得你，更何况你现在还是个叛徒、败类——这就是你所说的，追求真相和自由的代价。"

他的话音低沉，却字字戳着我的心："我不需要你给我上课！我只问你，你到底是什么人？是程雪派你来欺骗我的，对不对？"

光影连续恍惚，然后便陷入了长久的沉默。他像是在组织语言，又像是想利用这段时间，让我遗忘这个问题。大约静默了一分钟，我们谁也没有说话，安静得甚至让我忘掉了我上一个问题问的是什么。他忽然问道："你还有什么遗愿？只要我能做到的，我都会为你去做——你不要指望我能救你，这个要求就不用提了。程复不死，国家不安，你知道你死亡的意义所在了。"

"我想见张颂玲！"

"你若真心想保护她，就不要提这个要求。"

临死前不能见她，这会成为我永远的遗憾，虽然永远也只有三天。我想了想，说道："程雪，我要见程雪！"

"你还是换一个吧，这个要求，会直接要了我的命。"

"那你一定知道，程雪她为什么要加害我？告诉我，让我死得明明白白。"

他的影子上下抖了抖，不是摊了摊手，就是耸了耸肩："记住，程复，你所看到的，并不是真相——我只能告诉你这一句话。再也不要相信你的眼睛，再也不要相信你的直觉，更不要相信你的判断。在利莫里亚，甚至在如今的地球上，已经没有真相、没有真知、没有真理、没有真正的存在了，全都是假的、全都是谎言，你就当成这是一场梦吧。"

"那我实在没什么可问了……"

大约三十秒的沉默后，他说："那么，永别。"他转过身，门缝中的光又恢复成了一道直线，我听见皮鞋向左侧走了五步，他仿佛又转了一个身，皮鞋声又从远处转了回来："忘了道一句，谢谢你。"

"谢我……"

"谢谢你救了我的孩子。"

我怔住了："你的孩子……张……你是……"

"我是一个不称职的父亲，所幸，我还有弥补的机会。"他伏在门缝的左侧，我看不到他的影子，却能清晰地听到他的每一句话，"所以，你可以放心，因为在这个世界上，还有另一个男人在珍惜她，可以替你毫无保留、无微不至地照顾她，可以像你一样，为保护她而献出自己的生命。"

我的生命就像是一辆行驶于时间轨道上的短途列车，在崎岖坎坷、浑浑噩噩的隧道里穿行了二十八年之后，乍见光明，还没来得及喜悦，已将到站。

赵仲明成为了列车上最后一位客人。

"还有四个小时。"他把自己关进了黑暗的牢房，靠在那扇我触不到的牢门上，为我正式开启了死亡倒计时。他似乎是特意跑来欣赏一个十恶不赦的叛国者临死前的绝望。如果真是如此，他一定失望了。

"准备好庆贺了？"乍一听到自己的话，甚至都怀疑这股如风吹过破门板窟窿的声音，真的发自我的喉咙，"一群傻瓜庆贺一个傻瓜死去，这应该称作什么，傻瓜节？"

他轻轻跺了跺脚，嘲讽似的说道："我就知道，你在电视直播里的认罪，果然不是发自真心。死到临头，依然执迷不悟。"

"事到如今，事情的真相如何已经不重要了，面对无法改变的结果，我反倒盼着那一刻能来得快一些。"

赵仲明站在原地挪了挪身子，牢房的地板和铁门都传出沙沙的声音。"我其实很怕死，"他的语气没了嘲讽和傲气，就像是在和一个值得信赖的朋友聊着内心的秘密，"那时候，我只要一个人躺在床上，总会思考死亡与睡觉有什么区别，闭上眼之后会不会永远无法醒来，死亡的那一刹那与睡着的刹那是不是相同的……诸如此类的问题，以至于本来困倦的我，到最后因为恐惧死亡，连觉也睡不着了。"

"你是在安慰我？"

他冷笑一声："安慰？你需要吗？我只不过是触景生情，想起了一些少年往事。"静默了几秒钟，他又说道，"那段时间，正是母亲消失之后的日子。"

"消失？"

"利莫里亚起飞之前，母亲就消失了，据说是留在大陆上对抗敌人，如今，或许早就成了AI枪炮下的一堆白骨，已经十几年没有消息了。"

"那你父亲呢？"

"据说是战死了。"赵仲明叹了一口气，"在我十四岁那年，我收到了父亲的牺牲通知单，他是在印度尼西亚的原始森林中被俘就义的。通知单上说，他死前曾经带领一支游击队，破坏了Ai政府在印尼的秘密病毒基地，终止了某种可以瞬间夺取人类生命的纳米病毒的研究。"

"那你父亲真是个英雄。"

"我也一直这么认为，我以父亲为傲，周围的人，也因为父亲的牺牲，对我另眼相看……"他说话的声音仿佛伴随着苦笑，"可是，我却有很多的疑问，直到遇见你，疑问就更大了。"

"我？"

对面的黑暗中传出一阵窸窸窣窣的声音，他的手仿佛伸进了衣服，然后又抽了出来，手中已经多了一样泛着微微白光的物件。那是一个圆形的，比拇指肚稍微大一圈的金属物体，啪嗒一声，他触发了那东西的机关，它的盖子自动弹开，紧接着，一缕光从那东西中发了出来。

一束七彩的光，在我们之间彼此交织，很快就创造了一个世界。透过那光芒，我看清了赵仲明的脸，这个二十岁出头的小伙子，眼睛里似乎噙着泪。

他的泪滴中，映着一场简单却又神圣的婚礼。年轻的赵德义一身深蓝色空军军装，他美丽的妻子一袭婚纱拖地，我的父亲母亲坐在婚礼宾客的第一排，与背后的数百人为一对新人的结合鼓掌欢呼……

"赵德义是你父亲？"

他收起了那支赵德义临死前交给我，让我转交他妻子的挂坠，光芒消失了，黑暗再度将我们淹没。

"这东西，你是从哪里得到的？"

"是你父亲临死前亲手给我的，托我转交给你的母亲。"

"父亲牺牲时，你在场？"

我先点头，然后又连连摇头，摇完之后，才意识到他根本看不见："你父亲牺牲的时候，我的确在场，可他根本不是在你十四岁时牺牲的，而是四五个月前！"

他没有反驳，也没有质疑，而是冷冷道了一句："继续。"于是，我把从夸父农场N33上逃离，迫降昆仑双子峰之下，遇见赵德义，到他最后为救我与程雪性命，牺牲在风暴之城中的经过，简明扼要地讲给了赵仲明。

"我父亲，是为了救你而死？"

"是的。"

他陡然怒道："你到底是个什么东西，值得我父亲连自己的性命、自己的家人也不顾，却要救你！"他的话语，像是在牙缝中硬生生挤出来的一般，我听出了仇恨。

赵仲明才是这里唯一一个有充足理由恨我的人。

"抱歉……"

他的手指擦过眼眶，然后调整了一下情绪："你这个骗子，你以为编造一个谎言，我就会相信你？"

"我没必要欺骗你，我距离死亡只剩四个小时了。"

"我知道你是报复我，报复我抓了你，报复我让你和其他人都惨遭噩运……"

我心中一惊："他们，新大陆上的其他人，到底怎么了？"

"你知道也没用，毕竟无能为力，你现在唯一应该思考的，就是自己如何稍微心安地死去。"

"我只想知道真相！"

"真相……就如你方才所言，已经不重要了……"

"他们对我很重要！"

他轻叹一口气："知道了又能怎样……程复，我若是你，就装作什么都不知道。放下吧，安心赴死。"

"你这样，让我更痛苦，"我解释道，"是我执意回国，如果他们因为我这愚蠢的决定惨遭噩运，那我希望真的有地狱，能让我在死后，于铁火之中偿还我犯下的罪孽。"

"真是个傻瓜……"他口气松了，"所有人都被监禁审查了，而其中一部分人，目前已经没有任何消息了。"

"没有任何消息是什么意思？"

"消失了，就如从未来过一般。"他怕我不懂，"其实新大陆对接到利莫里亚的事情，本来就是一个顶级机密，民众只知道程复，根本不知道与程复一起来的，还有个朴信武，还有个大河原树，还有个张颂玲，还有几百个学生，以及数千的士兵与工作人员……"

"为什么……"

"因为，他们不需要知道——民众无须知道你们的存在，但是难以保证消息的完全保密，可能街头巷尾，依然有着你们的部分传说。"

"其他人呢？朴信武、大河原树他们，都安全吗？"

"安全？"赵仲明懒得详细解释，"在利莫里亚的安危面前，谈什么其他人的安全？为了全人类的延续，宁可错杀一万，这种自保的方法，相信你并不陌生，人类历史上已经上演过无数次……"

我耳畔一阵轰然巨响，虽然身处黑暗，但是泪水已经让黑暗模糊。宁可错杀一万，这就是现在的人类为了苟延残喘的做法。为了生存，难道他们真的已经难以理会是非真相，不用再管人道主义？

"是我害了他们……"我的双手抠进大腿的肉里，说出来的话，连自己都已经听不清。

"真相总是残忍的，尤其对于一个将死之人。"一只手抚摸在我的后脑，那力道像是在倾诉男人之间难以言说的安慰话语，然而我的身体已经一片麻木，头脑中一片空白，已经无法回应他的慷慨。

赵仲明说："真相，也是最可贵的，每个人都会死，为了追求真相而死，会让死亡更有意义……"

我头脑一阵剧痛，仿佛灵魂在那一刻从我身体中被抽干了，唯留下一具空无意义的躯壳。

5

圆形是这里的主形状。刑场就是一个足球场大的圆形平台，在平台中心的位置，有一块凸起的圆形银色金属台，那就是行刑台。

行刑台中心，是一块一人高的条状巨石，看上去大约有一吨重，而我就被铁链捆在巨石之上。

现场并没有观众，我也没有听到任何的呼喊声，但是屏幕里却切换着观众们的反应，他们有的躺在家里的沙发上，有的则啸聚在公共场所。我听不见他们的喊声，但我能感受到那一种血脉偾张的亢奋。

我的脸上，挂着听天由命的颓废，任凭两个穿着银色衣服，戴着银色面具的人用刀子划开我胸口的衣服。

他们的面具像是长在了脸上，除了露出眼睛，并没有露出鼻子和嘴巴，但是却能看清他们鼻子与嘴巴的轮廓，所以我推测，这面具或许还有口罩的作用。

我胸口的衣服被划开三十厘米见方的一块，一个银衣人用软刷子蘸了一种透明的黏糊糊的东西在心口的位置涂了两遍，然后便退到一旁。

我的身体瑟瑟发抖，眼神迷茫又绝望，只是机械地望着另外一群年轻人走上行刑台来。他们一共十六个人，有男有女，也全都戴着那种"面具"，屏幕里主持人介绍说，他们是来自利莫里亚大陆政府、军队、学校等各个部门的复仇代表。

他们排成了两队，面具让他们发不出任何声音，但是每个人的眼神中燃烧着火焰，仿佛能把我吞噬一般。

刚才为我剪开衣服的一位银衣人一招手，排在队伍的第一人便走上前，从银衣人的手中接过一把银色的匕首，银衣人点了点头，便伸手指向我的胸脯。

那人走近了，我才看清她是个女孩，她之前可能没做过类似的事情，所以拿着匕首的手有些颤抖，但我不能确定她是害怕，还是激动。

总之，她没有很多时间犹豫，就像是演练过似的，右手握住匕首柄，迅速地反手直戳，正好命中我的心口。匕首拔出来的一刹那，鲜血如箭喷出，然后她未停歇，迅速又是一刀，两刀，三刀……

我闭上眼睛，已经不忍再看，每插一刀，我仿佛都能听见这世界的一声欢呼。

女孩把匕首交给了银衣人，银衣人向着自己的同伴一点头，另一名银衣人则推过来一台柱状计算机一样的仪器，机器伸出一道软管，软管的尽头是一个圆形的水晶头。银衣人握住软管，让水晶头在我已经被戳烂的胸口处均匀移动，半分钟之后，皮肤被修复如初。我本来已经耷拉下去的脖颈又有了意识，仿佛睡醒了一般，再次面对第二个人从银衣人手中接过匕首……

十六个人，握着同样一把匕首，将这程序执行了十六次，而我也死了十六次，又活了十六次。

重复的过程结束之后，十六个人和两个银衣人退下了圆形的行刑台，最后的时刻来临了。

我身后的条状巨石里伸出两道铁锁，铁锁的尽头各有半个圆环，它们像是两条蛇在我的左右招摇蠕动，寻找着我的脖颈，当确定了目标，张开的巨口便咬了过去，在我的颌下顺利会师。

啪嗒一声，两个半环拼接成一个圆环。然后，绑住我腰部的巨石微微一晃，便摆脱了重力的控制，轻飘飘地离开地表的行刑台，缓缓升了上去。巨石带着我飞到了数十米的空中，上方灰蒙蒙的天空中伸下来一道铁索，铁索灵巧地与我腰间肚脐上方的锁扣连接在一起。

于是我被铁索拉着，横躺在悬浮的条状巨石上。

重力逐渐恢复，我能感受到身后巨石下坠的重量，而这重量越来越大，所有的负重全都集中在我脖子上的金属圆环与我腰间的铁索上。

直到我腰间铁索与身后巨石的连接消失，脖子一紧，巨石就通过脖子上的圆环，吊在了我的身体下方……

我只蹬了两下腿，小小挣扎以示痛苦，肉体便永远没有了回应。死亡，不过是一刹那的事情，和睡着也没有太大的区别。

我从屏幕里看完了程复绞刑的整个过程，心情麻木至极，他的死亡应该与我没有很大关系，可我却将他死去的过程，反复看了两遍。

程复竟然死了？我忽然觉得好笑，程复死了，那我又是谁？

从床上爬起来，头痛不止，一阵眩晕袭来，这感觉让我想起第一次驾驶飞机时那次剧烈的失重。

眼睛习惯性地瞟了一下墙上显示的日程。对了，昨天早上接收到了第四空军大队109战斗分队的征召命令，要在今天下午去接受最后的政治审查。

想到此处，我心中一阵狂喜。109分队是利莫里亚的英雄番号，七八个月前，还在北大西洋冰岛海域痛揍敌人，取得了利莫里亚十年来最大的空战胜利。申请进入前线战斗编队，是所有军人的梦想，而我今日终于接近了我的梦想。

只要审查通过，我就可以成为一名真正的空军战士，而不是整天以巡逻为名，在祖国周围打打从未发生过的防御战，从军三年，我连敌机的影子都没见到过……

我拍了拍自己的脑子，什么记性呢！几个月之前，明明还在昆仑双子峰见过敌机，那时候，我和赵德义、程雪在风暴之城中，眼看着Ai政府军队袭击了夸父农场N33，就连风暴之城也遭受了他们战机的攻击。

我穿鞋的时候，瞥见床脚有一片粉红色药片。这个可气的家伙，竟然躲在这里，我捡起这枚正心片，刚准备丢进嘴里，内心却有一股力量制止了我这么做。

看着这枚药片，心中对于利莫里亚原生人的羡慕又涌上心头，这群家伙天生就比我们这些遗留人完美，对于国家的忠诚是与生俱来的，不像我们，体内似乎隐藏着某种怪兽，总是时不时地骚扰我们的精神与肉体，让我们无法完全专心投入到抵抗Ai敌人的伟大事业中去。而正心片，则可以帮我们压制内心的怪兽。

遗留人成长到了十四五岁，就会接受政府配给的正心片，而我第一次拿到正心片都已经十六岁了，还是因为发生了一件让我至今蒙羞的事情，也幸亏负责我成长的监事人发现得早，没有让我对一个女性同学产生的肮脏念头毁了我的一生。

说起来，那种念头与我对张颂玲产生的念头很类似。但是政府告诉我们，那是肮脏的欲望，我服下了正心片之后，还接受了腹部一个简单的手术，从此之后我就很少产生邪念。

而原生人是从来不会有这些想法的，原因就是他们在出生之前，就已经剪切掉了人类基因中那些不完美的片段，所以他们天生就是完美的人。

我凝视着手中的粉红色药片，忽然想起，我好像已经很久没有吃正心片了，而其他的正心片好像都被我融入水中，冲进了下水道。

所以因为这样，我才对张颂玲产生了邪念？

我大脑又是一阵剧痛，张颂玲……我们最后一次见面，是在一艘巨大的飞船上，一个叫赵仲明的年轻人带走了我，送我进入了一个秘密审讯室。

之后，赵仲明所在的小队接到命令，对于新大陆的存在要严格保守秘密，坚决不能向任何民众透露半个字。赵仲明看到从新大陆这艘飞船上下来了很多人，他们被关押在不同的地方，他很好奇这些人的真正身份，他还看到一些年纪四五十岁的人，他们或许和自己的父亲赵德义相识……

巧的是，赵仲明有一次去机密事务司办事，无意间见到了一份供词，里面竟然频繁提到"赵德义"三个字。赵仲明自然知道赵德义是自己父亲的名字，于是便好奇起来……

我穿好鞋子，脑子里幻想着与赵仲明有关的一切，想到自己都觉得可笑的程度。这或许是一种妄想症。

看来，是我对赵仲明过于好奇了，毕竟他是最后一个进入牢房探望我的人，我人生最后一站的风景……

可是后来发生了什么……

牢房？

不，是我去牢房看望一个人，我还记得自己之前的任务是押送一个政治犯来到机密事务司，但是我却逗留在了牢房中，趁机溜进了程复的牢房。

程复的牢房……不，我就是程复，我怎么可能溜进自己的牢房，我又不是犯人……那我去看望了谁？我摩挲着那扇铁门，它冰冷且潮湿，牢房内发霉的味道我至今还能想起来。当时，我心中有很多疑问，但我知道时间不多，必须速战速决，我拿出那把偷来的钥匙的时候心头生起一股窃喜，我真佩服自己的神通广大。

铁锁啪嗒一声开了，我迅速用手捂住，但那声响在幽暗的地牢中迅速传开，清晰刺耳，我心跳得很快，如果被发现我私下探望一个即将执行绞刑的犯人，这罪过可谓通敌，绝对是死路一条……

但我为什么要执意去接近牢房中的人呢？甚至愿意冒着生命危险？

我摸到了胸口的挂坠。

这挂坠，是我在检查程复的衣物……不，我就是程复……在检查一个犯人的衣服时，从他的那堆衣物中找到的。是了，当我打开那挂坠，看到自己父母的婚礼时，如触电般震撼……因为房间内没有其他人，我将挂坠藏了下来，但我内心的疑问却是藏不住的。

是了，没错，就是因为这个挂坠，我必须和牢房中的死刑犯正面对话，他一定有我想知道的答案。

是了，他就是因为这些原因，才来找到我。他好奇父亲的死亡原因，当然，我不知道的是，他对这个国家，对这个社会，已经有了很多的疑问，而父亲牺牲的真正原因，只是他最大的疑问罢了。

我告诉他的时候，他内心无比震惊，心中的小小火苗，忽然增长成为冲天巨焰……

这里有太多的疑问了，太多的人消失，太多的人本来昨天还在一起吃饭，转瞬就成了一个永远逝去的名字。那么多的牺牲，那么多的有去无回，那么多的杳无音信……

利莫里亚，到底怎么了？

大脑又是一阵剧痛。

我怎么了？我……我是程复，我被判了绞刑，我把自己被绞死的全过程看了两遍，可我现在，又在做什么？

是我一觉睡糊涂了？

我迅速跑进卫生间，拧开水龙头，把冷水拍在自己脸上，希望通过这样做减轻我大脑的疼痛与混乱。

等我抬起头的时候，我却看见赵仲明站在我面前。

我盯着他，他也盯着我，他眼睛里血丝漫布，脸上兀自有冷水滑落……

赵仲明年轻帅气的脸棱角分明，两道眉毛充满英气，尤其惹人注意，可他的眼神中却充满了恐惧与疑惑。前两天，他才过完二十二岁的生日，利莫里亚规定，超过二十二岁的人，才有资格奔赴前线参加战争。

赵仲明为这一天等待了很久，但这一天真正到来的时候，在庆贺生日之时，他心中却想着一位在牢房中的犯人。那个犯人，可以解决他无数的疑问，可是那犯人已经被判了绞刑，第二日就要执行。

赵仲明的所有记忆，我似乎都能想起来。

我擦了擦我与赵仲明之间的玻璃，手上的水，让他的相貌模糊起来。

又一段记忆涌上心头。我坐在牢房的床上时，眼前的黑暗也像这镜子一般逐渐模糊，眼睛里的泪水氤氲了悔恨，赵仲明却趁机将一枚纳米芯片拍入了我的后脑。

芯片是一台量子计算机的终端，它迅速扫描了我的大脑结构，并提取了我的大部分记忆，将其转录至量子计算机当中。

当然，赵仲明并不是靠自己完成了这一切，他还有一位朋友协助他。他提取完我的记忆之后，迅速离开牢房，回到自己家中，在那位朋友的帮助下，他清除了自己的一部分记忆，随后将我的记忆植入了他的大脑之中。

在清除记忆的手术执行之前，他的朋友哭了。

"你之所以活着、存在，就是因为这些记忆让你成为一个与众不同的人。可是，你如今却要清除自己的记忆，把自己的大脑让给另一个人，而我现在的所作所为，和杀死你又有什么区别？"

"每个人都会死。"他语气无比平静，"但为了追求真相而死，会死得其所……"

我想不起来那位朋友的模样，但我却无比清晰地记得，有一滴泪砸在了赵仲明的手心。

赵仲明将那枚泪滴握在手心，为我留下了最后一句话：

"追查真相这件事，你一定比我做得更好。"

《AI迷航3》即将出版，精彩预告

真相到底是什么？什么是死亡？怎样又算活着？

人类为什么屈服？为什么二十年间都不去挽救颓势、不去战斗、不去给大地上零落的同胞播撒希望？这里到底发生了什么？最后人类的命运又将如何？

带着这些疑问，程复将逐步探索这片充满谎言的利莫里亚大陆，慢慢揭开尘埃掩盖的真相。

敬请期待大结局——《AI迷航3》

激发个人成长

　　多年以来，千千万万有经验的读者，都会定期查看熊猫君家的最新书目，挑选满足自己成长需求的新书。

　　读客图书以"激发个人成长"为使命，在以下三个方面为您精选优质图书：

1. 精神成长

熊猫君家精彩绝伦的小说文库和人文类图书，帮助你成为永远充满梦想、勇气和爱的人！

2. 知识结构成长

熊猫君家的历史类、社科类图书，帮助你了解从宇宙诞生、文明演变直至今日世界之形成的方方面面。

3. 工作技能成长

熊猫君家的经管类、家教类图书，指引你更好地工作、更有效率地生活，减少人生中的烦恼。

每一本读客图书都轻松好读，精彩绝伦，充满无穷阅读乐趣！

认准读客熊猫

读客所有图书，在书脊、腰封、封底和前后勒口都有"**读客熊猫**"标志。

两步帮你快速找到读客图书

1. 找读客熊猫

2. 找黑白格子

马上扫二维码，关注"**熊猫君**"

和千万读者一起成长吧！

超级畅销巨著《藏地密码》系列全套

一部关于西藏的百科全书式小说
了解西藏，必读《藏地密码》！

从来没有一本小说，能像《藏地密码》这样，奇迹般地赢得专家、学者、名人、书店、媒体、全球最知名的出版机构以及成千上万普通读者的狂热追捧，《藏地密码》是当下中国数千万"西藏迷"了解西藏的首选读本，也是当下最畅销的华语小说，目前销量已达到惊人的1000多万册。

《藏地密码》被广大读者誉为"一部关于西藏的百科全书式小说"。

翻开《藏地密码》，犹如进入一幅从未展开过的西藏千年隐秘历史画卷……从横穿可可西里到深入喜马拉雅雪山深处，从藏獒"紫麒麟传说"到灵獒"海蓝兽传奇"，从宁玛古经秘闻到格萨尔王史诗，从公元838年西藏最黑暗时期的"朗达玛禁佛"到1938年和1943年希特勒两次派人进藏之谜……跟随《藏地密码》的脚步，您将穿越西藏深不可测的千年历史迷雾，看尽西藏绵延万里的雪域高原风光，走遍西藏每一个传说中永不可抵达的神奇秘境。

从《藏地密码》中，您还可以了解到不可思议的古格地下倒悬空寺、西藏极乐之地香格里拉，以及西藏历史上突然消失的无尽佛教珍宝去向之谜……雪山、圣湖、墨脱、象雄、布达拉宫、密修苦僧、传唱艺人、帕巴拉神庙、古藏仪式、千年兽战、神秘戈巴族、死亡西风带……一切都如此神秘、神奇、神圣。通过《藏地密码》，您将与西藏这一千年来所有最最最隐秘的故事和传说逐一相遇。

《暗黑者四部曲》全国热卖中！

中国高智商犯罪小说扛鼎之作
让所有自认为高智商的读者拍案叫绝

要战胜毫无破绽的高智商杀手，你只有比他更疯狂！

凡收到"死亡通知单"的人，都将按预告日期，被神秘杀手残忍杀害。即使受害人报警，警方以最大警力布下天罗地网，并对受害人进行贴身保护，神秘杀手照样能在重重埋伏之下，不费吹灰之力将对方手刃。

所有的杀戮都在警方的眼皮底下发生，警方的每一次抓捕行动都以失败告终。而神秘杀手的真实身份却无人知晓，警方的每一次布局都在他的算计之内，这是一场智商的终极较量。看似完美无缺的作案手法，是否存在破解的蛛丝马迹？

所有逃脱法律制裁的罪人，都将接受神秘杀手Eumenides的惩罚。
而这个背弃了法律的男人，他绝不会让自己再接受法律的审判……

《大江大河四部曲》全国热卖中！

全景展现改革开放以来中国经济、社会、生活变迁
深度揭示历史转型新时期平凡人物命运

《大江大河》以罕见的恢弘格局，全面、细致、深入地展现了中国改革开放以来经济领域的改革、社会生活的变化以及人们精神面貌的改变等方方面面，被誉为"描写中国改革开放的奇书"。

从1977年恢复高考到1992年南方谈话，从乡镇企业萌芽到中国制造崛起，从房地产改革到2008年金融危机……小说通过讲述国企领导宋运辉、乡镇企业家雷东宝、个体户杨巡、海归知识分子柳钧等典型代表人物的不同经历，生动地刻画了改革开放时期的前沿代表人物，真实还原了一代人的创业生活、奋斗历程和命运沉浮。

本次再版完整收录了《大江东去》套装（1978-1998）和续作《艰难的制造》（1998-2008）全部内容，原貌呈现大江东去天翻地覆的变化，阅读收藏必备。

《清明上河图密码》全国热卖中！

全图824个人物逐一复活
揭开隐藏在千古名画中的阴谋与杀局

《清明上河图》描绘人物824位，牲畜60多匹，木船20多只……5米多长的画卷，画尽了汴河上下十里繁华，乃至整个北宋近两百年的文明与富饶。

然而，这幅歌颂太平盛世的传世名画，画完不久金兵就大举入侵，杀人焚城，汴京城内大火三日不熄，北宋繁华一夕扫尽。

这是北宋帝国的盛世绝影，在小贩的叫卖声中，金、辽、西夏、高丽等国的间谍和刺客已经潜伏入画，死亡的气息弥漫在汴河的波光云影中：

画面正中央，舟楫相连的汴河上，一艘看似普通的客船正要穿过虹桥，而由于来不及降下桅杆，船似乎就要撞上虹桥，船上手忙脚乱，岸边大呼小叫，一片混乱之中，贼影闪过，一阵烟雾袭来，待到烟雾散去，客船上竟出现了二十四具尸体，所有人都目瞪口呆……

翻开本书，一幅旷世奇局徐徐展开，错综复杂，丝丝入扣，824个人物逐一复活，为你讲述《清明上河图》中埋藏的帝国秘密。

《山海经密码大全集》全国热卖中！

一部带您重返中国一切神话、传说与文明源头的奇妙小说

这是一个历史记载的真实故事：4000年前，一个叫有莘不破的少年，独自游荡在如今已是繁华都市的大荒原上，他本是商王朝的王孙，王位的继承人，此时却是一个逃出王宫的叛逆少年。在他的身后，中国古老的两个王朝正在交替，夏王朝和商王朝之间，爆发了一场有史以来规模宏大的战争。

本书将带您重返那个远古战场，和那些古老的英雄（他们如今已是神话人物）一起，游历《山海经》中的蛮荒世界，您将遇到后羿的子孙、祝融的后代，看到女娲补天缺掉的那块巨石，您将经过怪兽横行的雷泽（今天的江苏太湖）、战火纷飞的巴国（今天的重庆），直至遭遇中华文明蒙昧时代原始、神秘的信仰。

本书依据中国古老的经典《山海经》写成，再现了上古时代的地理及人文风俗。我们今天能看到这些，全拜秦始皇所赐：《山海经》——秦始皇焚书时，看了唯独舍不得烧的书。

《邪恶催眠师三部曲》全国热卖中！

带您见识催眠师之间正与邪的斗法
了解这个隐秘而又无处不在的神秘世界

事实上，催眠术早被用于各行各业。心理医生用来治病救人，广告商用来贩卖商品，江湖术士用来坑蒙拐骗……意志薄弱的人、欲望强烈的人、过度防范的人，都极易被催眠术操控。

在街头实施的"瞬间催眠术"，可以让路人迷迷糊糊地把身上的钱悉数奉上；稍微深一些的催眠，更可以让人乖乖地去银行取出自己的全部存款；而如果碰到一个邪恶催眠师，被催眠者不仅任其驱使，就算搭上性命也浑然不觉。

催眠师找准了催眠对象的心理弱点，利用人的恐惧、贪念、防备，潜入对方的精神世界，进而操控他们。瞬间催眠、集体催眠、认知错乱、删除记忆……

一群平日深藏不露的催眠师，突然出现在街上、写字楼、医院、广场……在他们眼里，世人都是梦游者任其驱使，而他们之间的斗争，却将所有普通人的命运卷入其中。